赵光远 梁帅 著

马迭尔旅馆的枪声

电视剧同名小说

生活·讀書·新知 三联书店

图书在版编目（CIP）数据

马迭尔旅馆的枪声 / 赵光远 梁帅 著 . － 北京：生活·读书·新知
三联书店 , 2011.10
　ISBN 978-7-108-03823-4

　Ⅰ . ①马… Ⅱ . ①赵…②梁… Ⅲ . ①长篇小说－中国－当代
Ⅳ . ① I247.5

　中国版本图书馆 CIP 数据核字（2011）第 189459 号

责任编辑　关丽峡
封扉设计　康　健
封面题字　洪铁军
责任印制　卢　岳
出版发行　生活·讀書·新知 三联书店
　　　　　（北京市东城区美术馆东街 22 号）
邮　　编　100010
经　　销　新华书店
印　　刷　北京市松源印刷有限公司
版　　次　2011 年 10 月北京第 1 版
　　　　　2011 年 10 月北京第 1 次印刷
开　　本　720 毫米 × 965 毫米　1/16　印张 18.25
字　　数　181 千字
印　　数　00,001 － 20,000 册
定　　价　30.00 元

领衔主演
张 恒 饰 林雅茹

主演
王 毅 饰 江彬

主演
吕 行 饰 高恒书

主 演

赵立新　饰　矢　村

主 演

杨奕佳　饰　井田纯子

主 演

许　多　饰　张依萍

主 演

丁勇岱　饰　城　仓

主 演

郭洛德尼克·亚历山大　饰　柳什科夫

主 演

别列佐夫斯基·叶夫根尼　饰　伊万诺维奇

主 演

张　妍　饰　中野良子

引子

　　1936 年，日本为实现对外扩张，达到称霸世界的目的，秘密制定了向太平洋地区扩张、对美国宣战的南进计划和进攻西伯利亚、侵略苏联的北进计划。

　　但围绕到底是实施南进计划还是实施北进计划，日本海军和陆军高层产生严重分歧。就在日军参谋本部的高层对此举棋不定之时，苏联远东地区内务部部长柳什科夫少将叛逃到了伪满洲国。

　　柳什科夫叛逃到日本特务机关后，不仅供出了苏联准备待日本在中日战争中消耗力量后就发动进攻日本的战略意图，同时也向日本特务机关提供了斯大林在黑海海滨城市索契的疗养胜地马采斯塔温泉的警卫情况和地下通道的详细图纸。

　　获此情报，日军参谋本部主张实施北进计划的人如获至宝，认为机会来了。于是，一个暗杀斯大林的惊天计划——猎熊行动便在极其秘密的情况下被炮制出来。

　　不过，多年以来，苏联情报机关对猎熊行动一直守口如瓶，直到解密期到来，猎熊行动的真相才得以大白于天下。

第一章

1938 年秋天，在哈尔滨的大街小巷，路边的树叶已微微变黄，秋风过后，树叶纷纷飘落，有的在空中飞舞，有的随风儿在行人脚下滚动。秋天的到来，给充满欧式风情的哈尔滨带来了别致的景色。

孙博文踏着秋叶走在行人中，他三十多岁，一双深邃莫测的眼睛透出机警，稳重而自信。孙博文是哈尔滨松浦洋行的高级职员，而松浦洋行是日本人在哈尔滨设立的金融机构，这家洋行表面上从事金融活动，暗中却干着一些特务勾当。孙博文早年曾留学日本，学成回国后，因为有留日背景，又和当年留日时的朋友、如今的哈尔滨宪兵队队长井田一郎关系很好，于是在松浦洋行谋了个职。不过，孙博文的真实身份却是哈尔滨地下党的一员。

孙博文从外国四道街拐进中央大街。街道两侧的建筑涵盖了西方建筑史上最有影响的四大建筑流派。坐落于哈尔滨中央大街上、始建于 1906 年的马迭尔旅馆，自诞生之日起，可谓是"日日弦管闻客醉，夜夜酒色入灯红"：门前轿车迎来送往，中外达官显贵、军政要人、间谍暗探、学林名士无不混迹其中，世界各国莅临哈尔滨的高贵洋人，几乎无一例外地下榻于此。

孙博文走进了马迭尔旅馆的西餐厅。他坐下后，点了一杯咖啡，慢慢品尝了一口，扭头看向正在演奏钢琴的一位女士。

在 1938 年的中国，钢琴还是一个新鲜玩意儿，但是哈尔滨人对它并不陌生，修建中东铁路的时候，俄国人就把钢琴带到了哈尔滨，他们在教堂的广场上举办钢琴音乐会，许多老百姓都来围观，大家都被这个神奇的、能发音的大匣子给镇住了。从此，哈尔滨人迷上了音乐。

俄国十月革命之后，大批的白俄罗斯人涌入哈尔滨，他们开了很多西餐厅，为了招揽生意，他们把钢琴摆放到了餐厅，这样，顾客在就餐的时候，就能一边吃饭一边欣赏音乐，十分惬意、浪漫。

演奏钢琴的女士看到了刚刚进来的孙博文，但她仅仅是扫了一眼，然后又专心致志地演奏起来。

从孙博文的角度，他只能看见演奏钢琴的女士一个侧脸，虽然是侧面，却更显气质不俗。孙博文陶醉在这悠扬的乐曲当中，他觉得钢琴师的十只手指舞蹈一般上下跳跃。

　　孙博文转移了视线，窗外，一片树叶在风中飘落，孤孤单单，行人把风衣的领口紧了紧，外面起风了，他们的头发都被吹了起来。寒流马上就要进入哈尔滨，接下来的时间，可能是哈尔滨最美的时候，也是最寒冷的季节。

　　忽然，孙博文被女钢琴师新奏响的一支曲子所吸引，但他不知为什么听到这首曲子后却皱起了眉头，心头仿佛被一件十分沉重的事情压着。正当孙博文在琢磨中，几名黑衣男子突然闯进了餐厅。孙博文见状，不动声色地坐在原处。那几位黑衣人直奔女钢琴师而去，强行带走了她。

　　女钢琴师被带走后，就餐的人议论纷纷。而孙博文却依旧在回忆女钢琴师弹奏的那首钢琴曲。他从那首曲子中解读出了一个重大的秘密：请速告老家贼，叛徒可能是一名俄国人。

　　孙博文不知道老家贼是谁，他也没有见过老家贼，但老家贼又无处不在，在先前的多次行动中，都是老家贼在幕后指挥的。孙博文要联系老家贼，只能通过他的上级赵世荣。

　　赵世荣今年四十多岁，是一个老共产党员，从事地下工作多年，经验十分丰富。赵世荣的公开身份是哈尔滨福太隆货栈的掌柜的，实际上是哈尔滨地下党情报站的负责人。赵世荣有一个爱好，他喜欢养鸽子，因此，货栈的院子里有一个大大的鸽子笼，赵世荣没事的时候就训练他的鸽子，据他说，他的鸽子曾经从哈尔滨飞到北平再飞回来，都不会迷路。

　　孙博文走进福太隆货栈之后，又在门口往外张望一下，确定没有人跟踪，才把门关严。孙博文转身后，开门见山地说："老赵，他们又在街上抓人了。"

　　赵世荣似乎早已习惯了这类话题，他不动声色地看了孙博文一眼才接话："这几天被捕的人很多，多得有点反常，但又不是我们的人。这里面一定有名堂。"

　　孙博文感到很奇怪，他寻思一下说："我刚刚从马迭尔西餐厅来，一个我不认识的钢琴师用钢琴弹奏密码，说现在出现了叛徒，而且这个叛徒可能是俄国人。"赵世荣闻言有些恍然大悟，他盯住孙博文问道："难道被捕的人是共产国际情报组织的人？"孙博文认为有这个可能，因为这几天被捕的人大多都是俄国人、波兰人、爱沙尼亚人和朝鲜人。

赵世荣心里有底了。正要说什么，一只信鸽飞到窗前。赵世荣赶紧从信鸽腿上解开一个小纸条，看了一眼后告诉孙博文："老家贼有最新指示，他让我们马上查出叛徒。"孙博文点点头，要求把这件事情交给他来办。赵世荣表示同意。随后孙博文又问起老家贼是谁，但赵世荣没有告诉他有关老家贼的一点情况。

接下来的几天里，哈尔滨一直被恐怖的阴霾笼罩着，日本宪兵队和特务机关又秘密逮捕了很多俄国人和朝鲜人。

赵世荣看着窗外，一片黑沉沉的云从窗前飘过，索菲亚大教堂的拱形屋顶时隐时现。他眉头紧锁，仿佛在等待一个人的到来。

一只灰色的信鸽从外面飞来，落在赵世荣的手上，看到信鸽赵世荣的眉头略微舒展了一下。

信鸽带来一张小纸条，他知道这是老家贼送来的密电。赵世荣用显影液刷过小纸条之后，看到上面有老家贼的明确指示，要寻找一个共产国际的特工人员。这个人前几天刚刚被捕，但她目前在什么地方，谁也不清楚。密电上说，她手里掌握着一个重要秘密。

难道前不久被捕的女钢琴师就是共产国际的特工？难道这个共产国际的特工所掌握的秘密能揭露出很多俄国人、朝鲜人最近被捕的秘密？赵世荣陷入了沉思之中。

福太隆货栈的门被打开，一个二十多岁的女子走了进来。她叫林雅茹，也是哈尔滨地下党的特工，公开身份是市立医院的医生。

赵世荣抬起头看了一眼林雅茹，并没有说话，林雅茹走近鸽子笼，捻起几个米粒，投给鸽子，然后问赵世荣，"孙博文刚来过？"

赵世荣抽了一口烟斗，深深地长出了一口气，"我说雅茹啊，看不出来，你对孙博文还挺惦记呢！"

林雅茹一本正经地说，"老赵，你不要乱开玩笑好不好！你看地上的烟头，孙博文就抽这种老巴夺。"

赵世荣感慨道，"雅茹啊，你观察得细致、准确，是个做情报工作的人才。"

林雅茹微微一笑，"你夸人也不分是谁。孙博文呢？他什么时候还来？"

赵世荣转入正题，"我让他去查一查最近共产国际的人失踪的情况。"

林雅茹心情沉重起来，"我也听说了马迭尔西餐厅的钢琴师被抓了，最近有好些人失踪了。老赵，这到底是因为什么？"

赵世荣沉思良久才说，"日本人这次行动目标准确，行动隐蔽。动作快极了，有时候，人还没有来得及隐蔽，就被连窝端了，你不觉得这里面有蹊跷吗？"

林雅茹猜测地问，"你是说这里面有叛徒告密？"

赵世荣点点头，"我只是猜测，还没有得到证实。不过，共产国际情报组织为什么有那么多人惨遭被捕，要是有叛徒，这个叛徒绝对不是一般人。"

索菲亚教堂的钟声响起，沉闷地回荡在秋天的城市上空。这钟声神秘而悠长……

孙博文走进松浦洋行的办公室，第一眼看见的就是井田纯子的微笑。孙博文对井田纯子的微笑并不陌生，但今天的微笑似乎多了些内容。

恍惚间，孙博文想起了自己在日本求学的时候，井田纯子还是一个小姑娘，那时候，他和井田纯子的哥哥井田一郎是同学，关系处得很好，井田一郎常常邀请孙博文去家里做客，井田一郎喜欢茶道，两个人经常坐而论道，当时井田纯子还小，但每一次见到孙博文来，她都忙前忙后十分热情。

孙博文也冲井田纯子一笑，他知道井田纯子自从来到哈尔滨之后，对自己的态度变得更加大胆。井田一郎为此曾提醒过孙博文，不要接受井田纯子的感情。孙博文十分清楚自己的特殊身份，像他这样的人是不可能和任何女人谈情说爱的。说白了，这是一个脑袋别在裤腰带上的工作。为了信仰，为了那个伟大目标，他个人的一切都可以牺牲。

孙博文坐下后说，"纯子，哈尔滨怎么现在到处封道？我本来走路10分钟就能赶到，现在开车竟然绕行了半个多小时。"

井田纯子关切地说，"那以后你就不用开车了，我陪你走路上班好不好？一边走一边聊。"

孙博文听出了井田纯子话里的弦外之音，"纯子，你和我还是保持点距离吧，要不然，你哥哥会让宪兵把我抓起来的。"

井田纯子有点生气，"他敢！好歹你们也是同学一场啊。博文，我哥哥要是敢动你一个手指头，我对他绝不客气。"

孙博文淡定地说，"同学？我现在见他一面，比登天还难，谈什么同学情谊？纯子，你知道井田君最近都在忙什么吗？"

"我听他说，最近一段时间，反满分子很猖獗，他们宪兵队查到了几个窝点，但都被矢村机关长抢在了前头。我哥哥很生气，说矢村机关长不知好歹。"

孙博文不动声色，"矢村机关长是一个很有能力的人，也很会搞阴谋。井田队长恐怕不是他的对手。"

井田纯子没有正面回答孙博文，她说，"刚才特务机关的高恒书来电话说晚上要我们留人，他说要过来提走 10 万元巨款。"

孙博文抬起头，"10 万元巨款？他亲自来提吗？"

"他当然要亲自来，不过，高恒书有点太过分了，本来是他求我们的事情，可他竟然用命令的口吻跟我说话，十分不友好。你说高恒书是不是仗着有矢村机关长在给他撑腰才敢这么说话？"

孙博文劝说井田纯子："高恒书这么说话是职业习惯，你何必计较他用什么口吻说话？"

井田纯子闻言顿显气恼，但很快又敛起怒容。她盯着孙博文："博文，高恒书要求我们挑选可靠的人留下来。下班后，你能不能帮我办理这笔业务？"

孙博文："你想让我留下来？"

井田纯子看向孙博文："怎么，你不愿意？"

孙博文想了想："我留下也行，但算不算加班？"

井田纯子的眸子里闪出一丝柔情："不算加班你就不能留下吗？"

孙博文把笔扔在了桌子上，"为了保住这份薪水，我可以留下来帮你办理这笔业务。"

井田纯子叹罢，幽幽地说："博文，你就不会说，为了我也得留下来吗？"

孙博文笑了笑："为了你也要留下来？纯子，我这个人做事有一个原则，该做的我一定做，不该做的我是不会做的。所以，我不想做取悦任何人的事情。"

井田纯子凝神望着孙博文，看得好似痴了。她被眼前这个男人独有的魅力彻底征服了。

孙博文从井田纯子口中得到特务机关提 10 万元巨款的情报后，借故离开洋行，赶往福太隆货栈。街上人不多，但孙博文还是相当警惕，拐过几个街口后，确定没有人跟踪，才推开福太隆货栈的木门，匆匆走了进去。

赵世荣此时刚接到老家贼的一份情报，正在为情报内容发愣。当他看见孙博文后，眉头上拧起的疙瘩渐渐放松下来。

赵世荣对孙博文十分欣赏。论能力，手下的几个情报人员还真没有谁能够超过孙博文。前几年，组织上为了更好地培养孙博文，曾经派他到苏联进行过短期培训。在短短的几个星期里，孙博文用一个中国人的意志、力量和智慧，让苏联教官竖起了大拇指。

赵世荣欲张口向孙博文通报老家贼的情报，不料，孙博文抢在他前头说话了。

"老赵，我这里有个好消息，矢村要在今天晚上提走一笔 10 万元现金，准备运到外地去。我们劫了它？"

赵世荣急忙问："消息可靠吗？"

孙博文："可靠。"

赵世荣陷入沉思，"博文，你就没分析分析，这是不是矢村在搞什么阴谋？"

孙博文点燃一支烟："山里的抗联正缺经费，用他们的话说，要是再搞不到经费置办服装，就得光着屁股打小鬼子了。老赵，机会难得，就算矢村在搞阴谋，我看也得劫下这笔巨款，好为山里的抗联解决点实际困难。"

赵世荣背着手在屋子里走了一圈，他并没有急着表态，他一只手扶着孙博文的肩头，"博文，你坐下，我先跟你说另外一件事情，你知道为什么最近一段时间，共产国际的人连续失踪吗？你知道这件事情都是谁干的吗？"

孙博文脱口而出："我从井田纯子那里打听到一点情况，这件事情可能和哈尔滨日本特务机关长矢村有关。其他的我正在打听。"

赵世荣说，"你不用打听了，内幕我已经搞到手了。"

孙博文怔住了，"老赵，什么内幕，你快说行不行？"

赵世荣说，"你听说过一个叫做柳什科夫的苏联人吗？"

孙博文说，"你说的是苏联远东地区的内务部长格里希·萨莫伊洛维奇·柳什科夫吗？"

赵世荣说，"没错，就是他。不过，他已经叛变了，逃到了哈尔滨，是他向矢村供出了共产国际在哈尔滨的情报网。"

孙博文闻言大惊，有关柳什科夫的情况，他十分了解。

格里希·萨莫伊洛维奇·柳什科夫现年38岁，少将军衔。1900年生于敖德萨一个开西装店的家庭。1917年在身为共产党的哥哥的感召下投身革命，并且加入了共产党。

1920年，他首次进入"格别乌"（苏联国家安全局）的前身"契卡"（全俄肃反委员会），先后在乌克兰和莫斯科工作，1937年8月被任命为内务人民委员部远东地区部长，到哈巴罗夫斯克上任至今。由于对革命有功，他曾被授予列宁勋章。

远东内务人民委员部是特务部门，而柳什科夫这样一个被红色苏维埃政权培养起来的军官，怎么会轻易背叛组织、叛逃到哈尔滨呢？

孙博文一脸不解，想从赵世荣脸上找出答案。

关于柳什科夫的叛逃，还要从半个月前说起。

柳什科夫是负责修建斯大林新的疗养地马采斯塔温泉的领导者。半个月前，马采斯塔温泉竣工。不料，斯大林的卫队长弗拉希克少将前来验收时，对马采斯塔温泉门口的喷泉大发脾气，他吼道："斯大林同志喜欢安静，你在这里搞个哗哗响的喷泉想干什么？"

弗拉希克把柳什科夫叫到近前，用手套抽打了一下柳什科夫的脸颊，厉声训斥，"你的脑子有问题吗？用不用清洗一下？废物！"

弗拉希克骂完以后扬长而去。柳什科夫的汗水顺着脸颊流淌下来，一直等到弗拉希克走远，他脑海里的"清洗"二字还在轰响。

在柳什科夫看来，斯大林是一个可怕的人物，虽然他高高在上，自己的一举一动并不能完全被斯大林看在眼里，但对不可一世的斯大林的卫队长弗拉希克少将，柳什科夫则感到不寒而栗。

柳什科夫多次和傲慢的弗拉希克打过交道。他深深知道在斯大林周围的众多亲信中，得罪谁也不能得罪弗拉希克，他心狠手辣，依靠斯大林的信任，对自己的政敌从来都不放过。但是，柳什科夫尽管小心翼翼，还是触碰了这根带刺的龙须。

柳什科夫连夜把喷泉改建成花坛才勉强通过了弗拉希克的验收。不过，当时苏联正在轰轰烈烈地搞大清洗运动，柳什科夫做梦的时候，经常能梦到弗拉希克那张恐怖的嘴脸。被吓坏了的柳什科夫通过一些关系，打探到了自己的名字已经上了清洗的名单，目前之所以没有对他采取行动，是斯大林在忙着和日本人谈判。斯大林企图用不干涉日本在中国北方城市活动的条件稳住日本，但另一方面，斯大林也在提防着日本人，因为据情报部门的消息，日本已制定北进计划，与德国达成了协议，想东西夹击苏联，占领西伯利亚。

柳什科夫知道了这个消息后，心中极度恐慌，经过反复思考，他终于做出了一个大胆的决定——逃出苏联，以自己掌握的情报为条件，换取日本人对自己的保护。

这一天，柳什科夫借口外出开会，开着一辆敞篷吉普车，玩命般地向中苏边境开去。

柳什科夫出逃的消息，很快就传到了弗拉希克的耳朵。他大发雷霆，后悔自己没有先下手铲除柳什科夫。弗拉希克打电话给别尔津将军，命令他立即追捕柳什科夫。与此同时，弗拉希克告诉别尔津，柳什科夫出逃这件事，斯大林的指示是：尽可能地保持沉默，舆论不参与报道，要秘密处理。

别尔津是苏联红军总参情报局二局局长，四十多岁，举手投足间很有风度，一双眼睛充满了智慧，能把人一眼看穿，不怒自威。更重要的是，别尔津将军是苏联红军现代军事侦察体系的缔造者。而中共作为共产国际情报组织的一员，周恩来曾借中共六大在莫斯科召开时与别尔津有过接触，为共产国际输送了许多优秀的中共党员。

中共六大召开期间，斯大林曾亲自命令别尔津向周恩来介绍苏联的谍报经验，用于指导刚成立的中共特科。

为此，别尔津代表联共（布）中央提出了无产阶级情报侦察部门的四个任务和一项基本原则。四个任务是：打入敌人内部，搜集情报，惩罚叛徒，筹集经费；一项原则是开展地下斗争的侦察方式方法与手段绝不能用于党内斗争。这四个任务和一项原则对中共侦察、情报工作很有帮助。

别尔津接到命令之后，迅速组织人马对柳什科夫进行围追堵截。很快，一组小分队发现了柳什科夫的行踪，可柳什科夫驾车马上就要到达中俄界河黑龙江了。

柳什科夫把汽车油门踩到底，拼命向前开，他听见了后面的车响，也听见了枪声，他只是把头缩得低低的，并没有理会后面的追兵。转过一个弯道，他看见了江水，他掩饰不住内心的狂喜，因为自己少年时代参加过全市的游泳比赛，拿过冠军，他知道眼前的这条河，就是救命之河。

追捕小分队开车赶到的时候，柳什科夫已经消失在大江之中，只留下了那辆已经熄了火的敞篷吉普车。士兵们恍惚看见江心有一个黑影，拿起步枪对着江面接连开枪，直到子弹打光才撤走。

暮色中，柳什科夫气喘吁吁地游上岸来。他心有余悸地回头朝江对岸张望一眼，跌跌撞撞地跑向岸边的一片树林……

几天后，在哈尔滨的矢村特务机关里，蒙住柳什科夫双眼的布带被人摘了下来。

灯光下，柳什科夫略有惊恐地在适应光线。眼神聚拢之后，他看到两个人正在看着他。柳什科夫的记忆一片空白。在面前这两个人的注视下，他慢慢地恢复过来。他想起了可怕的一幕：当他躲过子弹，疲惫地游到黑龙江对岸，穿过一片树林时，几名日本兵的枪口已对准了他。柳什科夫见状急忙亮明了自己的身份，那几个日本兵一听柳什科夫是少将军衔，赶紧把他交给上级。随后，他的眼睛被黑色布带蒙住了。乘汽车、换火车，最后被送进矢村的办公室。

矢村冷冷扫了一眼柳什科夫，自我介绍说："我叫矢村，是哈尔滨日本特务机关长。"说完指向身边的一个人，"他叫高恒书，是俄国课课长。"

柳什科夫知道矢村这个人，他的目的就是要见到矢村。他深知矢村是一个老牌职业特务，他可以掂量出自己所掌握的情报的价值。为此，他仔细打量了一下矢村。

矢村年纪在 40 岁左右，外表一派斯文。

柳什科夫又把目光转移到了高恒书脸上，这时候他听见矢村用一口流利的俄语问他："你叫什么名字？"

柳什科夫说："格里希·萨莫伊洛维奇·柳什科夫。"

矢村又问："职务？"

柳什科夫说："苏联远东地区内务部部长。"

矢村："军衔？"

柳什科夫："少将军衔。"

矢村心中一阵狂喜，但却阴冷地一笑说："柳什科夫先生，我看你不像是投靠大日本帝国的，而是别尔津派来的间谍。"

柳什科夫激动起来，火气十足地喊道："我不是间谍！我带来了苏联情报机关大量的绝密情报，这些绝密情报可以证明我不是间谍。"

矢村感兴趣地说："你所说的这些绝密情报是什么？"

柳什科夫指向高恒书说："他是中国人还是日本人？"

矢村说："高课长是中国人。怎么了？"

柳什科夫斜视一眼高恒书，又转向矢村说："你让他出去。"

矢村笑了笑："他是我最信任的人，有什么话，你尽管当着他的面说。"

柳什科夫说："不！我不信任你身边的任何中国人！我所掌握的绝密情报，我只能单独对你一个人说。"

矢村说："为什么？"

柳什科夫坚持道："他不出去，我是不会说的。"

矢村琢磨了一下，示意高恒书出去。

高恒书瞟了一眼柳什科夫，站起来，走出门外。

柳什科夫看着高恒书走出去，房间的门被关上，才转回目光看着矢村说，"矢村机关长，我之所以让这个人出去，就是因为你们日本特务机关中有间谍。"

矢村闻言后，吃惊不小，他紧紧地追问了："你说什么？在我们机关内有你们的间谍？"

柳什科夫十分淡定地说，"对，有我们的间谍。但准确地说，是中共哈尔滨地下党的间谍。总之，这个间谍就潜伏在你的身边。"

听到柳什科夫肯定的回答，矢村更加吃惊，他简直不敢相信柳什科夫的话，多少年来，自己在谍海中行走，怎么会让哈尔滨地下党的间谍潜伏在自己的身边呢？

矢村有点怀疑了，"柳什科夫先生，你不是在跟我开什么玩笑吧？"

柳什科夫冷笑一声，"矢村机关长，你认为我会在你的面前拿自己的性命跟你开玩笑吗？"

矢村说："既然不是开玩笑，那你说出他的名字，这个间谍叫什么？"

柳什科夫说："对不起，由于哈尔滨地下党只和别尔津单独联系，我只知道这个间谍的代号叫满洲之狐，其他的就不知道了。"

矢村追问："那满洲之狐是中国人还是朝鲜人？"

柳什科夫说："都有可能，也许还是你们日本人。"

矢村闻言眉头紧皱。

柳什科夫撕开衣角，拿出一张折叠的纸条："矢村先生，请你马上派人去逮捕他们，这些人都是共产国际派到满洲的间谍。"

矢村接过纸条认真看起来。

柳什科夫提醒道："矢村先生，在没查出满洲之狐前，逮捕这些间谍时，你身边的人最好一个都不要用，以防走漏风声。"

矢村微笑着伸出手，"欢迎你，柳什科夫先生！你来得非常及时，希望我们能合作得很好。"

柳什科夫悬着的心终于落地了。

矢村当即拨通了关东军情报部部长津田玄甫的电话。

在福太隆货栈里，赵世荣把柳什科夫叛逃到哈尔滨前后所发生的情况一一向孙博文介绍完后，从抽屉里拿出一张照片，递给孙博文。

孙博文接过照片，端详起来。

赵世荣介绍道："这个人就是柳什科夫。"

孙博文猜测地问："这么说，我们下一个目标就是要干掉柳什科夫？"

赵世荣摇摇头说："组织上有这个考虑，但眼下还不行。"

孙博文奇怪地瞧着赵世荣："为什么不行？"

赵世荣依然很冷静，"为什么不行？因为日本关东军情报部部长津田玄甫最近策划了一个阴谋，他们准备暗杀斯大林，但具体的行动时间和路线还没有到手，所以暂时还不能动他。"

孙博文闻言惊得愣住了："你说什么？日本人要暗杀斯大林？老赵，你这是从哪儿搞到的情报？"

赵世荣微微一笑："满洲之狐。"

孙博文狐疑地："满洲之狐？满洲之狐是谁？"

赵世荣笑笑："孙博文，满洲之狐这个名字，你还是头一次听我说吧？"

孙博文点点头，"你的嘴那么严，我当然头一次听说。老赵，你能不能告诉我，满洲之狐到底是哪座庙里的神？"

赵世荣揣摩出孙博文的心理，问道："哪座庙里的神？孙博文，听你的口气，好像有点不服气？"

孙博文哪能承认自己不服气，"谈不上不服气，我只是佩服满洲之狐，他比我可强多了，居然能搞到这么重要的情报。"

赵世荣没揭穿孙博文，"孙博文，我现在正式代表老家贼通知你，满洲之狐是长期潜伏在敌人内部的一位同志，他平时只接受哈尔滨特委最高负责人老家贼的领导，从不和任何人联系。要不是日本人策划了刺杀斯大林的猎熊行动，他也许还会潜伏下去。"

孙博文感兴趣地问："满洲之狐这小子是潜伏在井田一郎的宪兵队，还是潜伏在矢村的身边？"

　　赵世荣一脸严肃，"孙博文，该说的我都说了，不该说的，你也不要打听。不过，你要做好思想准备，等老家贼的进一步指示。我们一定会有新的任务。"

　　孙博文摸摸脑袋："我不打听行不行？可是，老赵，在新的任务没下来之前，有关矢村要提走巨款的事情，你还没表态呢。我们干还是不干？"

　　赵世荣疑虑重重地说："孙博文，你要冷静地多想一想。现在，矢村正下大力气查满洲之狐，我担心这个节骨眼上，他会不会利用调走巨款搞什么阴谋？"

　　孙博文一脸不屑，"有关矢村调走巨款的情报是我搞到手的，又不是满洲之狐传送的，你还担心什么？话再说回来，即便矢村想搞阴谋，也扯不上满洲之狐，你说我说的对不对？另外，我们要是劫走了矢村的巨款，说不准会转移矢村的视线，起到掩护满洲之狐的作用呢！"

　　赵世荣寻思半晌，"你说的没错。但矢村是一个老特务，我们不能不防。不过，山里的抗联正缺钱，我看可以干，先劫走矢村的巨款再说。"

　　在赵世荣与孙博文研究劫走矢村巨款的同时，矢村也在和柳什科夫探讨有关猎熊行动的可能性。

　　矢村的办公室里，他坐在宽大的办公桌后面，手里拿着柳什科夫提供的情报，眉头紧锁。当把目光落在"马采斯塔温泉疗养院"这几个字的时候，他的眉头一下子舒展开了，心中兴奋异常。

　　通过柳什科夫的介绍，矢村了解到，坐落在黑海海滨城市的马采斯塔温泉是柳什科夫一手修建的。列宁去世后，斯大林成了国家最高领导人，为了斯大林的健康，联共（布）中央委员会在一次秘密会议上作出一个决定：要求包括斯大林在内的高层领导，每年都要到马采斯塔温泉疗养一段时间。斯大林患有严重的风湿病，更需要疗养。但斯大林的疗养时间规定得很死，这是因为斯大林的老家格鲁吉亚离马采斯塔温泉很近，斯大林每年都要回老家为父亲扫墓。所以，斯大林的疗养时间是回老家为父亲扫墓后的一个月内，雷打不动。

当矢村了解到这些绝密情报后，他的脑海里当时就迸发出一个惊天想法，利用斯大林在马采斯塔温泉疗养的时候干掉斯大林。他认为，干掉斯大林不是不可能，而且有柳什科夫的全力配合，这个计划一定会实现。

矢村观察到，柳什科夫为了逃避苏联的大清洗，保住自己的性命，投靠了日本人。他的资本就是他掌握的秘密。矢村还认为柳什科夫还是比较可以信任的，这是他作为一个老牌谍报人员的直觉。

矢村下决心要在马采斯塔温泉刺杀斯大林，但他多少有点担心，一是满洲之狐还没查出来，这对实施猎熊行动是极大的威胁；二是暗杀斯大林到底有多大把握。

所以，矢村才多次召见了柳什科夫，详细询问了温泉疗养院的构造，以及斯大林的行踪等情况。在办公室，矢村收敛笑容，又一次十分严肃地问道："柳什科夫先生，如果暗杀斯大林，你认为有多大的把握？"

柳什科夫回答说："只要计划周密，我认为有百分之百的把握。"

矢村接着问："计划周密、刺客训练有素并不能保证成功，我想知道，你根据什么说有百分之百的把握！"

柳什科夫说："机关长先生，斯大林的疗养地马采斯塔温泉是我负责修建的，我对那里的情况非常熟悉。"

柳什科夫信心十足地看着矢村，指着桌子上的图纸说："这张马采斯塔温泉疗养院的施工地图是我偷偷留下的，我想这张地图对您的计划会大有帮助。"

矢村说："太好了，柳什科夫先生，你真是我们大日本帝国的及时雨。请你继续说下去！"

柳什科夫用手指给矢村看，一边开始讲解："马采斯塔温泉的警卫尽管森严，但这里有一条下水道通向外面。如果从这条下水道进去，出口有两个：一个是泵站，一个是锅炉房。我认为从这里进入锅炉房是最佳的选择，这是因为锅炉房平时只有两个锅炉工人，他们非常好对付。"

矢村发出疑问："非常好对付？"

柳什科夫说："机关长，你不用怀疑。暗杀小分队进入锅炉房后，只要控制住两个锅炉工人，保证有热水供应，外面的人就不会发现锅炉房里有什么异常，然后可以从锅炉房进入斯大林的浴室。"

矢村又问："斯大林在洗澡时，他的贴身警卫在什么地方？"

柳什科夫答："他们都在警卫室，这些警卫因为不敢看光着身子的斯大林，所以不经允许是不敢擅自进入温泉浴室的。"

矢村被眼前的暗杀计划刺激得兴奋异常。他连夜赶写暗杀斯大林的报告。天色见亮的时候，他把柳什科夫打发走了，自己一个人站在窗前，看着破晓的曙光，仿佛看到了大和民族的光明前途，他反复想，日本一直非常看好苏联的石油资源。只要刺杀斯大林取得成功，那么关东军一定会实施北进计划，趁苏联群龙无首之际，拿下西伯利亚，甚至攻下莫斯科。假如计划成功，他完全可以名垂青史了。

天光放亮，矢村仍然不觉有任何疲惫。他在等太阳再升起一点的时候，再去见日本关东军情报部部长津田玄甫少将。几天前，津田玄甫已明确表态，支持这个计划，但他要求矢村要考虑好行动的每一个细节。

在津田玄甫办公室，津田玄甫看了暗杀报告之后，同样很兴奋，他对矢村说："这是一次千载难逢的好机会啊，我们一定要抓住！"

矢村说："将军阁下，我也是这样认为的。机不可失啊！"

津田玄甫拿起暗杀报告，"矢村君，我们这就去见关东军司令植田谦吉将军。"

关东军司令植田谦吉听完津田玄甫和矢村的汇报之后，给予了高度肯定："这个计划非常可行。津田君，海军那帮混蛋一直反对我们陆军进攻苏联，他们要推进南进计划跟美国人干。但我们要是先干掉了斯大林，北进计划就会得到实施，那样，结果就会大不一样……"

津田玄甫在一旁附和说："将军，你说的不错。苏俄在世界上推行共产主义，我们必须遏制他们的赤化狂想，保证我们在亚太地区的地位。前不久，我们已和德国签订了'防共协定'，现在天赐良机，我们绝不能放过斯大林。"

植田谦吉果断地说："为了建立世界新秩序，我们大日本帝国一定要在世界的舞台上扮演重要角色。为了拓展大日本帝国的生存空间，仅仅有一个中国是不够的。我们要占领西伯利亚，必须先干掉斯大林，让苏俄群龙无首，造成国内形势大乱，促成北进计划的实施。"

津田玄甫精神振奋地说："将军，为了实现北进计划，我们是不是马上就着手组建敢死队？"

植田谦吉说："好，立即组建敢死队。"

津田玄甫转对矢村说："矢村君，这件事就由你全权负责，不要辜负植田将军的期望。这关乎大日本帝国下一步的战略方向，知道吗？"

矢村立刻打了一个立正，"请将军放心。我一定完成任务！"

回到自己的办公室，矢村叫人速请高恒书，他对于自己的计划一向信心十足，所以在给植田谦吉汇报之前，他已经交代高恒书寻找一些素质好的白俄刺客。但到目前为止，他并没有和高恒书说为什么要找白俄刺客。

高恒书平时为人低调，是一个俄国通，曾在专门培养间谍的哈尔滨学院做过教员，矢村则是当时的院长。高恒书平时对矢村的话唯命是从，又富有心计，对情报工作常有自己的观点，被矢村认为是一位优秀特工的材料。所以，当矢村接任哈尔滨特务机关长后，便把高恒书从哈尔滨学院调到了特务机关，并任命他当了俄国课的课长。高恒书对矢村重用自己十分感激，一直对矢村忠心耿耿。有时候，矢村对高恒书的信任甚至被一些日本军官所嫉妒。

高恒书敲门后，听见里面的矢村喊了一声"进来"，他才慢慢地推开那扇沉重的门，矢村背靠在宽大的办公椅上，略微抬了一下眼皮："高课长，请坐。"

高恒书坐下之后，矢村接着说："高课长，我们上次谈到的白俄刺客，你选择得如何了？"

"按照机关长的意思，我招募了20名白俄，他们暂时都集中在太阳岛的一个秘密营房里。"

"好，你辛苦了。不过，我想知道，他们的素质怎么样？"

"请机关长放心，他们个个都是亡命徒，都是打枪的高手，玩刀子的行家。”

“高课长，你知道我为什么要找一些白俄亡命徒吗？”

“我想机关长是希望他们为你效力吧。”

“你说的太笼统了，其实，我让你找到这些白俄亡命徒是和下一步计划有关系。”

“下一步计划？下一步计划是什么？”

矢村说话的口气突然变得严厉：“我们的下一步计划叫做‘猎熊行动’，是日本陆军情报部门有史以来的最大一次海外谋略行动。我让你招募这些白俄亡命徒，目的就是要组成一个敢死队，在适当的时机，刺杀斯大林！”

高恒书声音高亮地回答：“我明白了！”

“高课长，你知道为什么要让白俄组成敢死队吗？”

“因为他们仇视斯大林。”

“这次你说对了。我们挑选刺客，不能仅仅是因为他们枪法准、刀法好、身手不凡，而是要利用他们内心仇恨苏维埃的火焰，我要让他们把心中的仇恨燃烧起来，烧到克里姆林宫去，烧死斯大林！”

矢村又要求高恒书组织一场模拟生死训练，他要在第二天中午亲自观看。走出矢村办公室，高恒书回头看了一眼，他心里清楚得很，这是矢村在考验自己的忠诚和能力。

自从柳什科夫叛变之后，津田玄甫命令矢村务必在最短的时间内查出满洲之狐。为了查出满洲之狐，矢村疑神疑鬼，开始怀疑机关内所有的人，把机关上下搞得鸡飞狗跳，人人自危。其中，高恒书也在被怀疑之列，受到了调查。高恒书对调查自己已有所察。但他认为自己是一个中国人，被列为重点怀疑的对象，本身无可厚非。问题的关键是，自己要把握住一点，忠诚日本人是一回事，多加防范日本人则是另外一回事。在高恒书看来，矢村反复无常，对自己已表现出了疑心，所以要处处小心为好。

按照矢村的要求，高恒书认真地安排好了真枪实弹的生死考核。地点就在太阳岛上。

矢村一脸严肃地站在树林的边缘。生死考核开始了。忽然，他听见一声枪响，随后，一个人影顺着山坡斜滚下来，隐入晃动的草丛中。后面是一群追捕的"苏联红军"。矢村看见被追捕的白俄，在一棵树下悄悄地探出头来，枪声响起，白俄再次躲到树后，子弹射进树里。白俄在树后还击了两枪，再次扣动扳机，发现手枪已经没有子弹。

树后的白俄觉得草地倏忽动荡，猛然回头手一扬，一把匕首飞出去，准确无误地穿透了一个苏联红军的手腕，一把手枪伴随着士兵的惨叫应声落地。白俄就地一滚，捡起落在草地上的那把手枪。对着手腕被钉在树干上的红军，手指慢慢扣动扳机。

枪声响了，匕首被打得不知去向。

"苏联红军"捂着手腕吓瘫在地上。

矢村大手一挥："停！"

白俄刺客喘着粗气，回头凝视着矢村。

矢村走过来，露出了满意的笑容："你很幸运，今天的生死考核你过关了。"

白俄刺客狂妄地说："凭我的本事，拧断斯大林的脖子就像碾碎一支雪茄！你们的生死考核简直是多此一举！"

矢村说："我欣赏你的身手，但不欣赏你的自信，干掉斯大林并不那么简单！"

白俄刺客的态度依旧傲慢："矢村机关长，你能不能告诉我，敢死队什么时候才能出发？我已经等不及了。"

矢村脸一沉："什么时候出发，这不是你应该问的问题！"

高恒书匆匆走过来，在矢村耳边说了几句。

矢村回头望去，两个便衣担着一副担架走来。担架上，一名受伤的白俄刺客欲挣扎着坐起来。

矢村俯下身去关切地说："别动，你伤在了什么地方？"

"大腿。"

"有怨言吗？"

"我已经签了生死状，我没有怨言！"

矢村点点头："很好！参加敢死队的人就应该像你一样，敢把生死置之度外。可是，你很不走运，在这次生死考核中你被淘汰了！"

受伤的白俄刺客立刻叫喊起来："不，我能行，上帝保佑我能行！我没有伤到骨头，我一定会亲手扭断那个格鲁吉亚人的脖子……"

矢村没理他，转身命令高恒书："马上把他送到医院，给他最好的治疗。"

高恒书："是！"

担架被抬走了。

矢村凝视着高恒书的背影，又与斜靠在一辆轿车旁的哈尔滨特务机关特高课课长桥本少佐对视一眼。桥本少佐心领神会，扔掉烟头，钻进轿车里。

高恒书明白矢村的意思，对待白俄受伤的刺客最好的治疗就是结束他的生命，因为矢村不想让这些人活着走出去，以防泄密。

在离训练基地不远的地方，日本士兵早已经挖好了一个深约 1.5 米的坑，高恒书等人在大坑面前停下，两名抬担架的便衣顺带着担架把受伤的白俄刺客一起扔进了深坑。

白俄刺客瞬间明白了自己的处境，拼命往上爬，嘴里还嘶喊着："上帝，快告诉我，这帮黄皮猴子，他们想要干什么？"

坑沿上，高恒书冷冷地吐出一个字："埋！"

日本兵拿起铁锹插入土堆，残土飞入土坑……

然而这一切，都被一个人看在眼里，这个人远远地躲到高恒书身后的一个坟头后面，他被自己看到的场面吓坏了，大气都不敢出。更让他感到害怕的是，一只黑洞洞的枪口顶住了他的脑袋。看到枪后，这个人惊得浑身一激灵，竟然小便失禁尿了一裤子。

人被便衣带到高恒书面前。便衣说："报告长官，我们发现了一个奸细。"

那个人急忙说，"长官，我不是奸细。"

高恒书打量一眼眼前的这个人，个子不高，长相有点猥琐，裤裆刚刚被尿湿了一大片。高恒书冷冷地问他一句："你是干什么的？"

那个人慌忙说："上坟的，我是来上坟的……"

"上坟的？天这么晚了，你上的什么坟？"

"长官，上坟是有很多讲究的，在我老家上坟就更有讲究了。我媳妇是半夜咽气的，按我老家的规矩，我只能摸黑来上坟……"

高恒书冷冷地:"把他埋了。"

上坟人在哀求:"哎,长官,我就是来给我媳妇上坟的,你咋能把我埋了……"

高恒书发出一声冷笑,挥了下手示意埋人。

一个便衣上前一脚把上坟人踢进坑里。

发现上坟人的便衣这时微微一怔,急忙扭头寻找什么。

上坟人在土坑中叫喊不已:"哎,长官,你听我说,我可是一个老百姓啊,你就饶了我吧……"

一锹土扬下去,正好扬在上坟人的脸上,他的话被噎了回去。

便衣见状急忙奔向一棵大树。

桥本走出树后,他冷眼注视深坑前发生的一幕。

便衣慌慌地走到桥本面前:"桥本少佐,你只说要试试高课长的保密观念强不强,可没说真要活埋人啊!你赶紧说个情,要不土都埋到脖颈子上了……"

桥本冷漠地回答:"考察高课长,是矢村机关长安排的,这个情我不能说。"

便衣回头看了一眼深坑:"都是自己人,回头双城警察署朝我要人,我咋跟人家解释?"

桥本没答理便衣,冷眼观察高恒书。便衣彻底傻眼了,欲言又止。

柳什科夫这时走到高恒书的面前,他心存不满地质问道:"高先生,有朝一日,我要是没用了,你们是不是也这么对待我?"

高恒书微微一笑:"柳什科夫先生,你是信东正教的,如果真有那么一天,你的死法应该是用带十字的绞首架,而不是简简单单地挖个坑!"

柳什科夫恨恨地望了一眼高恒书。

高恒书嘲讽地说:"柳什科夫先生,你后悔了?后悔不该投奔我们?"

"不,我是在为你们的残忍感到心寒!上帝绝对不会饶恕你们的这种暴行!"

高恒书点燃一支香烟:"柳什科夫先生,你也是搞情报出身,应该明白从垃圾箱里也能翻出情报的常识吧?"

柳什科夫冷冷地应道："你在教训我？"

"不是教训，而是让你明白，为了猎熊行动不被泄密，杀人灭口是我们必须采取的措施！"

"高课长，我承认你们的保密观念的确很强，但这又能说明什么？哈尔滨地下党的间谍满洲之狐就隐藏在你们内部，这个情报我早已向你们提供了，可你们都做了些什么？不是至今还没有查出满洲之狐是谁吗？"

高恒书不满地说："你提供的是什么狗屁情报？满洲之狐没查出来不说，反倒把我们搞得人人自危，浑身都是骚味。"

桥本少佐走过来，目光投向土坑。土坑中央，隐约可见一只手在微微动着。一锹土扬上去，那只手被土遮盖住。

高恒书看了一眼桥本："桥本少佐，你看还需要把谁埋了？"

桥本一言不发，转身走向轿车。

第二章

津田玄甫在矢村的陪同下，从长长的走廊快步走来。两个卫兵推开放映室的门，津田玄甫径直走进去，坐在椅子上。灯光暗下来，津田玄甫毫无表情地说："开始吧！"

一块小银幕上，刺客的照片依次闪现。

矢村站立一旁解说："我们选中的刺客，都是对斯大林怀有刻骨仇恨，发誓要与红色苏维埃不共戴天的人。"

津田玄甫问道："潜入苏联的路线，你是怎么考虑的？"

小银幕上，出现一张地图。

"我们初步的想法是，暗杀小组从哈尔滨秘密出发后，在大连乘'亚洲丸'邮轮前往意大利的那不勒斯港，然后绕道土耳其，再从土耳其的边境小镇博尔加翻越苏土边境的高加索山脉。走这条路线，是因为高加索山脉非常险峻，苏联人不会在那里设防。将军，你看，这里就是斯大林在黑海海滨城市的疗养地索契……"

随着矢村的指点，津田玄甫的目光在移动，仿佛看到了一条希望之路。他命令矢村停止放映幻灯片，然后冷冷地说："你既然这么自信，那么你敢为你的话立下军令状吗？"

矢村略一犹豫："我敢。"

津田玄甫说："那好，我等着你立军令状。不过，你在怀疑高课长的同时，对桥本少佐和良子也不放心，并让他们相互监督，你在搞什么名堂？"

矢村解释说："将军，中国历史上的曹操有一句名言，'宁教我负天下人，休教天下人负我'。我这么做无非是让机关内部不能成为铁板一块，有时候让他们相互拆台，互相猜疑，互相检举揭发，然后分别利用他们，也许会有意外的收获。"

矢村的话音刚落，良子推门而入。良子约二十二三岁，有着冷艳的外貌。她毕业于专门培养对苏俄情报的间谍学校哈尔滨学院。作为哈尔滨学院高才生的良子，上学的第一天就被告知，一个女人要充分利用自己的姿色套取情报。可良子是个渴望爱情的女人，她想对自己的爱情忠贞不渝，但这一切对她是可望而不可即的。不久，良子便为老师高恒书的才华与气质所吸引。

良子话音有点急促："机关长，我们的猎熊行动泄密了。"

津田玄甫和矢村闻言大惊。

良子接着说："机关长，这是我们刚刚破译的哈尔滨地下党发往莫斯科的一份电报。满洲之狐窃取了有关猎熊行动的情报……"

津田玄甫一把夺过良子手中的电文。

津田玄甫的脸色十分难看，良子站在一旁感觉那张脸很是冰冷。津田玄甫转头对矢村说："矢村君，在满洲之狐的案件上，我不管你怀疑谁，都采取了什么措施，但在暗杀小组派出之前，你要是破获不了满洲之狐的案件，影响到猎熊行动的实施，我饶不了你！"

矢村觉得很是惭愧，"请将军放心，我一定在最短的时间内查出满洲之狐。"

津田玄甫果断地命令："查不出满洲之狐，敢死队不准出发！"

津田玄甫转身走出门外。矢村依旧站在那里没动，一直看着津田玄甫走远。

最近这一段时间，对于苏联红军参谋本部第二局局长别尔津少将来说，可以说是火上浇油，由于柳什科夫的叛逃，斯大林震怒了，要求别尔津务必想办法找到柳什科夫，采取秘密手段，不惜一切代价干掉他。

所以，柳什科夫叛逃到哈尔滨的消息得到确认之后，别尔津站在办公室的地球仪面前，一只手轻轻地转动地球仪，直到地球仪上出现了"哈尔滨"的字样，因为在那里有一个共产国际的情报组，情急之下，他想马上联系这个情报组的负责人苏梓元。

别尔津拿起电话说道："马上给哈尔滨苏梓元发报，让他通知满洲第二情报组立刻撤离哈尔滨！"

接电话的一名上校回答说："将军，你忘了，我们和苏梓元的联络是有固定时间的，现在还不到联络的时间。"

墙壁上的钟声敲了九下，他抬起头看看那块沙皇时代留下来的大钟，心里立刻冷静了不少。

别尔津看着外面金黄色的树叶飘落，突然想起一个人来。这是一个令苏维埃骄傲，令希特勒大发脾气，令叛徒柳什科夫心惊肉跳、寝食难安的人……

但这个人目前正在休假，这是别尔津为他特批的假期，作为领导，别尔津觉得这个曾被授予苏联红军总参情报二局功勋侦察员的人，工作太辛苦了，应该给他一点自己的时间休息休息。

养兵千日，用在一时。别尔津心想，这次你又休不了假了。

别尔津所想到的人叫伊万诺维奇，代号野狼。

别尔津马上命令上校，要求他以最快的速度找到伊万诺维奇。但几天过去了，野狼还是没找到。

就在这时，别尔津接到了一封来自哈尔滨的密电。电文显示柳什科夫叛变后正在帮日本人制定暗杀斯大林的计划。

别尔津看到电文之后，脑袋立刻大了三圈。有着丰富谍战经验的别尔津拿着电报，立刻想到了一个问题，由于柳什科夫的叛变，他有可能会帮助矢村破译哈尔滨地下党与他保持联络的密电码，为了以防万一，把伊万诺维奇派到哈尔滨去，为哈尔滨地下党送去一份新的密电码，同时除掉柳什科夫，这项任务显然刻不容缓了。

但是上校寻找野狼，一直没有结果，这让别尔津不禁大发雷霆。

别尔津手拿电报，怒气冲冲地推开办公室的门。上校紧紧地跟在他的身后，别尔津猛地停住脚步，转过身来朝上校怒吼道："上校同志，你为什么还跟着我？听见没有，为什么还跟着我？我现在需要的是伊万诺维奇同志站在我的面前，而不是你这个笨蛋！"

上校吓得面如土色："将军同志，你听我解释，伊万诺维奇同志刚从布拉格回到莫斯科，他正在休假。我已经找遍了他可能去的所有地方，可是……"

别尔津怒气冲天，打断上校的话："我没时间听你的这些废话！"

上校低着头，不敢与别尔津那双冒火的眼睛相对视。

别尔津怒气冲冲地猛敲桌子："上校同志，你还站在这儿干什么？难道让我去求莫斯科军区司令，让他派出卫戍部队帮你一起去找伊万诺维奇同志吗？"

上校语无伦次地回答："将军同志，我，我不是这个意思……"

别尔津突然想到什么："我想起来了，伊万诺维奇这个家伙现在肯定和薇拉在一起。对！我的判断没错！他一定和薇拉在一起。上校同志，你马上去莫斯科郊外的薇拉宿舍，把他从薇拉的被窝里给我拽出来！"

上校同志赶紧应道："是，将军。"

别尔津急不可待地说："开我的车去，能开多快就开多快。路上撞死几个酒鬼也没关系……"

上校敬了个礼后，匆匆走出房间。

别尔津走到窗前，望着上校把车风一般地开走了。

别尔津有点得意，他放松下来，自言自语道："薇拉，我怎么把你给忘了？"

薇拉本名叫张依萍，是一个二十五六岁的中国姑娘。她出身于江南水乡，气质高雅，柔美文静，诗琴书画无所不能，还能说一口流利的英语、俄语和日语。

张依萍很早就在上海加入了中国共产党，后因共产国际情报组织缺少女同志，在苏联红军总参情报二局别尔津将军的请求下，由周恩来亲自点名，将张依萍由上海派往莫斯科，参加了共产国际情报组织。在苏联期间，张依萍结识了伊万诺维奇，他们双双坠入爱河。但是，因为伊万诺维奇的特殊身份和职业，经常要到外地执行任务，所以，两个人聚少离多。这次伊万诺维奇休假，可把张依萍高兴坏了，他们一同躲进了莫斯科郊外的一栋小小的别墅里面，没日没夜地待在一起，弹琴、私语、唱歌、尽情享受秋日的美好时光。

张依萍听见汽车开来的轰鸣声，她立刻与伊万诺维奇对视一眼，然后拢了拢头发，走向房门口。

汽车的急刹车声门口响起。凭借女人的直觉判断，一定是有重大的事情发生了。

上校从车上下来，张依萍已经出现在门口，"上校同志，你怎么来了？"

"别尔津将军说得没错，伊万诺维奇就在你这里。薇拉同志，我要是再找不到伊万诺维奇同志，我就快完蛋了。伊万诺维奇同志在什么地方？我带来了别尔津将军的问候和命令。"

伊万诺维奇从张依萍的身后闪出，走到上校的面前，两个人相互问好，交谈起来。张依萍则站在台阶上看着他们。

伊万诺维奇突然恼火地说："上校同志，你开什么玩笑？我已经答应了薇拉，要陪她去符拉迪沃斯托克度假，知道吗？我要去符拉迪沃斯托克度假，和薇拉一起去度假，而不是再接受什么任务。"

上校一脸严肃地说："对不起，伊万诺维奇同志。我现在是传达别尔津局长的命令。我只能给你 10 分钟的时间……"

上校的目光越过伊万诺维奇的肩头，朝门口看去。薇拉一脸茫然地站在门口，正朝这边凝望。

伊万诺维奇扭头看了他的薇拉一眼，朝上校吼道："10 分钟？上校同志，我刚从柏林回来，还没顾得上和薇拉接吻，10 分钟只够刷刷牙……"

上校毫不通融地说："可别尔津将军为了找到你，现在已经快急疯了。伊万诺维奇同志，你说是立即去见别尔津将军重要，还是亲吻重要？"说完，他头也不回地走向吉普车。

张依萍转身走进屋里。

伊万诺维奇恨恨地扫了一眼上校的背影，返身走向门口。

上校回头喊道："喂，伊万诺维奇同志，你要是想和薇拉接吻，我看 10 分钟足够了……"

10 分钟后，伊万诺维奇坐进吉普车。他冷眼瞥了一眼上校说："上校同志，到底发生了什么重要的事情？"

上校神情立刻严肃起来："日本人搞了一个猎熊行动，他们要暗杀斯大林同志……"

伊万诺维奇闻言大吃一惊。

吉普车疾驰而去，张依萍孤单地站在门口，目送吉普车远去。

当伊万诺维奇走进别尔津办公室的时候，别尔津恰好又收到了一份来自哈尔滨的密电，这封密电明确说明，日本特务机关已经掌握了哈尔滨和莫斯科之间的密电码，并要求莫斯科方面终止使用原来的密电码。

别尔津拿着密电，眉头紧锁。伊万诺维奇的出现，让他的眉头略微舒展一些。

别尔津让伊万诺维奇坐下，"伊万诺维奇同志，我知道你去过世界上的许多国家，出生入死为我们苏维埃做出了很大的贡献。但这次的任务不同寻常，哈尔滨特务机关长矢村已经在太阳岛搭建了马采斯塔温泉的实景，他目前正在那里训练刺客，暗杀最高统帅的猎熊行动也会随时启动，我们需要掌握敌人的一举一动，所以，你马上停止休假，到哈尔滨去。"

伊万诺维奇一脸冷峻地问："将军，到哈尔滨没问题，但我的任务是什么？"

别尔津拿出一本密电码交给伊万诺维奇，郑重地说："把这本密电码交给哈尔滨的地下党，并处决叛徒柳什科夫！"

话音刚落，上校匆匆走进来，他在别尔津耳边低语了几句。伊万诺维奇握着手中的密电码本，无意中瞟了一眼上校和别尔津，他发现别尔津的脸色有些不大对头。

别尔津说："对不起，伊万诺维奇同志。我现在有一件特别重要的事情需要马上去处理，你等我回来再接着谈。"

伊万诺维奇目送匆匆而去的别尔津，目光落在密电码本上。

上校扫了一眼伊万诺维奇，也匆匆走出门口。

屋子里就剩下伊万诺维奇一个人，他站起身走到地球仪前。这时候上校推开门对他说："喂，别尔津将军命令你就待在这里，不许离开一步。"说完，上校把门又关上了。

伊万诺维奇转动地球仪。

地球仪停止转动后，"哈尔滨苏梓元情报组"的字样映入了他的眼帘。

别尔津走进苏军总参电讯室的屋子里，立刻感觉到了一种紧张的气氛，所有人的目光都灼热地盯在自己的脸上，因为他们是在等待他作出一个重大的决定。关于这个决定，别尔津思前想后，在严峻的突发事情面前，他不能不果断一些，时间也不允许他拖延下去，每拖延一分钟都会对斯大林同志的安全产生极大的不利，如果斯大林同志有个闪失，这个责任别尔津无论如何是负担不起的。

别尔津站在一张长条桌子的一端，目光在列席人员的脸上巡视了一圈，用非常郑重的声音说出了他的命令："马上给哈尔滨地下党发报……"

上校听见别尔津的命令大惊失色，在那一瞬间甚至以为别尔津已经疯了，他急忙起身立正提醒道："将军，密电码已经被日本人破译了，你还要给哈尔滨地下党发报，这么做，会暴露伊万诺维奇同志的……"

别尔津丝毫没有客气，他的口吻说明他的命令是不允许遭到手下任何人质疑的："住嘴！为了斯大林同志，为了红色苏维埃，我们别无选择！就按我说的办，马上给哈尔滨地下党发报，通知他们，我们将派野狼前往哈尔滨！"

别尔津说完，转身离开。在长长的走廊里，别尔津走得非常快，上校紧随其后，他们一起回到了办公室。伊万诺维奇手扶着地球仪看着匆匆闯进来的别尔津。

别尔津说："我们接着谈吧。"

伊万诺维奇刚要张嘴问些有关任务的细节问题，别尔津似乎又改变了主意："伊万诺维奇同志，其实，该谈的都谈了，你准备一下，马上送你去机场。"

伊万诺维奇略有吃惊地说："这就去机场？"

别尔津毫不含糊地："这就去机场！不过……"

伊万诺维奇在静等下文。

别尔津难以启口地说："伊万诺维奇同志，情况现在有点小变化，由于我们和哈尔滨地下党联系用的密电码已经被柳什科夫破译了，所以，关于你要去哈尔滨的情报，我估计已经摆在了哈尔滨特务机关长矢村的办公桌上了……"

伊万诺维奇闻言大吃一惊，他像不认识似地望着别尔津。

别尔津歉意地说："对不起，伊万诺维奇同志。我用被破译的密电码发报，通知你要去哈尔滨的消息，完全是被逼无奈……"

伊万诺维奇闻言不禁冷冷一笑说："被逼无奈？"

别尔津说:"为了斯大林,我没别的办法,这是唯一的选择。"

伊万诺维奇脸色十分难看地说:"将军同志,这么说,在日本人已经掌握了我和哈尔滨地下党具体的接头地点和时间的情况下,你还想让我完成任务?"

别尔津说:"你必须完成任务!"

伊万诺维奇冷冷地说:"将军同志,我尚未出发就已经暴露身份和任务,你让我怎么完成任务?"

别尔津说:"这个任务关系到斯大林同志的安危,关系到整个苏维埃,乃至世界的和平,你没有理由不完成任务……"

"我要是完不成呢?"

"假如你没有完成任务,哈尔滨有块俄人的墓地,那是老沙皇修中东铁路时选中的风水宝地,你可以在那里为自己选一块地方把自己埋了,可遗憾的是,我绝不会去参加你的葬礼!"

伊万诺维奇说:"将军同志,你应该承认你办了一件蠢事,蠢得不能再蠢的一件蠢事……"

别尔津一拍桌子:"你在和谁说话?"

伊万诺维奇也猛拍桌子,以示不服。伊万诺维奇火气十足地说:"将军同志,哈尔滨不同于别的地方,那里是日本人苦心经营的反苏、反共的谍报中心,是秘密战的重要战场。围绕着苏维埃,日本人在哈尔滨、卡萨布兰卡、维也纳、伊斯坦布尔、安卡拉、布拉格和里加都建有情报站,但只有哈尔滨的日本特务无孔不入,他们的能力已经超过了盖世太保,甚至超过了蒋介石的军统……"

别尔津嘲讽地说:"伊万诺维奇同志,你是声名在外的野狼,一条狡猾得让希特勒都大发脾气的野狼,连英明的斯大林同志都给你发过勋章!可你为什么对完成任务这么缺乏信心?"

"将军,我不是缺乏信心,我是有压力!懂吗?我是有压力!"

别尔津冷笑一下:"你这个居功自傲的家伙,见到我就是满口的胡言乱语,但就这一句话说对了!不错,你的压力很大,所以顾虑重重。但这不是理由……"

伊万诺维奇说："将军同志，你为什么不敢承认你干了一件蠢事？为什么？"

别尔津火气十足地说："为什么？伊万诺维奇同志，我告诉你，我领导的特工遍布全世界，把他们集合起来，能从莫斯科排到伦敦，但我为什么单单选中了你去执行这次任务？"

伊万诺维奇茫然地望着别尔津。

别尔津接着说："伊万诺维奇同志，你根本不配叫什么野狼，你应该叫喋喋不休的娘们儿才对！"

伊万诺维奇还是第一次看见别尔津如此对自己发火，转念一想，并不是别尔津愚蠢，而是没有其他的路可走，如果换作自己来处理这件事情，又有什么高招呢？伊万诺维奇没有再进行反驳，屋子里一时安静下来，时间仿佛凝固一般。别尔津从办公桌后面走出来，他首先打破了凝固的气氛。

别尔津说话的口气缓和了不少，"对不起，我不该对你发火，伊万诺维奇同志……"

伊万诺维奇："可你已经对我吹胡子瞪眼了！"

别尔津克制地说："好了，咱们谈点正经事儿吧。伊万诺维奇同志，据我所知，哈尔滨地下党有个叫孙博文的人，他在符拉迪沃斯托克东方大学学习时，你曾经给他上过课，情况是这样吧？"

伊万诺维奇说："孙博文是我的学生。在中国学员中，他每次考试的成绩总是第一，可我对他的印象并不好，这个人太狂傲了。"

别尔津说："你也很狂傲，伊万诺维奇同志。"伊万诺维奇想说些什么，被别尔津打断，"你听我说，伊万诺维奇同志。我在考虑另外一种可能。你到了哈尔滨后，如果认为不安全，可以先放弃接头，然后想办法找到孙博文。但这样一来，就错过了接头时间，假如，我是说假如你错过了接头时间后，你又无法找到孙博文，那么后果是什么呢？这让我无法想象……"

伊万诺维奇说："我要是在路上被伏击了，后果也无法想象……"

别尔津刚要接话，门口传来重重的脚步声，别尔津扭头看向房门，看见斯大林同志的卫队长弗拉希克少将闯进办公室。

别尔津看见弗拉希克的出现略有吃惊，他急忙问道："弗拉希克同志？你怎么来了？"

弗拉希克瞧也没瞧别尔津一眼，冷冷地说："我不放心。"

别尔津被弗拉希克的话噎住。

弗拉希克的目光盯住了伊万诺维奇。别尔津马上做了引荐，他说："弗拉希克同志，我来介绍一下，他就是伊万诺维奇同志，一位让苏维埃感到骄傲的野狼……"

弗拉希克说："野狼和野狐的名字我听过的多了。别尔津同志，他要执行的任务都交代了吗？"

别尔津说："已经交代完了。"

弗拉希克说："伊万诺维奇同志，我听别尔津同志介绍说，中共哈尔滨地下党打入日本特务机关的满洲之狐是一位很了不起的特工，是他向我们提供了猎熊行动的情报……"

伊万诺维奇说："将军，但现在我们遇到了一点麻烦……"

弗拉希克盛气凌人地说："麻烦不归我管！我今天来只是想强调，绝不能让日本人的阴谋得逞。"

伊万诺维奇与别尔津对视一眼。

弗拉希克盯住伊万诺维奇说："你能不能向我保证？到了哈尔滨后，一定要亲手把新的密电码交给中共哈尔滨地下党，好让我们随时掌握猎熊行动的动态，并顺便干掉叛徒柳什科夫！"

伊万诺维奇犹豫一下说道："将军，能让我说句实话吗？"

"当然！我对不说实话的人，从来都不会客气！"

"将军，如果说实话，我，我很难保证完成任务……"

弗拉希克闻言脸色大变。

别尔津担心地扫了一眼伊万诺维奇。

弗拉希克问道："你为什么不能保证完成任务？给我一个理由！"

伊万诺维奇说："将军，我们的密电码已经被日本人破译，但我去哈尔滨的情报，却依旧用了被破译的密电码发给了哈尔滨地下党……"

弗拉希克倒抽一口凉气说道："别尔津同志，情况是这样吗？"

别尔津说："是这样，除此之外，我别无选择。弗拉希克同志，我实在想不出还有什么好办法能通知哈尔滨地下党。"

弗拉希克脸色一沉："别无选择？别尔津同志，你这么做，伊万诺维奇同志是去送密电码还是去送死？"

屋内很静，没有人回答他的质问。别尔津早就看不惯弗拉希克这种盛气凌人的模样，但他又有些畏惧这个狐假虎威的家伙。

弗拉希克说："别尔津同志，你们情报局平时把天都吹破了，可在我眼里都是一帮蠢不可及的家伙！你为什么要这么做？为什么拿斯大林同志的生命开玩笑？"

别尔津说："弗拉希克同志，你听我解释，哈尔滨地下党的密电码被破译后，我们和中共哈尔滨地下党的联系就没有其他可靠的方式了。不过，伊万诺维奇同志在牡丹江一号地区空降后，将会有一支精悍的抗联小分队负责接应他……"

弗拉希克一听到抗联小分队竟然咆哮起来，他平日里非常小看中国共产党的抗日力量，这个狂妄自大的人后来对中国的抗联力量改变了看法，原因是抗联小分队在护送伊万诺维奇突破虎峰口，在遭到日军伏击的战斗中表现得十分英勇。但是目前，弗拉希克还在固执地坚持自己的看法。

弗拉希克盛气凌人地对别尔津说："你别跟我提什么抗联小分队，他们的几只破枪只能打野兔子。别尔津同志，你干脆把我也拽上飞机，空降到一号地区，最好他妈的别用什么降落伞，直接把我推下去，摔死算了！"

说完，弗拉希克拂袖而去。

这一切都被伊万诺维奇看在眼里，他忽然对别尔津不像刚才那么生气了，他觉得别尔津也不容易，尤其是他看不惯弗拉希克的不可一世。他突然觉得自己应该无条件地去哈尔滨，要用自己的行动，证明一下别尔津手下的苏联特工不是吃白饭的，他们是世界上最好的特工。

几小时之后，当伊万诺维奇在飞机场看到护送自己去哈尔滨的飞机时，更加强化了这种信念。

别尔津亲自把伊万诺维奇送到飞机下面。在登机之前，别尔津又嘱托伊万诺维奇一下，"伊万诺维奇同志，为了斯大林同志，祝你好运！但我希望你别把对我的怨气带到中国去。"

伊万诺维奇说:"将军,我的怨气倒没什么,而弗拉希克将军的怨气对你绝对不是一件好事情。"

伊万诺维奇钻进机舱,他突然被机舱里一张微笑的脸给弄糊涂了。眼前,分明是张依萍盈盈的笑脸。

伊万诺维奇感到十分诧异,他问道:"薇拉?你怎么会在这里?"

张依萍看了一眼邻座上的上校说:"这是别尔津将军特意安排的,他让我陪你到牡丹江的上空后再返回莫斯科。"

伊万诺维奇把上校拉到一边:"上校同志,薇拉尽管是我的未婚妻,可我执行的是绝密任务,她不应该出现在这里……"

上校说:"伊万诺维奇同志,你认为你的任务还有秘密可言吗?你应该抓紧时间和你的薇拉待在一起。如果想亲吻,这里有足够的十分钟……"说完,上校走向了驾驶室。

飞机起飞了。张依萍依偎在伊万诺维奇的肩膀上,伊万诺维奇紧紧地搂着她。两个人心里都有很多话想说,但谁都没有说,他们透过机舱玻璃看到下面成片成片的森林,叶子都已经黄了。

"薇拉,下面就是你的祖国,你想不想和我一起跳下去,看看你的祖国?"

"我当然想。我的祖国正在遭受日本人的侵略,我恨不得马上跳下去,加入赶走侵略者的行列,并把他们彻底打败……"

"薇拉,这一天会到来的,相信我的话,这一天一定会到来的,等到胜利的那个时刻一到,我们一定要在莫斯科的郊外度过不眠之夜,你弹琴,我唱歌……"

张依萍轻声唱道:

> 一条小路曲曲弯弯细又长
>
> 我要沿着这条细长的小路
>
> 跟着我的爱人上战场……

伊万诺维奇也轻声跟唱起来。

这时候驾驶舱与货舱之间门口上方的红灯突然不停地闪烁起来。这是通知信号，表示已经接近降落地点了。上校走进机舱说："伊万诺维奇同志，马上就到达空降地点了，请你做好空降准备……"

伊万诺维奇果断地说："上校同志，请你通知机长，我要在偏离牡丹江一号地区五公里的地方跳伞。"

机舱的门打开了，一股气流冲进来。伊万诺维奇整装待发。张依萍动容地拥抱了一下伊万诺维奇。发动机的轰鸣声很大，张依萍提高了嗓门说："小心点儿，我等你平安回来……"

"薇拉，我还要陪你去度假，我会平安回来的！"

张依萍默默地替伊万诺维奇整理衣服。伊万诺维奇转向阿廖沙说，"上校同志，谢谢你的十分钟。麻烦你替我照顾好薇拉！"

"伊万诺维奇同志，请你放心，我会照顾好薇拉的。"

伊万诺维奇深情地看了张依萍一眼，纵身跳出机舱外。

张依萍的心也随着伊万诺维奇的一跳飞出了舱外。

深夜，在牡丹江一号地区，伊万诺维奇空降后，正在丛林里拿出指南针辨别方向，他听见了树林里有人向他这边走动的声响，伊万诺维奇迅速拿出手枪，躲到一棵树后观察着。慢慢地，有几个人影出现，他们的衣服都是土布做的，有一些还打着补丁，手里端着三八大盖步枪，伊万诺维奇一看就知道这肯定不是日本兵，如此装备的队伍除了抗联就是附近山林的土匪。伊万诺维奇大胆地喊了一句："喂，请问你们是抗联小分队吗？"

为首的一个人回答说，"是。"

伊万诺维奇从树后走出来，过去和来人握手，但那人根本没有握手的意思。伊万诺维奇打量他一下，"你是队长？"

旁边一个小年轻说："没错，他就是我们王队长。"

伊万诺维奇问："王队长，这里已经偏离了牡丹江一号地区，你们怎么会找到我？"

王队长说："你以为就你尖？就你有心眼儿？我们都是大傻瓜？告诉你，为了防止你临时改变降落地点，我们可是把脑袋都憋大了。你想跳出我的手心？我看你还没有这两下子。"

"这一带安全吗？"

"你没来之前这里很安全，可你从飞机跳下来后就不好说了。不过，请你把心放在肚子里，我们会把你送到你认为安全的地方。"

"不，我不需要你们的保护，我要自己走。"

王队长一怔，"自己走？那可不行，我们没接到让你自己走的命令。"

"我的话就是命令。"

"对不起，你的命令对我根本不好使，我只服从我上级的命令。"

伊万诺维奇发火了，"见鬼！我愿意自己走，这样目标会小些……"

王队长不屑地说："挺大个个子，就你目标大还说目标小。听好了，小鬼子已经把这一带包围了，你离开我们一分钟也活不了。有我们在，你兴许还有活下来的希望。"

伊万诺维奇愤怒地用脚踢向树干。

王队长："你撒什么疯？这一带已无路可走，要想去哈尔滨，虎峰口是必经之路，但小鬼子已经在那里设了埋伏，我的任务是领着你绕开虎峰口，再穿过原始森林，然后再往北走……"

伊万诺维奇气愤地说："还要穿过原始森林？还要往北走？难道我是来旅游的吗？队长同志，我告诉你，我必须在天亮之前赶到哈尔滨！这对我来说非常非常地重要，否则，我还不如在莫斯科睡大觉……"

王队长说："天亮之前赶到哈尔滨？你可真会做美梦……"

伊万诺维奇突然把枪口顶在王队长的头上："走虎峰口！听见没有？我要走虎峰口！"

抗联战士们个个沉默不语，但目光都投向队长。

王队长显然是在做思想斗争。

王队长最终拨开了头上的枪："这小子是祖宗，是他妈的活祖宗。听他的，走虎峰口。"

抗联战士们小声议论起来。

一个抗联战士忍不住了，"队长，走虎峰口准得让小鬼子包圆了，咱们可不能听这傻小子的……"

王队长阴冷着脸，挨个儿扫视着抗联战士。

伊万诺维奇说:"天哪,我怎么碰上了一群胆小鬼……"

"你说谁是胆小鬼?你不是胆小鬼,你还把跳伞地点给我改了?"

伊万诺维奇冷笑一声,"这叫随机应变,你懂不懂?"

"你少跟我犟嘴!随机应变我八百年前就懂!"

伊万诺维奇不吱声了。

王队长开始巡视队伍,"兄弟们,我的好兄弟们。不用我说,你们心里也会有数,走虎峰口对咱们意味着什么。按我的脾气,咱们不走虎峰口行不行?我看行,抬也把这小子抬进原始森林。可在任务面前,这个傻小子好像并不傻,他也知道走虎峰口对他不是什么好事情。兄弟们,咱们既然在上级面前拍了胸脯,你们说咱们走不走虎峰口?

战士们异口同声:"走虎峰口!"

"好,那咱们就走虎峰口。"王队长指向队伍:"你们几个站出来。"

几个抗联战士站出来,排成一队。

王队长指着其中一个人:"就你的个头和傻小子的差不多,胖瘦也合适。你把衣服脱了,给这犟种换上。"

随后,王队长悄声对伊万诺维奇说:"你跟在后面,和我们保持距离,如果我们遭到伏击,我打我的,你跑你的,明白吗?"

伊万诺维奇当然明白。后来在哈尔滨,当伊万诺维奇见到孙博文的时候,曾讲述了他在虎峰口的突围,他对孙博文说,"你们的抗联队伍真是好样的,个个都是英雄。"

伊万诺维奇说的是真心话。弗拉希克将军瞧不起中国的抗日武装力量,他认为抗联队伍的武器落后,游击战术歼敌力量不强。但通过虎峰口的突围,伊万诺维奇亲身感受到了中国抗日力量,同时也认识了中国人,他甚至坚信,凭借着中国人的这种骨气,日本人的侵华战争迟早要失败。

抗联战士把假伊万诺维奇围在中间,警惕万分。一双双警惕的眼睛不时地打量着恐怖的山林。

虎峰口,陡峭的峡谷怪石林立,周围一片死寂。树后的怪石中,枪口闪着寒光。设伏的日军指挥官抬手看表:指针指向午夜 11 点 20 分。渐渐地,有脚步声传来。

日军指挥官突然抬手开了一枪。随着枪响，日军从岩石、树后站出来，枪口纷纷对准了抗联战士。

　　王队长低声命令："听我的命令，不许开枪。一开枪咱们就地就会完蛋。现在尽量拖延时间，掩护野狼走出虎峰口……"

　　日军端着枪一步一步走向抗联小分队。

　　王队长小声说："注意了，把枪扔下，给小鬼子造成错觉，等他们走近了再和小鬼子肉搏！"

　　队员们把枪纷纷扔在地上。日军指挥官见状不由得一愣。稍顷，他似乎明白了什么，认为这支抗联小分队想投降。

　　日军与抗联在渐渐缩短距离。王队长和日军指挥官几乎脸对脸了。王队长在微笑，日军指挥官也在微笑。就在这时，王队长突然大喊一声："兄弟们，和小鬼子拼了！"刹那间，抗联战士迅猛地扑向鬼子。人影闪动，跌倒、蹿起、厮打、拼杀，憧憧人影闪过来，扑上去，令人目眩……

　　虎峰口战斗的惨烈程度，让伊万诺维奇这个深入敌后、走遍欧洲、令希特勒感到恐惧的特工欷歔不已。战斗一打响，抗联战士拼死冲杀，没有一个人退缩。

　　伊万诺维奇躲在树后目睹战斗场面。枪声呼啸，喊杀声震撼着森林。突然，这些声音都消失了，山里变得安静下来，静得出奇，静得可怕。

　　当伊万诺维奇走出来时，看见的是遍地的尸体，场面惨不忍睹。伊万诺维奇喘着粗气，警觉地观察四周，发现没有异常，这才重又走进森林。

　　突然，从黑暗中传出令人心悸的脚步声。伊万诺维奇迅速拔出手枪，倾听由远而近的脚步声。一个人踉跄地走过来。伊万诺维奇似乎认出了对方，释然地把枪收回。他看清楚了，向他走来的人竟然是抗联小分队的王队长。他竟然还活着。

　　王队长上气不接下气地说："你，你没受伤吧？

　　伊万诺维奇说："我没有受伤。队长同志，我得谢谢你，要不是你坚持让我走在后面，我恐怕难以死里逃生……"

　　"你他娘的行，枪一响，就像兔子一样蹿没影了，算你命大……"

　　王队长突然扶着树干慢慢坐在地上。伊万诺维奇一惊，急忙去扶他。

王队长疲惫地说："让我躺一会儿，我有点犯困。"

伊万诺维奇问道："你受伤了？"

王队长点点头。

"伤得重吗？快让我看看你的伤……"

王队长脸色苍白："不是重！是要死了，野狼，你的衣服还在我的手上，给你，拿去换上。"

伊万诺维奇说："我的天，你都伤成这样了，为什么还要为一件衣服追我？"

王队长费力地："我们上级说了，小分队就是都拼光了，也要保证你的安全。我不追你追谁？拿着，这是你的衣服……"

伊万诺维奇沉默片刻，"你叫什么名字？"

王队长喘息着说："你想记住我的名字？"

伊万诺维奇点点头。

王队长说："光记我的名字有什么用？你要记就记住三十六个人的小分队吧，他们可是为了你，也是为了共产主义，才把血洒在了虎峰口。你小子的命可真他妈的值钱……"

伊万诺维奇说："他们的确很棒，我会记住他们的！记住这次中国之行。"

王队长喘了一口气："不记也没什么大关系。我们是为了完成任务，而不是为了图名。傻小子，听我的，你还是赶紧走吧，走出这片林子后，就有一条铁路直通哈尔滨了……"

"不，我不能把你扔下不管，我背你走！"

"你傻呀？那样做会连累你的。赶紧走！"

伊万诺维奇沉默了。

王队长掏出一枚手榴弹，打开保险，把拉环套在手指上："你放心，我有这玩意儿，我当不了小鬼子的俘虏……"

伊万诺维奇感动地说："同志，我的职业，有时候要求我不太在乎别人的生命，当然，也包括我自己的生命。但是在今天，我必须把你背走。"

王队长微笑一下，"谢谢你，野狼同志。不过，我不能让你背着我走。

你应该扔下我自己走……"

"你是好样的，中国抗联也是好样的，你们和苏联红军一样出色。弗拉希克将军的话纯粹是胡说八道，等我回到莫斯科后，非揍扁了他不可……"

王队长的眼睛闭上了，似乎是睡着了，睡得那么安详。

伊万诺维奇的目光停在队长的手上，王队长的手指上套着手榴弹的拉环。

伊万诺维奇慢慢举起手，神情庄重地向王队长敬了个礼。

天刚放亮，一名上尉就一脸惊慌地匆匆走进别尔津的办公室。

上尉说："将军，伊万诺维奇在牡丹江一号地区遭到了日军的伏击，护送他的抗联小分队全部牺牲，伊万诺维奇同志下落不明，这是我们侦破的日本人电文。"

别尔津闻言脸色铁青，"你说什么？伊万诺维奇同志下落不明？"

"将军同志，我们得到的情报就是这么不妙。"

别尔津大怒："你这是什么狗屁情报，简直是世界上最好的一篇悼文！"

上尉说："将军同志，弗拉希克将军马上就要到了……"

别尔津一听弗拉希克的名字脑袋都大了，心想，这回好了，他那张臭嘴又闭不上了。

弗拉希克匆匆走进来对别尔津说："别尔津同志，我的这双眼睛布满了红血丝，可全世界的大夫没有一个能治好，我只好找你来了。告诉我，有什么好消息没有？"

别尔津与上尉对视一眼："弗拉希克同志，你听我说，情况现在确实有点不妙……"

别尔津递上上尉拿来的电文。弗拉希克看完，用嘲讽的口吻说道："不错，很不错，日本人的悼词让我大开眼界。亲爱的别尔津同志，我的悼词应该由谁来写？是不是你？"他拍了一下桌子，几乎震掉了桌子上的茶杯。

别尔津说："弗拉希克同志，你的这个问题并不难回答……"

"并不难回答？"

"如果要写悼词，你的悼词一定很精彩，而我的悼词可能只会是三个字，绞首架！"

"亲爱的别尔津同志，难道你不认为，一个绞首架根本不够吗？麻烦你再给我搭上一个，搭结实一点！我体重189斤，别绞不死我，先摔我个残废！"

"弗拉希克同志，其实，我们还有第二套方案……"

弗拉希克一怔："第二套方案？"

"对，第二套方案！"

"什么第二套方案？说出来听听……"

别尔津所说的第二套方案是他手中还有一张王牌，那就是伊万诺维奇的恋人张依萍。长期以来，别尔津并没有给她分配什么任务。这一次，伊万诺维奇前往哈尔滨执行任务，他担心伊万诺维奇在虎峰口遭遇不测，所以，为了保险起见，别尔津决定启用张依萍。命令她带着另一套密电码前往哈尔滨执行任务。

十几个小时前，别尔津命令上校把张依萍悄悄接来。这一切，伊万诺维奇一点也不知道。

在苏联红军总参情报局的另一个房间里，别尔津久久打量张依萍后，问道："薇拉是你的俄文名字，你的中文名字叫什么？"

"张依萍。"

别尔津笑了一下："你看我，时间长了都把你的中文名字给忘了。张依萍这个名字很好听！不过，我还是叫你的俄文名字比较顺口。"

张依萍微露笑意。

别尔津严肃起来："薇拉同志，你是不是觉得大家都在忙碌的时候，你却无事可做，好像我们很不信任你？"

张依萍淡淡一笑："将军同志，我从来就没这么想过。不过，无事可做，在中国可以解释成养兵千日。"

别尔津点点头："我很满意你的回答。共产国际情报组织缺少女同志，你又是周恩来同志推荐到共产国际情报组织工作的，我们非常需要你。薇拉同志，你是中共党员吗？"

张依萍说："原来是，但现在已加入了苏共，这是因为工作需要才加入苏共的。"

别尔津盯住张依萍说道："薇拉同志，你是共产国际情报组织的成员，这次派你去哈尔滨，任务不同寻常。不过，你必须明白一点，你在哈尔滨一旦出事，可以推到共产国际身上，这在外交上有利于摆脱我们苏维埃的尴尬局面。听明白了吗？"

张依萍一点就通，"请将军放心，我知道该如何去做。"

别尔津说："你坐，薇拉同志，我还有话要对你说，关于你去哈尔滨这件事情，必须保密，不许让伊万诺维奇同志知道……"

第三章

满洲之狐是何许人也？这是矢村最头疼的事情。哈尔滨地下党的满洲之狐就潜伏在他的机关内部，这不能不是他的心病。

矢村对手下几个人作了如下对比：高恒书，俄国课的课长，论才华和能力，无论在机关内部还是在外部，都称得上优秀，但这并不能排除他是满洲之狐的可能，因为他是中国人吗？矢村在内心问了自己这样一个问题。尤其是卢沟桥事件爆发日本军队进驻华北以后，中国人对日本人的民族情绪不断高涨，东三省虽然早在九·一八事变后被日本占领，后来又成立了满洲国，对日本人来说，满洲国的建立稳固了他们在东三省的统治。有些中国人在一段时间内，基本上也默认了这样一个事实，东三省已经是日本人的了，而更多的老百姓对日本统治的认同，源自于他们认为无论谁当皇帝，只要能让他们过安定的日子就行。但高恒书不是普通的中国老百姓，他为什么对日本人如此忠心耿耿呢？

前几天他曾经命令桥本找一个人冒充老百姓潜入埋人现场，结果，高恒书为了不使猎熊行动泄密，毫不留情地把人给活埋了，在高恒书身上看不出丝毫破绽。

再说良子，谍报课的课长。在矢村眼中，良子非常聪明，并且值得信任。更重要的是，矢村是良子父亲的学生，而良子的父亲参加过日俄战争，是哈尔滨首任特务机关长，是对苏俄开展情报战的元老，声名显赫、成就卓越。矢村一直敬仰这位老前辈，也一直梦想超越这位老前辈。一个坚定的忠于天皇陛下的老特工，他教育出来的女儿如果不值得信赖，那么，还有谁值得信赖呢？

思前想后，矢村把注意力转移到了桥本身上，桥本少佐，这位来自日本北海道农民的儿子，从小被日本武士道文化浸染，忠诚于天皇，效忠大和民族。不过，最近在桥本身上发生了难以解释的诡秘行为，比如他经常外出打电话，行为鬼鬼祟祟，十分反常，这些情报来源于良子口中，值得重视。难道满洲之狐是桥本？在谁是满洲之狐的问题上，矢村对桥本这个人画了一个大大的问号。

时间先回到昨天。在福太隆货栈，一只信鸽飞到窗台前"咕咕"地叫着。赵世荣抓住信鸽，解开绑在鸽子腿上的小纸条，然后又用药水抹在小纸条上。不一会儿，纸条渐显一行小字：矢村已破译了密电码，请速通知完达山中止一切联系……"

赵世荣看罢情报，皱紧了眉头。在节骨眼上，密电码被矢村破译了，那以后怎么和别尔津保持联系？但眼下，这份情报必须先发出去。赵世荣顾不上多想，迅速打开暗室，坐在电台前，拧上了天线，打开开关，电键声有节奏地响起来，红灯在闪烁不停。

在同一时间里，良子正在电讯室监听。前几天，良子在柳什科夫的协助下，破译了哈尔滨地下党发往莫斯科的电报内容。但今天，还能有收获吗？良子的手老练地拧动频率旋钮。沉睡在无线电海洋里的各种电波声、广播声、叫嚣声、歌声、噪声纷至沓来……

良子监听到电文，让她大吃一惊。拿起刚刚破译的电文，良子急匆匆朝门口走去。忽然，身后传来柳什科夫的喊声。良子闻声站住，回头看向柳什科夫。

柳什科夫朝良子眨下眼睛："良子，我先回去睡一觉，然后要去马迭尔西餐厅轻松一下了，你要是喜欢吃西餐，可以随时去那里找我……"

良子没有理睬柳什科夫的邀请，不知道为什么，她在内心深处十分讨厌柳什科夫，或许是他身上的气味，或许是他看她的眼神，或许是因为他在打自己的主意，总之，良子看不惯柳什科夫。

良子顺着长长的走廊走去，高跟鞋发出"哒哒"的声响，走廊尽头右拐第一间屋子，就是矢村的办公室，她走了进去，向矢村汇报哈尔滨地下党发往莫斯科的电报内容。

矢村看了电报，一股凉气从脚底升起。这份电报又一次证明了满洲之狐的神出鬼没，防不胜防。

矢村的目光从电文上挪开，问："良子，你再认真回忆一下，你们把地下党的密电码破译后，都还有谁知道这件事情？"

良子想了想说："当时，我是直接从电讯室赶到放映室向你汇报的，除了柳什科夫外，再没有任何人知道这件事情。"

矢村追问道："肯定吗？"

良子沉思一下："桥本少佐好像也知道这件事情。"

良子回忆起她拿着电文前来汇报的途中与桥本撞个满怀的情景。

那是在走廊里，良子手中的电文被桥本撞掉在地上。良子很生气，用命令的口吻对桥本说："捡起来。"桥本听话地拾起地上电文，递向良子，"良子，晚上有空儿吗？"良子一把夺过电文，一脸不屑地说："没空儿。"桥本见状，忍住气，有点哀求地说："良子，我想我们应该坐在一起好好谈一谈，以解除你对我的误会，好不好？"

良子没有理睬桥本，她高傲地扬长而去。良子知道桥本喜欢上自己了，但良子觉得桥本不是她喜欢的男人。她喜欢的是高恒书。这个想法，她在哈尔滨学院上学的时候就产生了。

矢村听完良子的汇报，凝视着良子，问道："良子，你能不能肯定，桥本少佐捡起这份电文后，看了没有？哪怕他看了一眼也好。"

良子犹豫一下，说："他好像是看了。"

矢村说："好像是看了？桥本性格孤僻，不善交际，这是他的缺点，但你对他的判断完全是出于感情用事，这不能证明他有问题。"

良子回道："机关长，可桥本这个人确实值得怀疑，你应该相信我的话。"

矢村说："怀疑归怀疑。良子，我有必要提醒你一句。在大日本帝国，你父亲是情报战线上的老前辈，是哈尔滨首任特务机关长，在他的身上，我学到了很多东西，但你为什么没有继承他的优点，总是以个人好恶判断一个人？"

良子不服地说："以个人好恶判断一个人，是物以类聚、人以群分的基础，而我怀疑桥本少佐，现在虽然还没有直接证据，但这并不影响我对他的判断。"

矢村忽地一笑，说："良子，在判断人的问题上你大有长进。你就应该这样，对任何人都应该保持着高度的警惕性。"

良子这才恍然。原来矢村的问话别有用心。

矢村阴冷地说："你既然怀疑桥本少佐，就给我盯住他。对高课长，你们曾经是师生关系，但我希望你不要感情用事。"

良子沉默不语了。

矢村知道良子爱上了高恒书，便盯住良子说："良子，你刚才说，这份电文除了柳什科夫知道外，又不能十分肯定桥本少佐看过，那么泄密的渠道在哪里？你把高课长排除了？"

良子说："高课长？他没有条件接触到这份电文……"

矢村冷冷地说："你的结论下得还为时过早。"

良子欲说什么被矢村截住话头。

矢村说："有话以后再说。你马上回到电讯室，把哈尔滨地下党的电台牢牢看住，看看别尔津有什么反应。"

良子应声而去。在走向电讯室的路上，良子内心十分痛苦。在她爱上高恒书以后，她一直想找个表达的机会。但这个机会一直没有。不料，矢村为了考察高恒书，竟让她以女色征服高恒书，良子心中十分不乐意，但又不能不执行。

那是一个阳光明媚的下午，高恒书正在埋头擦拭手枪。良子斜靠在桌边，目不转睛地凝视着高恒书问道："高课长，你明明知道我喜欢上了你，可你为什么不回答我的问题？"

高恒书抬起头，"回答你什么问题？良子，桥本君在追你，难道你还想把桥本少佐搞得神魂颠倒才肯罢休？"

良子毫不含糊地说："高课长，一个女人的一生，如果被许多男人爱着，这是女人的骄傲，是女人一生中不可缺少的骄傲。但桥本少佐是个例外，他在我面前自作多情，是一件让我很讨厌的事情，他不是我生命中的船长，而是惊涛骇浪。"

高恒书笑了笑，"那你生命中的船长是谁？"

良子反问道："你说呢？"

"让我说，你生命中的船长，或许是北海道的小学同学，或许是哈尔滨学院的校友，或许是……"

良子打断话头说："高课长，你们中国人在女人面前说话都这么含蓄，顾左右而言他吗？"

高恒书说："我讲话很直截了当啊，并没有顾什么左右，哪来的含蓄不含蓄？"

良子娇嗔地说："高课长，你在我心中的位置是别人无法取代的，早在哈尔滨学院时，我就有这种感觉，难道你就一点感觉也没有？"

"你可真会拿人开心。良子，优秀的女人是不是都这样？经常居高临下，随便拿男人开玩笑？"

"我是认真的，不是开玩笑。"

"良子，坦白地说，追求你的都是日本人，而我是一个中国人，怎么有这种可能呢？换句话说，我要是在你们日本人面前为自己树起情敌，能有什么好下场？特别是在桥本面前，我更应该有自知之明。"

"看来高课长很珍惜自己的生命。不过，我希望你不要有什么顾虑，只要你答应我，机关长会为我们做主的。"

高恒书收好枪，抬头看了下墙上的表："良子，我晚上还有任务，我得去准备一下了。"

良子有些失望，叹口气说道："高课长，机关长为了查出满洲之狐，他的一些做法是不是伤害到你了？"

高恒书沉下脸，"伤害到我倒是件小事儿，但影响到我们对苏俄的谍报工作则是件大事情。良子，你说是不是这样？"

良子迎着高恒书的目光，说道："机关长做的确实有点太过分了……"

高恒书把枪插入枪套，径直走向门口。

良子不甘心地说："高课长，你能记住我的话吗？"

高恒书站住，回头问："什么话？"

良子说："做我生命中的船长。"

对良子的直言不讳，高恒书一笑了之。

郁闷的良子回到了特务机关电讯室，电台前的红色指示灯在闪烁不停。可疑电波又出现了，良子一边监听一边用笔在纸上翻译电文。

不一会儿，良子笔下的纸上出现了一行字迹：野狼将出没于牡丹江一号地区，5日晚上7点整准时在马迭尔旅馆西餐厅接头。良子不敢怠慢，拿起电文匆匆走出门外。她要立即把这个不可思议的消息报告给矢村机关长。

矢村在办公室里看完良子递过来的电文之后，问道："良子，你说说看，苏联情报机关为什么还敢用被我们破译的密电码给哈尔滨地下党发这么重要的情报？"

良子想了一下，"用被破译的密电码，发送这么重要的情报，这在世界情报史上没有先例，但苏联情报机关却这么做了。机关长，他们这么做，不像是在虚张声势，故意迷惑我们，而是狗急跳墙的表现。"

矢村满意地说："你说的很对。这充分说明苏联情报机关与哈尔滨地下党之间的联系已经没有其他渠道了，别尔津是迫不得已才这么做的。很明显，别尔津把野狼派来，任务就是送一个新的密电码给哈尔滨的地下党。"

"机关长，那我们准备采取什么对策？要不要在牡丹江一号地区设伏？"

矢村没有回答，他看了一眼良子，琢磨着什么。

高恒书准备去松浦洋行提取 10 万元现金，这件本来不属于自己来管的事情，如今却落到了自己的身上，高恒书知道这是矢村还在对自己进行考验。矢村疑心非常重，表面上非常欣赏自己，对自己委以重任，实际上又对自己步步监视。高恒书为此憋着一肚子火。

桥本少佐早已看出了矢村机关长对高恒书的怀疑，因此想趁此机会打击高恒书。尤其是，在良子的问题上，桥本显然把高恒书当作头号情敌了。

高恒书坐在办公桌后，不知怎么想起了桥本对自己醋意大发的劲头，不禁觉得可笑。当时，桥本是奉矢村之命向高恒书传达一项任务。

"高课长，机关长命令你通知松浦洋行，让他们晚上留人。"

高恒书不解地问："留什么人？"

"机关长准备转走 10 万元现金，留什么人，松浦洋行接到通知后，他们会自有安排。"

"桥本少佐，这好像不是我的职权范围，为什么让我通知松浦洋行？"

桥本面无表情地说："我只管传达，不管解释。"

"不管解释？矢村机关长是不是又在考察我？"

桥本心怀不满地说："矢村机关长也在怀疑我。不过，高课长，我顺便提醒你一句，往后最好少接近良子。"

"桥本君，你这是什么意思？"

"我喜欢良子，我不喜欢有别的男人出现在她的身边。"

高恒书本来想解释一下，说明他和良子并没有桥本想象的那种关系，他们之间的交往完全是因为工作关系，但桥本根本不给高恒书解释的机会，转头就走掉了。

正如高恒书所猜测的一样，去松浦洋行提款就是矢村对高恒书的再次考验，良子也看出矢村对高恒书的怀疑，想为高恒书在矢村面前说几句好话，却被矢村给反驳回来。

矢村说："不错，我在哈尔滨学院当校长时，最欣赏的人就是高课长。但这不意味着我对他就放心。"

良子说："可你把高课长和满洲之狐联系在一起，这让人感到有点不可思议……"

矢村露出阴森的一笑，"不可思议？津田部长给我的时间不多了，我现在宁愿错疑一个人，也不能由于一时疏忽铸成大错！"说完，矢村还提醒良子，不要因为喜欢高恒书就感情用事。作为一个大日本帝国的特工，时刻都要保持头脑的冷静。

良子扪心自问，难道自己不够冷静吗？虽然自己对高恒书有爱慕之心，但并没有乱了方寸啊！相反，倒是你矢村机关长不顾我个人感受，让我利用女色考察高恒书。仅这一点，良子对矢村十分不满。

矢村站在窗前，不动声色地望着院子里。他背着身对良子说："你刚才说，高课长不近女色？"

良子站在屋里，看着矢村在窗前的背影，并没有接矢村的话。

矢村侧脸斜视一眼良子，自言自语起来："高课长是一名优秀的特工，而一名优秀的特工是不会败在石榴裙下的。"

良子迟疑一下，说道："机关长，你真的认定高课长就是满洲之狐？"

"我从来就没有认定高课长就是满洲之狐，我只是在怀疑他。良子，我让你考察高课长，你是不是陷了进去？"

良子抵触地把头扭向一旁。

矢村离开窗前，走近良子说："良子，一个男人坐怀不乱、不近女色，这说明了什么？"

良子闻言浑身一震。

矢村接着问道："今天的电话监控，高课长有什么异常的表现吗？"

良子说："没有。高课长今天只和松浦洋行的井田纯子通过一次电话，通话的内容是通知提款，此外再没有任何电话打出。"

矢村说："牡丹江情报站呢？他们有苏联特工的消息吗？"

良子说："到目前为止，还没有一点消息。"

矢村说："你马上去电讯室查一下，有什么消息立即向我报告……"

不一会儿，良子神色紧张地匆匆走进矢村办公室。

良子说："机关长，苏联特工在牡丹江的虎峰口遭到了伏击……"

矢村大惊失色，问道："谁干的？"

"是牡丹江宪兵队干的。"

"牡丹江宪兵队？他们怎么会获得苏联特工要来哈尔滨的情报？"矢村狐疑地问。

"据牡丹江情报站说，关东军宪兵司令城仓少将得到一份情报，赵尚志将率队奔袭横道河子警察署，城仓少将因此下了命令，命令牡丹江宪兵队在半路伏击赵尚志。"

矢村依旧充满怀疑，"这就是说，牡丹江宪兵队是冲着赵尚志去的？而不是冲着苏联特工？"

良子说："情报来自牡丹江情报站，我想不会有错。"

矢村冷笑一声："不会有错？良子，你不认为这件事情有点过于巧合吗？你想一想会不会是井田一郎搞的鬼？"

良子一怔："井田一郎？"

矢村提到井田一郎的名字，良子心里不由一震。她知道，井田一郎担任哈尔滨宪兵队队长以后，处处和矢村作对，为了一个情报经常发生相互拆台、钩心斗角的事情。现在，苏联特工在虎峰口遭到伏击，没准儿真和井田一郎有关。

正如矢村猜测的那样，在虎峰口伏击野狼的队伍，正是日本宪兵队队长井田一郎一手策划的。

井田一郎是哈尔滨日本宪兵队的队长，因为宪兵队号称天皇的锦衣卫，直接隶属于关东军宪兵司令部，权力大得无边无沿，所以，一般人他都不放在眼里。

井田一郎获知野狼逃跑的消息，气得直拍桌子："几百人的队伍伏击几十个人，却让苏联特工跑了，牡丹江宪兵队简直是一群废物！"

日本宪兵队的佐川少佐见井田一郎如此气愤，便想安慰他说："队长，苏联特工虽然暂时漏网，但我相信我们迟早会把他抓住！"

井田一郎火气十足，"可矢村也在抓他，你敢保证苏联特工就会落在我们手里？"

佐川少佐一时无语。

井田一郎冷静下来，"矢村那里有什么消息没有？"

佐川少佐答道："目前还没有新的消息。不过，牡丹江宪兵队已经对外散布消息说，我们在虎峰口的设伏是针对赵尚志去的而不是针对苏联特工。"

井田一郎说："消息是散布出去了，但不知矢村会不会相信……"

矢村当然不会相信。矢村认为天下没有这么巧合的事情，所以，当野狼遭到伏击后，他第一反应就是有内鬼为井田一郎通风报信，否则，井田一郎不可能掌握苏联特工的情报。但想查出内鬼，最好的办法就是对井田一郎严加防范。

矢村命令良子：从现在起，监听宪兵队的电话。

听到这个命令，良子犹豫了。本来监听电话是良子的本行，但对于井田一郎的宪兵队，她还是不敢随便监听。因为她清楚宪兵队的权力范围。但矢村对此另有看法，矢村觉得宪兵队的权力再大、后台再硬，也不能为所欲为。最后他给良子下了一道死命令："照我说的办，监听宪兵队的电话，我要掌握井田一郎的一举一动。出了问题由我担着。"

虎峰口伏击苏联特工失败之后，井田一郎和矢村都一致认为苏联特工仍然会按照电报上说的那样，按时前往马迭尔旅馆和哈尔滨的地下党接头。

所以，当佐川少佐提议要在沿路搜查苏联特工野狼的时候，井田一郎没有采纳这种建议，他认为这样做很愚蠢。他觉得矢村能在马迭尔西餐厅布置天罗地网，自己为什么不能张网捕雀呢？

　　佐川少佐了解到井田一郎欲在马迭尔西餐厅设伏，便好心提醒井田一郎，"队长，我们和矢村机关长在对苏俄的反谍活动上，都各有各的分工和范围。虎峰口的设伏尽管没有越权，但要在马迭尔旅馆西餐厅张网捕雀，会不会引起矢村机关长的不满和猜疑？"

　　"他不满什么？佐川君，你要牢牢记住一句话，我们宪兵的权力是至高无上的，矢村不满有什么用？以后，你不要顾忌矢村有什么不满，尽管大胆地去做我们想做的一切事情。"

　　佐川少佐见井田一郎主意已定，便不再坚持了。

　　但井田一郎考虑到下一步行动的需要，他又命令佐川少佐马上去找一份马迭尔旅馆的设计图纸。

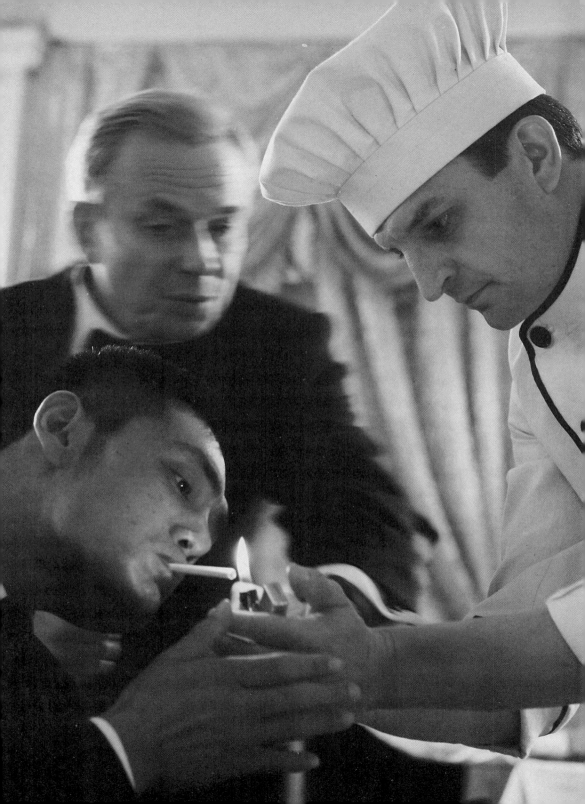

第四章

赵世荣同意了孙博文劫走矢村巨款的想法。很长时间以来，哈东游击队缺衣少穿，过冬问题一直在困扰着哈尔滨特委。如今，要是能有矢村的十万大洋顺利到手，倒是解决了一个大问题。

　　赵世荣虽然答应了孙博文，但他还是再三叮嘱孙博文，一定做到计划周到，不能出现任何闪失。因为，劫走巨款的行动一旦有闪失的话，势必会暴露孙博文，影响到在马迭尔西餐厅和野狼的接头。

　　在赵世荣看来，和野狼接头是目前的头等大事，况且，这件事因为别尔津用被破译的密电码发报，矢村不可能不知道有关野狼前来哈尔滨与哈尔滨地下党接头的情报。

　　孙博文听完赵世荣的分析，认为很有道理。孙博文说："矢村如果已经掌握了我们与野狼接头的情报，要想完成接头任务，等于上重庆去请蒋介石吃饭，有完成任务的可能吗？"

　　赵世荣没有回答。他觉得面对难以完成的任务，光发这种毫无意义的牢骚没有任何用处。他对孙博文说："马迭尔旅馆尽管风险很大，但在困难面前要多想办法，不能讲条件。"

　　孙博文一看赵世荣把脸撂了下来，他就把话拽了回来："那好吧，老赵，咱们还是先研究一下和野狼接头的事情。你说谁去合适？"

　　没想到赵世荣根本没接这个茬儿，他说："有关接头的事情还来得及商量。可离晚上劫巨款的行动时间却不多了，咱们得赶紧先研究一下。"

　　孙博文说："晚上的行动好说，我现在关心的是野狼。老赵，野狼要是平安地到达了哈尔滨，我们谁去接头？"

　　赵世荣不想回答孙博文这个问题。因为事情已摆在了明面，在矢村已破译密电码的前提下，接头成功的可能性很小，谁去接头就等于谁去送死。他知道孙博文反复问谁去接头的问题，其实就是自己想去接头。赵世荣掂量一下情报站的几个人，论机智和勇敢，孙博文是最合适的人选，但问题在于他不能让孙博文白白去送死，他十分爱惜孙博文，认为他是党培养出的一个难得的人才，他要对孙博文负责。何况，还有一个隐秘的原因，让他不能轻易作出这个决定。

　　赵世荣思考再三，才说："博文，谁去接头恐怕得请示一下特委，现在根本定不了……"

孙博文有点火了："这有什么定不了的？别尔津为什么把野狼派来？不就是因为野狼认识我吗？老赵，你好好想一想，别尔津在电报中只提接头地点在马迭尔西餐厅，却没有接头暗号，这说明了什么？你要是不明白，那我就告诉你，咱们和野狼接头，除了我，再没有第二个合适的人选。"

赵世荣冷笑一下，说道："孙博文，你明白不明白这次接头的不同寻常？别尔津用被破译的密电码发报，就像你刚才形容的一样，等于是在矢村的办公室接头，谁去都是有去无回。别尔津在冒险，是出于无奈、别无选择，但我们却不能去冒险行动。"

孙博文似乎猜出赵世荣的心思："老赵，你说这种话是什么意思？是不是想把我搁在一边，你自己豁出去？"

赵世荣刻意回避了孙博文的话锋，"行了，这件事情还是先放一放再说，当务之急还是把晚上的行动方案研究好。说说吧，晚上的行动，你想怎么干？"

孙博文见赵世荣不肯正面回答，只好说他在来的路上，就把晚上的行动想好了。他细致地讲了有关劫走巨款的每一个细节。赵世荣听完，觉得这个方案应该没有问题，尤其是孙博文对突发情况也做了细致的安排，这说明孙博文在执行任务的时候考虑得很周到，赵世荣觉得孙博文越来越成熟了。但他担心孙博文人单势孤，怕出意外，于是追问孙博文说："参加这次行动的人选十分重要，你想让谁跟你一起行动？

"文龙和文虎怎么样？"

"文龙和文虎？他们行吗？"

"不是行，是很行。文龙文虎兄弟俩枪法好，又正在积极要求入党，这正是考察他们的时候。"

赵世荣略一考虑，说道："你要是认为他们行，我没意见。但如果有什么异常，你一定要慎重行事，千万不能暴露自己。"

孙博文说："你当我愿意暴露自己？"

赵世荣看了一眼孙博文，似乎想起什么，然后慢声问道："林雅茹好像对你有点意思，你对这个问题是怎么考虑的？"

"她那点意思我根本就不想考虑。"

"为什么？"

"斗争形势这么严峻，脑袋今天还在，明天在哪儿埋着就不知道了，我不想有人为我牵肠挂肚。"

"照你的逻辑，共产党都得当和尚去？"

"别人我不管，反正我是不想考虑。老赵，承诺大于命，诚信大于天，干革命，我在党旗下宣过誓，为了信仰、为了共产主义，这一百多斤我也交给党了。我要是答应了林雅茹，也是一种承诺，我是不是应该对她负责到底？"

赵世荣冷冷地说："你小子在我面前怎么张口就是理？"

"张口就是理？老赵，男人和女人不一样，放下志同道合不说，女人找对象有几个不是找一种依赖？我万一半道儿上没了，让一个寡妇领着一大堆孩子，这日子怎么过？这不是坑人吗？"

赵世荣说："你这是什么奇谈怪论？"

孙博文嘿嘿一笑，对赵世荣说："老赵，我得走了，等我的好消息吧。"

孙博文走出了福太隆货栈回洋行去了。

高恒书在办公室里一天没动地方，一直等到太阳慢慢地向西偏去，他才站起来。看看窗外的景象，他心里十分明白，晚上去松浦洋行，要小心谨慎。矢村说不定还要用什么手段来考察自己。

敲门声把高恒书从黄昏的思绪中拉了回来。一个便衣走了进来，问高恒书："高课长，去洋行提款，什么时候出发？"

高恒书打量一眼他说："什么时候走不是你问的，你只需记住要转走的现金，是筹备齐齐哈尔和黑河地区情报站用的，如果出了差错，我头一个毙了你！"

"高课长，我知道这些现金比我的小命重要，你放心，我绝不会拿自己的脑袋开玩笑。"

"知道好歹就好。走，去松浦洋行。"

高恒书和便衣上了一辆小轿车，车子开出哈尔滨特务机关大院之后，司机加快了速度，很快就到了松浦洋行的门口。但高恒书先没有着急下车，因为他发现了桥本少佐的车辆正停在马路对面。桥本少佐显然是在监视自己。

过了一会儿，高恒书才推开车门，头也不回地走进松浦洋行。

井田纯子和孙博文事先已经接到电话，所以，他们早就把现金准备好了，10万现钞板板正正地装进了一个黑色带锁的皮箱。

高恒书走进井田纯子的办公室后，第一眼就看见了桌子上的黑色皮箱。孙博文上前热情地打招呼，但高恒书却一脸严肃地问他："我要的东西准备好了吗？"孙博文说："准备好了，你们要提的现金已经出库了，请你清点一下。"

让孙博文没想到的是，高恒书回答说："不用清点了，现金不提了。"

井田纯子一听高恒书说款不提了，心中非常生气。她对高恒书说："高课长，现金不提了，你们怎么不事先通知我们一声？"

高恒书说："对不起，我是在来的路上才接到了命令。"

孙博文乜斜高恒书，一言不发。

"时间不早了，不打扰二位，我们先走了。"说完，高恒书带着几个便衣匆匆离开。孙博文赶紧跟上说："高课长，我送送你……"说着跟着高恒书一起往外走。

井田纯子生了一肚子气，心想这个高恒书也太不拿我们松浦洋行当回事了，但回头一想，高恒书之所以这么做，是不是在防备谁？毕竟要提走的钱不是一个小数目。难道高恒书还怕有人打劫吗？

这时候孙博文回来了。井田纯子说："博文，你说这高课长，反复无常，他到底要干什么呢？"

"特务机关办事历来如此，反复无常还有什么可奇怪的。"

"我的意思你并没有理解。博文，我想说的是，高课长的反复无常好像是在防备什么，你说他在防备谁呢？"

"要防也是在防共产党。但这和咱们又有什么关系？"

井田纯子扭头看了一眼孙博文。

井田纯子好像有什么目的，她走近孙博文说："博文，忙了一天，咱们该吃饭了。"

孙博文寻思一下说："行啊。不过，我想吃西餐了，咱们去马迭尔西餐厅怎么样？"

"我听你的，马迭尔西餐厅，我也好久没有去了。"

两人走出松浦洋行的时候，太阳就要落山，剩余的一点霞光散射在街道旁边的建筑物上，让这座充满欧陆风情的城市增添了浪漫色彩，井田纯子深深地吸了一口气，她觉得这样的天气和如此美好的时刻，多么适合恋人携手而行。于是，她不由自主地挽住了孙博文的胳膊。孙博文并没有拒绝，而且提议说，还是开车去吧。井田纯子同意了孙博文的建议。

松浦洋行附近的一条街道停着一辆轿车，轿车里的两个人看见孙博文和井田纯子上了汽车，并且从他们的车边经过，感到非常疑惑。这两个人就是孙博文和赵世荣提起的两个帮手，文龙文虎，一对亲兄弟。

文龙一看孙博文和井田纯子开车走了，心想事情一定有变化。于是他推开车门下车，这时候，他发现孙博文从刚刚开过去的轿车里扔出一个烟盒。文龙赶紧走过去，看看左右无人，蹲下去捡起那个烟盒，又迅速回到车内。

文虎问："有什么新情况？"

文龙打开烟盒一看，里面有一张纸条，"孙先生说情况有变，让咱们去马迭尔西餐厅……"

文龙走进马迭尔西餐厅的时候，恰好孙博文和井田纯子起身离开。他俩的身边还有一个便衣。

文龙心里这个纳闷儿，心想这孙先生的葫芦里面到底卖的什么药呢？这来来回回地是在折腾什么呢？文龙和孙博文擦肩而过，双方交换了一下眼神，然后，文龙坐在了孙博文先前的座位上。

坐下之后，文龙发现孙博文和井田纯子点的一盘蔬菜沙拉下面藏了一张纸条，按照纸条上的安排，文龙和文虎又回到了最初蹲点的那条街道。

原来，孙博文和井田纯子来到马迭尔西餐厅后，点完菜，刚吃两口，一个人就走过来，很有礼貌地对他们说，高恒书希望他们马上回到松浦洋行，因为高恒书又接到命令，需要立即取钱。

井田纯子看了一眼孙博文，似在征求意见。孙博文看一眼传话的那个人，然后对纯子说，"那就回去吧，谁让他们是特务机关呢，咱们惹不起。"

井田纯子却没有孙博文那么平静，因为这件事情，她对高恒书和矢村的特务机关已十分不满，她的情绪完全写在脸上，井田纯子几乎是怒气冲冲地回到她的办公室。高恒书正在门口抽烟等着呢。

井田纯子不满地对高恒书说："高课长，你们为什么要出尔反尔？难道洋行是你家开的？"

高恒书瞥了一眼孙博文，"哈尔滨的地下党防不胜防，我只能多加小心。孙先生，我说的对吗？"

孙博文说："高课长，你说的对，防患于未然，小心点没有坏处。高课长，你先等一下，我去提钱……"

井田纯子气呼呼地一言不发。

孙博文很快就拎着皮箱回来了，他把皮箱交给高恒书说："高课长，请您亲自过目。"

高恒书打开皮箱看了一眼，"松浦洋行办事，从来不会有错，我非常放心，不点了。"

然后，高恒书合上皮箱，交给便衣，又对井田纯子说："纯子小姐，实在对不起，我打扰了你的晚餐。"说完，高恒书带着几名便衣匆匆离去。

井田纯子似乎还在生气，他觉得矢村的人真是越来越嚣张了，一个俄国课的课长有什么了不起？竟在自己面前如此放肆，弄得连一顿饭都吃不好。但她转眼一看孙博文，似乎就不那么生气了。她试探地问他："博文，我现在一点胃口都没有了，我想去你家坐一会儿……"

"现在去我家？你不认为时间有点太晚了吗？"

"晚怕什么？你在日本时，经常半夜去敲我家的门，怎么从来没认为晚过？"

"可那时候，我是去找你哥哥……"

"你眼里就只有我哥哥吗？"

"纯子，今天确实是太晚了。"

井田纯子有点嗔怒着说："晚吗？我怎么觉得一点也不晚。"

孙博文本想断然拒绝井田纯子，但那样的话，又容易引起她的怀疑，于是他皱着眉头答应了井田纯子的要求。

孙博文家住在哈尔滨南岗的一栋俄式洋房里，这栋房子先前是中东铁路一个工程师的住所。孙博文住进去后，常感叹俄国人天生是一个热爱艺术的民族，这在建筑上尤其彰显。他想起自己在莫斯科时，走在街道上就像走在一座建筑艺术博物馆里。孙博文回国后，在哈尔滨仿佛又找到了当年在莫斯科的那种感觉。

孙博文和井田纯子走进家里，屋子里摆放仍然井井有条，井田纯子以前来过孙博文的家，从屋子的摆设来看，她觉得孙博文是一个热爱生活的人。但是，井田纯子也发现一个问题，这个房间里总是冷冷的，缺少生气。

井田纯子半开玩笑地和孙博文说："如果你这里要是有一个女主人的话，它会更温馨，告诉我，博文，谁能有这福气？"

孙博文刚要回应井田纯子的问题，电话铃声骤然响起。

孙博文看着井田纯子。

井田纯子说："怎么不接电话？"

孙博文走过去抓起电话。电话里是文虎的声音，"孙先生，我们着急赶 10 点钟的火车，可给你带的东西还在我手上，你是不是来取一趟？"

孙博文说："王先生，不好意思，那就麻烦你等我一会儿，我马上就过去取。"

文虎打电话，这是孙博文早就告诉文虎的一个方法，以防井田纯子纠缠住自己。

"你想出门？"井田纯子带着怨气问。

"有个朋友从外地给我捎来点东西，他让我马上去取回来。"

"你不是在下逐客令吧？"

"逐客令？你要是愿意的话，可以在这里等我，时间不会很长。"

"这还差不多。不过，你回来的时候，最好买瓶清酒。"

孙博文笑了笑，说："你想喝清酒？那好办，我买回来就是了。"说完，从容地穿上一件风衣，推门走出房间。

井田纯子凝视紧闭的房门，似有猜疑。当她匆匆走到窗前，刚要掀开窗帘一角时，电话铃突然响了起来。井田纯子回头看向电话，她犹豫了一下，走到桌前拿起电话。

打电话的是林雅茹，在一般情况下，林雅茹是不会打电话给孙博文的，因为这是纪律要求。

电话接通后，林雅茹听见井田纯子的声音，着实把她吓了一跳，但职业习惯让她马上镇定下来，电话中传来井田纯子在问她找谁，林雅茹马上回答说找孙先生。井田纯子又问她是谁，林雅茹说自己是孙先生的一个客户，打电话是想问孙博文有关贷款的事情。林雅茹知道对方就是井田纯子。

井田纯子对孙博文的业务一向很熟悉，她从来没有发现有任何一个客户这么晚了还问贷款的事情。她估计对方与孙博文的关系不一般，便故意说："对不起，孙先生已经睡了，贷款的事情，请你明天到松浦洋行谈吧。"说完，挂断了电话。

林雅茹打电话给孙博文，是因为组织上命令孙博文马上中止劫巨款的行动。

这件突发的事情源于半小时前。林雅茹奉命来到福太隆货栈，赵世荣看见她匆匆忙忙地走进来，便关切地问："雅茹，出什么事了？"

林雅茹说："特委命令，让孙博文马上停止行动。"

赵世荣说："为什么要命令停止行动？"

林雅茹说："老家贼担心万一发生了意外，把孙博文暴露了，会影响和野狼接头。"

赵世荣顿时沉默。

林雅茹说："现在通知孙博文还来得及吗？"

"不好说。不过，为避人耳目，孙博文从松浦洋行出来后还要返回家中待一会儿……"

"那我打电话给江彬，让他出面通知孙博文立即放弃行动？"

赵世荣阻止道："江彬是你的下线，他根本不知道孙博文是我们的人，让他通知孙博文是违反纪律，还是我跑一趟吧。"

说话间，赵世荣穿衣戴帽，拉开抽匣，拿出一把手枪掖进腰间。

林雅茹说："你去还不如我去！"话没说完，转身就走。

赵世荣大声说："站住！"

林雅茹站住了。

赵世荣说："你带枪没有？"

林雅茹怔了怔："带了。"

赵世荣走过去："把枪留下，以防路上碰上敌人搜身……"

林雅茹掏出枪交给赵世荣，疾步走出货栈。

在门口，恰好有一辆人力车经过，林雅茹拦下车，"师傅，去松浦洋行……"

令林雅茹感到意外的是，当她来到松浦洋行以后，发现这栋大楼黑黢黢的，往日灯火通明，莫非孙博文已经开始行动了？突然间，林雅茹想起她出发前，赵世荣告诉她的话，孙博文为了掩人耳目，在行动之前要回家一趟。于是林雅茹让车夫就近找一个电话亭。车夫二话没说，拉车就跑，一直拉到了马迭尔西餐厅。

林雅茹下车之后，迅速走进马迭尔西餐厅，直奔电话而去。不巧的是，一个俄国人正在打电话，好像是和他的女朋友赔礼道歉。

林雅茹急得不得了，便上前去请求那个俄国人让她先打。那个俄国人一看是位漂亮的女士，很绅士地把电话让给了林雅茹。

林雅茹拨通了孙博文家的电话，巧的是，林雅茹拨打电话时，正赶上孙博文在接文虎的电话，在后面排队的一个男子等不及了。林雅茹不得不把电话让给那个人。

那个人好不容易打完电话，林雅茹这才接着拨打孙博文家里的电话，这次接通了，结果却是井田纯子接的电话。

井田纯子在电话中之所以说孙博文已经睡了，是想给林雅茹一个这样的信号：孙博文是有女友的人，不要打着客户的名义来谈情说爱。

林雅茹撂下电话，确实有点失落，这么晚了，井田纯子怎么会在孙博文的家里呢？而且还说博文已经睡了。这到底是怎么回事？还有，中止今晚的行动，怎么才能通知到孙博文呢？

孙博文是在林雅茹打电话前两分钟走出家门的。

在一条小巷中，一辆小轿车停在暗影之中，孙博文上了轿车，文龙开车飞驰而去。

此时，文虎则隐藏在日本特务机关门口的一棵树后，不一会儿，几个便衣拎着皮箱从机关里走出来。

文虎跟踪而去，发现他们来到了同发楼茶馆。

在哈尔滨，同发楼茶馆非常有名气，老板是闽南人，闯关东来到了哈尔滨，后来开起了茶叶店，慢慢地又经营起了茶楼。他选用闽南上等的铁观音，这种茶冲泡出来，茶香四溢，再加上他善于经营，同发楼的名号就在哈尔滨叫响了。

负责把这笔钱护送到黑河的几名便衣，没事的时候也常到同发楼喝茶。尤其是为首的高个儿便衣更爱到这里来。不过，他似乎忘了跟高恒书打过包票，当时他拍着胸脯对高恒书说："高课长，你就放心吧，在去齐齐哈尔和黑河的路上，这笔钱就长在我们的脑袋上，钱在脑袋就在。"

高恒书曾不客气地提醒了他："你的脑袋值几个钱？要是出了事儿，满门抄斩都挽不回损失。"

高个儿便衣走出高恒书的办公室，一看表，火车开车时间还早，如何打发这段时间，有个人提议去道外泡澡，被高个儿便衣否定了，他说："泡澡犯困，我们身上有任务，要精神着点，还是同发楼喝茶去吧。"

文龙、文虎兄弟二人拿着枪出现在同发楼的时候，除了便衣们围坐一桌，角落里还有一男一女在谈笑着。文龙文虎兄弟俩是冲着便衣们来的，一心想抢提包里的现金，就没有太注意那对男女。

便衣们发现文龙文虎闯了进来，似乎有点警觉，他们的谈笑立刻停止。说时迟，那时快，文龙文虎先发制人，掏枪就打。转眼间，几个便衣全部倒地。文虎上前拎起皮箱就跑。文龙断后，打死了一个受伤后欲开枪的便衣。

这几乎是一瞬间发生的事情，让角落里的那对男女看得目瞪口呆。目睹文龙文虎开枪抢钱的男人名字叫黄财，女人是他的姘头小红，晚上两个人没事，便在茶馆闲聊，没想到遇到这么一件大事。

黄财开始十分害怕，张着嘴巴都忘了呼喊救命。好在，进来的两位好汉爷只是把皮箱抢走，没有为难他们。后来黄财不知哪来的勇气，他悄悄地走到窗前往外看，恰巧看见孙博文开车疾驰而来，车一停下，文龙、文虎便钻进了小轿车，时间分秒不差。

车开走的一刹那，黄财认出了孙博文。

孙博文驾车一路狂奔，最后把车停在松浦洋行的后门。车停下后，孙博文对文龙文虎说："你们俩现在马上回去，这几天尽可能少露面。"

文虎问道："孙先生，我们哥俩今天表现还行吧？"

孙博文微微一笑，说道："不错，你们还行。"

文虎接着说："孙先生，那您看我们能入党了吧？"

孙博文看了一眼文虎，说道："入党还不到时候，但记住我说的话，这几天少露面！"

文龙文虎走后，孙博文拎着皮箱从车里出来，这是他事先就已经想好的藏钱地方。

同发楼茶馆出现命案之后，矢村很快得到消息，他立刻召集高恒书和桥本赶赴现场，现场并没有遭到破坏，尸体东倒西歪地靠在椅子上或者躺在地上，屋子里充满血腥味儿。这时，黄财与小红已不知去向。

矢村皱着眉头用手微微地捂了一下鼻子，屋子里很静，呼吸的声音都能听得见。矢村最先打破了这种沉静，他对高恒书说："高课长，转运现金，知情人很少，你认为是谁走漏了风声？"

高恒书说："凡是知道转运现金的人都有这个嫌疑。"

矢村说："包括孙博文和井田纯子吗？"

高恒书说："井田纯子可以排除在外。"

矢村看了一眼高恒书，说道："高课长，你马上和桥本少佐一起去孙博文家，看看他是否在家。"

高恒书不敢怠慢，和桥本带着一些人立刻赶往孙博文的家中，车到了小楼门口，高恒书亲自去敲门，不一会儿，门开了，井田纯子穿着睡衣出现在高恒书面前，高恒书认出井田纯子，这是他没有料到的，心想，井田纯子怎么会在这里？外面有传言，井田纯子在追孙博文，今天看来，这一切都是真的了。高恒书收回思绪，开门见山地问纯子："对不起，我是来找孙先生的，他在家吗？"

井田纯子十分讨厌这位不速之客，冷淡地告诉高恒书，孙博文在洗澡。这句话显然是逐客令，高恒书见井田纯子这么说，不甘心被挡在门口，他坚持说："纯子小姐，我能不能进去说？矢村机关长命令我，要当面向他转达一句话。"

井田纯子打量着高恒书，口气更冷了："不行，有什么话，你对我说就行了。你不能进去！"

高恒书只好来硬的了，"我要当面见到孙先生。"说完，他就要往里闯，但被一支枪顶住了脑门，紧接着听到井田纯子厉声地说："高课长，你别不识抬举，你要是再不给我滚开，你信不信，我让我哥哥毙了你！"

这时候，孙博文突然出现在井田纯子身后，"纯子，你怎么把枪支在了高课长的头上了？快把枪放下。"井田纯子恨恨地收回枪。孙博文看向高恒书，十分客气地说："高课长，你找我有什么事？不妨进来说。"

桥本一看高恒书也在场，没有必要再盘问下去，以免再激化宪兵队和特务机关的矛盾，于是他扭头就走，高恒书看桥本走了，也跟着往外走，并对跟来的便衣恨恨地说了一句："撤！"

高恒书和桥本在孙博文家中没发现什么异常，情况报告给矢村之后，矢村分析道："孙博文和井田纯子在一起，表面上，孙博文没有做案时间，但这并不能说明什么，孙博文只要一个电话，巨款照样会被人劫走。"

桥本说："这种假设可以成立，但问题是，我们并没有确凿的证据能够证明孙博文参与了这起案件。"

矢村严厉地对桥本说："桥本少佐，这就是你的失职，你为什么不对孙博文进行监视？"

高恒书说："机关长，孙博文和井田队长关系非常特殊，他平时并不在我们的怀疑之列。"

矢村说："你不要强词夺理。高课长，能够从事情报工作的人，都是人类的精英，是英雄，而这种人的智慧与勇敢不同常人。他们就像日本的忍者一样，生前得隐姓埋名，过着不见天日的生活，身后不能留下片言只语，以免日后东窗事发。而孙博文要是地下党的情报人员，他完全可以把事情做得天衣无缝。"

高恒书和桥本都立正站着，默默地听着矢村的训导。

矢村命令道："从现在起，对孙博文进行布控，监视他的一举一动！"说完，矢村转向高恒书，"高课长，你是俄国通，现在，我想问你另外一个问题，你对别尔津的了解有多少？"

高恒书说："别尔津这个人不可小视，他既是苏联军事侦察体系的缔造者，又是苏联情报机关的最高领导。据我的了解，他曾为中共培训了大批特工人才，像原中共上海特科的负责人顾顺章，包括现在的八路军高级将领陈赓都在他的手下学习过……"

矢村心想，高恒书说的不错，强将手下无弱兵，苏联特工在虎峰口遭到了伏击，居然能死里逃生，这充分说明别尔津派来的野狼不是等闲之辈。不过野狼被伏击后，肯定已成了惊弓之鸟，哈尔滨地下党出于自身的安全，也要采取措施对付我们，他们还敢露面，在马迭尔西餐厅接头？

桥本猜出矢村的心思，看了一眼高恒书说："机关长，不知你想到没有，如果满洲之狐在暗中给地下党通风报信，哈尔滨地下党很有可能会取消接头，即便不取消接头，苏联特工也不敢自投罗网。"

高恒书反对道："机关长，桥本少佐说的有一定道理，但却忽视了一个问题……"

矢村感兴趣地问："什么问题？"

"苏联特工和哈尔滨的地下党接头有规定的时间和地点，他们如果不在规定的时间去接头，以后恐怕很难再联系上。"

桥本不敢相信，反问道："高课长，依你的分析，苏联特工和哈尔滨的地下党会冒险去接头？"

高恒书说："有这个可能。"

矢村说："既然有这个可能，我们在马迭尔西餐厅设伏的计划就不变，到时候把他们一网打尽。"

高恒书说："一网打尽不是上策，最好的办法是采取秘密追踪的手段，顺藤摸瓜，否则，抓住一个苏联特工，别尔津还会另外派人来。"

矢村沉默下来，久久没有说话。高恒书不知道矢村在想什么，他见矢村不表态，又按着自己的思路说下去："机关长，我这只是个建议，至于采取什么行动，请机关长拿主意。"

矢村依旧没表态，毕竟事关重大，采取秘密追踪的手段顺藤摸瓜，不失为一个好主意，但这么做就保险吗？矢村挥挥手，把高恒书和桥本打发走了。

矢村推开窗户，陷入沉思。这扇窗户，朝着他祖国的方向。他站在窗前想了很多问题，其中，孙博文总是在他的脑海里挥之不去。还有，那个内鬼是谁？满洲之狐又是谁？采取秘密追踪的手段行吗？

在同一个夜晚，身为哈尔滨日本宪兵队队长的井田一郎，在宪兵队一点也没闲下来。

井田一郎从高中时期就养成写日记的习惯，在日本陆军军官学校毕业之后，便被派到中国。他善于思考，办事得力，很快得到了关东军宪兵司令城仓将军的赏识。不久，他就被城仓任命为哈尔滨日本宪兵队队长。井田一郎边写日记边等一个人，这个人便是江彬。

江彬敲响了办公室的门。

江彬原来是哈尔滨地下党的一员，不过，在不久前他却投靠了井田一郎。这一切，包括他的上线林雅茹都不知道。由于江彬曾提供过几份重要的情报，博得了林雅茹对江彬的信任，被认为是一个十分有能力的特工。而江彬也正是利用这一点来博得林雅茹的好感。另外，江彬心里一直暗恋着林雅茹，希望能有一天把这个漂亮女人娶到手，然后带她到一个没有战乱的地方。

江彬叛党后，内心十分矛盾，深怕有一天事情败露。多少次，江彬在梦里都梦见赵世荣把自己抓住，把枪口对准自己的脑门，扣动了扳机。

井田一郎似乎看出江彬的心思，便答应江彬一定替他保守叛党的秘密。为了使江彬放心，井田一郎当着江彬的面，把揭发江彬的人当场枪毙了。

有一天，井田一郎看出江彬的紧张，便询问江彬，江彬如实回答了，说他内心恐惧，有时候自己无法摆脱，仿佛马上就要精神分裂了。井田一郎向江彬推荐了一种日本最新生产的抑制精神分裂的药物。江彬自从吃了井田一郎给的药之后，就产生了依赖作用。

江彬走进井田一郎的办公室时，以为井田一郎同意了逮捕赵世荣的计划。不料，井田一郎递给江彬一张照片说："照片上的人叫孙博文，我们曾经是好朋友，不过，就在刚才，我得到一个情报，矢村怀疑孙博文劫走了一笔巨款。江彬，你知道我找你来干什么吗？"

江彬被井田一郎问糊涂了，他知道孙博文是井田一郎的朋友，却不清楚孙博文也是地下党，所以，江彬一时愣住了。心想，井田一郎这是怎么了？怎么能怀疑孙博文劫走了矢村的巨款？

井田一郎打断了江彬的思路，"江先生，这么晚了把你找来，我是想让你去趟新京，你要在那里制造一场车祸。"

原来，井田一郎安排了一个非常狠毒的计划，他准备让松浦洋行的高木经理派孙博文到新京出差，然后，再派江彬到新京制造车祸的假象，除掉孙博文。他所以这么做，是发现自己的妹妹井田纯子爱上了孙博文。别看他与孙博文是好朋友，但他绝不允许井田纯子爱上一个中国人。特别是刚才，他通过矢村身边的内鬼得知矢村对孙博文产生了怀疑，决定马上干掉孙博文，以防矢村利用这些事情找自己的麻烦。

江彬临走的时候问井田一郎，还动不动赵世荣，井田一郎说，"苏联人派来了一个叫野狼的特工，赵世荣有可能在明天和野狼接头。为了防备这种可能的发生，我们必须调整计划，绝不能因小失大。"

江彬说："队长，我明白了。"

井田一郎看了一眼江彬说："江队长，知道我为什么要你去完成这个任务吗？"

江彬说："这是队长对我的信任。"

井田一郎说："你只说对了一半。江队长，自从你迷途知返后，赵世荣对你没有产生任何怀疑，但明天他要是去接头，一旦被捕，哈尔滨的地下党也许会怀疑内部有叛徒，要进行一番清查，这是他们一贯的做法。所以，为了不让他们怀疑到你的头上，我把你派到新京，可以远离是非之地。"

江彬恍然大悟："谢谢队长。"

井田一郎挥下手说："你可以走了。"

江彬转身离去。井田一郎抓起电话说："佐川少佐，江先生要去新京，注意一下他的行踪。"

放下电话后，井田一郎的目光落在那个日记本上……

赵世荣接到了一个最新的情报，看过之后他大吃一惊，情报说野狼在虎峰口遭到城仓部队的伏击，但并没有发现野狼的尸体。赵世荣这几天还在为野狼的下落发愁。现在，从这个情报上判断，野狼的尸体没有找到，这说明野狼很有可能已经进入了哈尔滨，但城仓将军的军队怎么会伏击野狼，这在赵世荣心中打了一个大大的问号。

恰巧此时，林雅茹来找他，她非常沮丧，进来就和赵世荣说没有找到孙博文，估计他们已经行动了。

赵世荣说孙博文这小子机灵得很，他不会出事的，然后，他让林雅茹帮他分析一下为什么是城仓的宪兵队伏击了野狼。

林雅茹想了想说，城仓的宪兵队和矢村的特务机关是两部分人马，情报系统相对独立，但城仓宪兵队的介入，说明宪兵队已经掌握了有关野狼的情报。如果是这种情况，那么，城仓的宪兵队和矢村的特务机关肯定都会盯上马迭尔西餐厅，这样一来，我们和野狼接头的风险就更大了。

提到宪兵队，他们共同想到了江彬，他们还不知道这个地下党安排在宪兵队的卧底已经叛变。林雅茹决定明天要去找江彬打探一下情况，好确定宪兵队是否会参加马迭尔的设伏行动。

第二天一早，林雅茹在去找江彬之前，先来到了孙博文的家中。林雅茹敲门后，开门的是孙博文，两个人刚要说话，井田纯子穿着睡衣出现在孙博文的身后。见此情景，林雅茹急忙说自己是客户，来找孙先生问贷款的事情。井田纯子嗔怪孙博文，让孙博文带客户到屋里客厅说话，林雅茹不得不对孙博文说："孙先生，我能单独和你说几句吗？"

孙博文回头看了一眼井田纯子，然后说，"好，请借步到外面说吧。"

在房屋外的小院门口，孙博文埋怨林雅茹说："你怎么不打招呼就来了，这里太危险，你没看见周围有便衣吗？"

林雅茹心里有气，"那帮便衣是保护你和女孩子幽会的人吧！"

孙博文听出林雅茹语气中的酸劲儿，但他也没有多解释。林雅茹也不想多说什么，她告诉孙博文，上午10点必须去见赵世荣。说完掉头就走。

但凡女人或许都相信直觉，当林雅茹看到井田纯子出现在孙博文家中的时候，心里咯噔了一下，这一下差点儿毁掉孙博文在她心中的形象。但她一路走又一路安慰自己，孙博文不可能和井田纯子有什么特殊关系，或许是昨天为了劫巨款，利用井田纯子在做掩护吧？

矢村派来跟踪孙博文的便衣，看见孙博文和井田纯子一起出来，又一起开车来到了松浦洋行，便衣就在附近守候。这为孙博文出去创造了条件，他们谁都没发现，孙博文已从松浦洋行的后门走了。

上午10点，孙博文准时赶到了福太隆货栈，房间里紧张的气氛令人喘不过气来。赵世荣说："斯大林领导的苏维埃不仅和中国共产党有共同的利益，而且斯大林正在支持中国抗日。所以，特委要求我们，晚上的接头行动只许成功，不能失败！不论发生了什么情况，都要不惜一切代价完成接头任务，保证野狼的安全！"

林雅茹问："老赵，什么叫不惜一切代价？我们冒险在敌人眼皮底下去接头，难道你不怕接头的人被逮捕甚至暴露组织？"

赵世荣说："不惜一切代价不等于蛮干，我们还要讲究策略和方法，但说老实话，想要完成这个任务，我心里一点底也没有。"

孙博文这时说话了："心里没底不也得去接头吗？老赵，我想知道组织上准备让谁去接头？这件事情现在定了没有？"

赵世荣平静地说："定了，组织上让我去接头。"

林雅茹不相信地望向赵世荣。孙博文则有点吃惊："你去？老赵，你知不知道你是什么身份？你是哈尔滨地下党情报组织负责人，你要是发生意外，会给情报组织造成巨大的损失，我反对你参加这次接头行动！"

赵世荣说："这不是你能够反对的问题。我去接头，是老家贼亲自点的名，这也说明特委对这件事情的高度重视。"

林雅茹狐疑地说："老家贼亲自点的名？特委怎么会下这种命令？我不信。"

赵世荣敲了几下桌子说道："我去接头，是上级的命令，你们不要吵了，要冷静行事，现在留给我们的时间不多了，你俩先分头跑一跑，把井田一郎的情况摸清楚。"

林雅茹瞪了一眼赵世荣，抬腿就走。她要去找江彬，打听一下井田一郎宪兵队到底参不参加马迭尔的行动。孙博文走到门口却站住了，他似有话要讲。赵世荣询问的目光落在孙博文的脸上："你怎么还不走？"

孙博文说："老赵，关于去接头这件事情，你心里没底，我心里也没底，在这种情况下，咱们不能硬着头皮蛮干。"

"是不能蛮干。但想要接头必须进入马迭尔西餐厅才行，可矢村和井田一郎要是在那里都有设伏，咱们只要进去就有可能是自投罗网。再好的办法也无济于事。"

"现在有一个办法可以试试。"

"什么办法？"

"马迭尔旅馆有地下室和地下通道。如果把旅馆的设计图纸搞到手，我们或许能找到一条逃离险境的通道。"

赵世荣眼睛一亮："这是个好主意。可现在时间不等人，而我们又不能提前去打听，上哪儿才能搞到马迭尔旅馆的设计图纸？"

孙博文说："我有办法。"

孙博文说的办法是，他认识马迭尔旅馆的设计师罗斯柴尔德。

始建于1906年的马迭尔旅馆，属于新艺术运动的建筑风格，由著名犹太金融家族罗斯柴尔德的后代所设计。罗斯柴尔德本来可以和父辈一起进入银行业大显身手，但他天生就是一个艺术家，他在1898年来到哈尔滨后，就迷恋上了这里，除了马迭尔旅馆，后来还设计了哈尔滨的霁虹桥。

罗斯柴尔德喜欢喝葡萄酒，孙博文走进他的房间，他正在喝上午的第一杯葡萄酒，孙博文说明来意，罗斯柴尔德说："对不起，孙先生，你要是想喝一杯，我这里还有酒。但马迭尔旅馆的建筑图纸已经被日本人拿走了，昨天晚上就拿走了。"

孙博文听说建筑图被日本人拿走了，心里暗自一惊，转念一想，来了就不能白来，印刷品的建筑图被日本人拿走了，但这个活的建筑图不还在这里吗？何不从他身上探听一下马迭尔旅馆的一些秘密？于是，孙博文说：

"罗斯柴尔德先生,咱们是老朋友了,给我讲段有关设计马迭尔旅馆的故事,我想不会有什么麻烦吧?"

罗斯柴尔德说:"孙先生,想喝葡萄酒吗?我这里有上好的葡萄酒。"

孙博文说:"是放在地下室里的葡萄酒?"

两个人走进地下室,罗斯柴尔德重新打开一瓶法国葡萄酒,各自倒上,罗斯柴尔德的话匣子就打开了……

孙博文回到福太隆货栈和赵世荣汇报的第一件事情就是,井田一郎已经取走了马迭尔旅馆的建筑图纸,应该说,宪兵队已经对马迭尔行动做了充分准备。

这时候林雅茹带来了另外一个消息,她从江彬那里了解到,晚上,宪兵队在马迭尔西餐厅没有部署任何行动。但林雅茹听说井田一郎把马迭尔旅馆的建筑图纸拿走的时候,她开始觉得井田一郎对马迭尔旅馆接头一定是布下了天罗地网,江彬说他没有接到通知,可能是狡猾的井田一郎对江彬封锁了消息。

因此,林雅茹建议把哈东游击队调到城里来,配合晚上的接头行动。要不就派人提前在马迭尔旅馆附近开枪,起到报警作用。

这个意见被孙博文否定了,孙博文觉得哈东游击队进城来只能是添乱,这又不是攻山头,调哈东游击队干什么?

赵世荣基本也是这个观点,他说:"博文说的对,我们和野狼接头就这么一次机会,如果开枪,肯定会吓跑了野狼,那以后就没机会了。再说,小鬼子在市区开枪是家常便饭,开枪也未必能起到报警的作用。"

争论了一段时间,并没有任何结果,房间一下子安静下来。谁也不说话,谁也不看谁,气氛突然紧张起来。还是赵世荣先打破了沉静,他让林雅茹帮他去买包香烟。实际上,他想和孙博文单独说几句话。

林雅茹也感觉到了什么,她虽然出了门,但没有去买烟,而是躲在外面听屋子里的两个男人谈话,她预感到,这两个人一定是要争论谁去执行接头任务,说实在的,她不希望他们俩任何一个人去,明摆着,晚上的行动就像孙博文说的那样,是往油锅里跳。一个是自己的亲人,另一个,自己对他一片眷恋,怎么能看他们去跳油锅呢?

屋里，赵世荣说："满洲之狐的情报说，矢村的分段跟踪计划部署得相当严密，而井田一郎在马迭尔西餐厅又有设伏。博文，你刚才说的对，晚上的接头还真是去跳油锅了。"

"跳就跳吧，不是要不惜一切代价吗？"

"不惜一切代价，也要把无谓的牺牲降到最小。"

"最小是什么意思？你要自已去跳油锅？我们在一旁看热闹？等着捞骨头……"

赵世荣耐着性子说："孙博文，我们从事地下斗争的时间不算短了，对各种危险环境早已习以为常，但在生死面前，首先应该做到以党的事业、组织原则为重，这可不是谁跳油锅的向题……"

"你少用组织原则压人。老赵，我问你，晚上接头，我是不是最合适的人选？"

赵世荣沉思了一下，说道："你是最佳人选。"

孙博文质疑地说："那你为什么不让我去接头？"

"这不是去接头，是去找死！"

"所以你才假传圣旨，把生留给我，把死留给你！"

"我现在是代表组织在和你谈话，你不要有什么怀疑。"

"我为什么不能怀疑？这么重要的行动怎么能没有我？组织上绝不会做出这种决定，是你在假传圣旨。"

"这是老家贼的意思，哪来的假传圣旨？孙博文，晚上的接头就这么定了。你少跟我争行不行？"

赵世荣接着说："今天晚上，我如果有什么意外，炮队街48号是我们的另一个秘密联络点，那里是个铁匠铺，掌柜叫刘桐，通过他，你可以联系上老家贼……"

孙博文打断他的话："这就安排上后事了？"

赵世荣掏出一把手枪，边擦边说："别尔津在冒险，我们在玩命。但我们也不能把情报站的人全搭上，有我一个人足够了。博文，请你告诉我，罗斯柴尔德说的那个地下通道入口在哪儿？"

林雅茹在门外紧张地听着，她被两个男人的对话深深地震撼了。但屋里再也没有声音传出来。林雅茹默默地流下了眼泪。

不大工夫，林雅茹又听见孙博文在说，"老赵，作为领导，在生死面前，你的选择让我很感动，但有些实际问题你考虑到没有？"

赵世荣说："还有什么实际问题要考虑？"

"野狼长得什么模样儿？个子有多高？头发是黄的还是黑的？眼睛是蓝的还是绿的？"

赵世荣一下被问住了。孙博文接着说："你既然不知道野狼的模样儿，你怎么和他接头？而野狼又凭什么会相信你，认定你就是和他接头的人？"

赵世荣冷笑地说："这么说，和野狼接头非你莫属？"

"当然是非我莫属！"

赵世荣凝视着孙博文。

孙博文最后几乎是吼叫着说："说话呀，老赵，是不是让我去接头？"

赵世荣尽可能压抑着内心的激动说："孙博文，你认为你是接头的最合适人选，非你莫属，但我做不了这个主，这件事情必须请示老家贼才行。"

孙博文说："好，你去请示吧，我就不信老家贼会拿这件事情当儿戏，放着我不用让你去接头。"

孙博文又问："你还有事儿吗？没事儿我就走了……"

赵世荣沉思片刻，说道："博文，要说有事儿，我还真有一桩心事儿，但不知你能否答应我？"

赵世荣的心事是什么？孙博文当然不知道，但在外面偷听的林雅茹却一清二楚，因为被林雅茹平日里亲切称呼为"老赵"的这个男人，不是别人，正是自己的父亲。当然，这件事情除去他们父女二人，在哈尔滨地下党的成员中，别人是不清楚的。赵世荣除了为党做好工作之外，最大的心事就是林雅茹，他要为雅茹寻找一个避风的港湾，也就是说要给雅茹找一个踏实的男人，他在暗中多次注意到林雅茹对孙博文是有好感的，平日里他和孙博文接触又多，对这个年轻人非常欣赏。于是，他想把他们撮合到一起。但赵世荣在自己要去执行生死难卜的任务之前，提出这样的事情，更加剧了林雅茹的悲伤，父亲这是做了最坏的打算了。

但赵世荣把自己的想法说出来的时候，孙博文却没有买账，他觉得老赵在这件事情上纯粹就是瞎操心。孙博文承认林雅茹又漂亮又干练，是一个优秀的女子，但一想到自己是在干革命，每天都是脑袋别在裤腰带上玩命呢，这种情况下怎么能给一个女人安稳的家，孙博文说："承诺大于命，诚信大于天。我要是答应了林雅茹，但我去执行任务要是回不来，你说我是不是坑了林雅茹？到时候连林雅茹都会恨你。"

赵世荣说："你真这么想的？"

孙博文说："真这么想的。"

赵世荣沉默下来。

孙博文看了一眼赵世荣："尽瞎操心。"说完，他抬腿朝门口走了几步，又回头看了一眼赵世荣，说道："老赵，从地理位置上说，哈尔滨是最早听到十月革命炮声的地方，也是中国接受十月革命的第一站，请你相信我，特委的命令下达后，我不会给共产党抹黑，为了共产主义的信仰，我也不会丢人现眼。"

赵世荣说："我当然相信你，但是……"

"别给我来什么但是，你赶紧联系老家贼，就说接头非我莫属。我先回洋行等消息。"

说完，头也不回地走了。

赵世荣脸色凝重地站在原地，目送孙博文离去。

孙博文走出福太隆货栈，本想回松浦洋行，但路过警察厅的时候，他停了下来，他想起了警察厅厅长郎久亭，心想，说不定在这里能获得一些情况。

郎久亭最早是威震哈东一带的土匪，他的绺子最大的时候有三百多人，老百姓和地方政府都不敢惹这个胡子，后来满洲国成立之后，尤其是井田一郎到哈尔滨任职后，派人送重礼，非常诚恳地邀请郎久亭下山进城，而且一张嘴就许诺一个警察厅厅长的官衔。郎久亭知道警察厅厅长位置的分量，看来日本人对自己很重视，加之，自己这些年早就想洗手不干了，于是答应了日本人的要求。把原来的绺子交给了二当家的，自己带着几个兄弟下山来了。郎久亭到哈尔滨之后，马上娶了一房三姨太太，这几天三姨太想在道外桃花巷内开一家妓院，但郎久亭手头有点紧张，正在为资金犯愁呢，孙博文来了。

郎久亭一看见孙博文，一拍脑门说："你来得太及时了，我正要找你呢。"

孙博文说："郎厅长，是不是手头紧了，说实话啊，我也挺紧的。"

郎久亭就把要开妓院的想法说了出来，孙博文说："你还缺多少资金？"

"不多，有几千金圆券就行。不过，我可等米下锅呢。"

"行，没问题，我明天就给你送到府上。"

"老弟，那咱们可说定了，到时候你可别说凑不齐。"

"郎厅长，你的事情，我什么时候食过言？"

郎久亭又大笑起来："整个哈尔滨，就你够交。博文，你干脆入股得了，咱们一起干……"

孙博文说："郎厅长，我眼下在日本人开的洋行混饭吃，我入股会引起不必要的麻烦，我看就算了吧。"

郎久亭忽然盯着孙博文说道："我听说昨天晚上，矢村机关长的一笔现金被地下党劫走了，姓高的那个小子还带人去了你家？有这事儿吧？"

"不错，是有这么回事儿。"

"矢村机关长这是抽的什么羊角风？他怎么怀疑上你了？"

"矢村怀疑我另有原因，而且原因很复杂，这里就不便多讲了。"

两个人正在谈话的时候，一个小警察鬼鬼祟祟地走了进来，郎久亭对他说："传我的命令，马上通知道里、道外、南岗、太平警察分署的人和特别行动大队到城高子待命。"

小警察一看厅长一脸严肃，试探地打听说："厅长，我们要执行的是什么任务？"

郎久亭毫不客气地说："别穷打听。听好了，除了留少数人值班，把在家休班的、请假的都通知到，就是死了爹也得来，落下一个，我要你的命。"

小警察答应一声，转身离去，孙博文看着郎久亭，心想，警察厅有什么行动，他们为什么集合所有的警力？

郎久亭转向孙博文说道："老弟，你今天来找我有什么事儿？又是来捞人的吗？"

孙博文便把今天来的目的和郎久亭说了一下，他说自己有一个朋友在道外开赌场，开赌场要是不把警察厅给打点好了，怎么能在哈尔滨立足。于是这个朋友托他今晚宴请一下郎厅长。孙博文说，"我这个朋友懂道上的规矩，出手一贯很大方。"

郎久亭一听晚上有人请客，要是在平时，他怎么也要给孙博文一个面子，但今天与往日不同，在孙博文来之前，郎久亭刚刚从井田一郎那里回来，井田一郎下了死命令，要求全体警察出动，在马迭尔旅馆设伏，郎久亭主要负责擒拿共产党的地下党和他们要接头的那个苏联特工。

郎久亭面露难色，对孙博文说："博文，你怎么专挑今天来？我今天晚上有公务，咱们改个时间行不行？"

孙博文说："郎厅长，我都答应人家了，改时间不好吧？"

郎久亭说："老弟，不瞒你说，我就是今天抽不出时间，等过了今天，哪天都行，我随叫随到……"

孙博文接着试探郎久亭，他说："你能等人家可等不了。你今天要是去不了，我可去请井田队长了。"

郎久亭急忙说："井田队长恐怕也去不了。"

"井田队长怎么会去不了？他再忙也得给我面子。"

郎久亭支支吾吾地讲："老弟，你不是外人，我就跟你透个实底，今天晚上，我们的行动就在马迭尔西餐厅，你就别去凑热闹了。"

孙博文一看郎久亭说话的语气，他知道这个人如果没有比掉脑袋更大的事情，他一定会去喝酒和搞女人的。他不再难为郎久亭，起身告辞。

林雅茹在江彬那里并没有得到宪兵队参与马迭尔行动的消息，这是井田一郎特意走的一步棋，因为井田一郎为了避免和矢村的正面冲突，决定让警察厅承担全部的抓捕任务。

井田一郎给郎久亭一张赵世荣的照片，告诉他这个人就是今天晚上要重点抓捕的对象，郎久亭把照片拿过去看了一眼，井田一郎知道郎久亭办事粗枝大叶，所以再次跟他强调晚上行动的重要性，井田一郎说："为了保证这次行动的万无一失，你必须以马迭尔旅馆为中心，在中央大街方圆三公里范围内的二十四条街道和九十六个胡同布置警力，到时候只许进不许出，设卡盘查。"

郎久亭问："行动时间是几点？"

井田一郎说："晚上 7 点。时间一到，你要把马迭尔西餐厅和这片街区封锁成铁桶。"

郎久亭一看井田一郎对这件事情如此重视，忽然觉得后背一股凉风袭来，他立刻打了一个立正说道："队长，你尽管放心，警察厅封锁街区是轻车熟路，我们绝对不会放走一个可疑的人。"

井田一郎严肃地说："郎厅长，这次任务非同一般，你不要大意。另外，参加这次行动的人员一律便衣上岗，佩带短枪。具体执行任务的人选由你挑选，然后去城高子封闭待命。"

郎久亭似有为难情绪，他的人他都能调动和指挥，唯独矢村的人，说实话，他郎久亭是不敢动的，于是，他请示井田一郎说："矢村的人要是在马迭尔西餐厅横踢马槽，我怎么办？"

井田一郎冷笑一声说："矢村现在是胸有成竹，志在必得。今天晚上，他的人肯定要和你发生冲突，发生这种情况时，你就不要客气！有关这个问题，我已经请示了城仓将军。"

郎久亭为之一振说道："队长，有你这句话，我心里就有底了，知道怎么干了。"

矢村和井田一郎都做了充分的准备等待野狼和地下党的人钻进他们设计的口袋，他们隐藏着自己的兴奋，并且相互猜测，都想争取把野狼和地下党的人一网打尽。只有一个人，人们看不出他一丁点儿的兴奋，相反一提起野狼他就紧张，这个人就是柳什科夫。

柳什科夫在苏联的时候，就听说过野狼伊万诺维奇的大名，尤其是希特勒都对野狼感到十分恐惧。所以，柳什科夫听说野狼来到了哈尔滨，早已经闻风丧胆了。

柳什科夫最近情绪特别焦躁，这让他无法专心致志地工作，矢村看出了一点苗头。于是，他命令良子安慰一下柳什科夫。良子从心里讲，并不愿意和柳什科夫有更亲近的接触，但矢村说，这都是为大日本帝国的事业，良子很无奈地执行了矢村的命令。

柳什科夫对良子早就有了歹心，这下终于得逞，他不顾一切地撕掉良子身上的衣服，良子紧闭着双眼，任凭柳什科夫在她身上发泄着……

在马迭尔旅馆接头前，柳什科夫来到德国领事馆的领事辛特勒家里，并遇到一位辛特勒的朋友。辛特勒说他的朋友是一位来自法国的富翁，这引起了柳什科夫的注意。

柳什科夫到辛特勒府上是想通过辛特勒达到去德国避难的目的，他在日本人那里待着，总是有一种不安全的感觉，说不上什么时候，他觉得自己就会被矢村挖坑活埋了，或者落到野狼的手里。

想到野狼，他紧紧地盯着辛特勒的朋友，问了几个问题。这些问题包括：你从哪儿来？在法国什么港口上的船？船票是多少钱？在海上走了多少天？这些问题辛特勒的朋友都一一作答。柳什科夫追问不舍的另一个问题是他要看看辛特勒这个朋友的船票。

这个要求让辛特勒的朋友十分不高兴，他说："柳什科夫先生，我们是初次相识，你应该懂得起码的礼貌和尊重。我讨厌和一个缺乏教养的人打交道，更没有义务回答你无礼的提问。"

柳什科夫还在追问，这让辛特勒也感到很不好意思，他说："柳什科夫先生，我的朋友瓦西里先生和你一样，非常憎恨红色苏维埃，憎恨斯大林，而且，他的父亲正在法国流亡，你大可不必对他充满敌意。"

柳什科夫仍然充满戒心地望着瓦西里。

辛特勒说："瓦西里，柳什科夫先生有着非凡的经历，这种经历让他的神经高度紧张，你不必介意他的戒心。瓦西里，你先回到你的房间里去，咱们一会儿再接着谈你感兴趣的哈尔滨姑娘……"

这个被称作瓦西里的法国大富翁，实际上就是野狼，来哈尔滨之前，别尔津已经摸透辛特勒的底细，并利用德国和苏联签订互不侵犯条约的机会，通过德国代表为野狼安排好了安全的住所。于是，野狼抵达哈尔滨后，在辛特勒面前称自己是辛特勒的一个朋友介绍来的，并且带去了那个朋友的亲笔信件。当然，这些都是伪造的，不过，苏联情报机关伪造这些东西并不费力，一般人也很难辨出真伪，所以，这个冒名瓦西里的伊万诺维奇在很短的时间内，就取得了辛特勒的信任。

伊万诺维奇走出辛特勒的会客厅，从怀中拿出一张柳什科夫的照片，心中暗喜。用中国话说就是，"踏破铁鞋无觅处，得来全不费工夫。"

伊万诺维奇确认刚才见到的这个人就是柳什科夫之后，又偷偷地折了回来，他想如果不趁此机会干掉柳什科夫，日后这小子躲起来，再想找他可就难上加难了。

伊万诺维奇掏出一把手枪，慢慢地向辛特勒的会客厅走去。正当他想敲门走进去的时候，辛特勒家响起了一阵急促的敲门声。辛特勒出来开门，闯进来的不是别人，正是高恒书和良子小姐。

柳什科夫一看他们的到来，皱着眉头，显然很不满意。高恒书冷冷地对他说："柳什科夫先生，矢村机关长请你马上回去。"

辛特勒大为不满："高课长，德国和日本虽然是盟国，可我这里是私人住宅，你应该学会先敲门，等主人允许后再进屋……"

高恒书冷冷地说："按照外交惯例，你们应该得到我们的允许，才能和柳什科夫先生接触，但今天你接待柳什科夫先生，事先又得到了谁的允许？"

辛特勒说："坦率地说，你所说的外交惯例，并不能约束我们德国，何况，我和柳什科夫先生只是朋友之间的聊天。"

高恒书不再理会辛特勒，冷冷地盯住柳什科夫："走吧，柳什科夫先生。"

几个便衣虎视眈眈地瞅着柳什科夫。柳什科夫感到了一种压力，他朝伊万诺维奇的房间看了一眼，似有话要说。

柳什科夫无奈地和高恒书走了，他们上了车，没走出多远，柳什科夫突然大喊一声："停车！"

高恒书一脚踩住刹车。

柳什科夫大声说："回去，马上回去！"

高恒书莫名其妙地问："回哪儿？"

柳什科夫说："我发现了别尔津派来的野狼，你们马上回到辛特勒的住处，把那个所谓富翁抓起来！"

高恒书说："你敢肯定他是野狼？"

柳什科夫喊道："快调头！他就是野狼！"

轿车急转车头，朝辛特勒家开去……

可等到高恒书等人再回到辛特勒住所的时候，伊万诺维奇已经离开。高恒书追问伊万诺维奇的去处，辛特勒非常倔强地说自己没有义务回答这个问题，他要保护他朋友的隐私。之所以这样生硬地回答，是因为辛特勒心中有气，他认为日本人在这件事情上根本就没把他这个德国领事放在眼里。辛特勒想一定要在某些场合，让这些日本杂碎给自己道歉，挽回这次丢掉的面子。

孙博文回到洋行，井田纯子对他说，"刚刚接到高木经理的通知，他让你坐晚上的火车，明天一早到新京办理一笔业务。"

"今晚就走？高木经理说没说具体办什么事情？"

"经理说，你到新京会有人接待你的，其他的我也不知道了。"

孙博文心想也好，如果今天晚上事情得手，去新京还能为自己避避风头。于是他坐下来喝杯咖啡，看着外面的阳光渐渐地西斜下去，下班的铃声响起，同事们都收拾东西离开了办公室。井田纯子走到孙博文的办公桌旁，关切地问："博文，晚上去新京，你想坐几点的火车走？"

孙博文说："我想吃完晚饭再走。"

"吃完晚饭再走？去哪儿吃饭？我陪你去可以吗？"

"不用了，我约了几个朋友，你在场不合适。"

"我在场不合适？"

"不合适。"

井田纯子没有想到孙博文会如此直接地拒绝自己，她看了一眼窗外，然后又转身对孙博文说："博文，咱们摊牌吧……"

孙博文说："摊什么牌？"孙博文以为她还要说自己的爱情观，以及她对自己是多么地爱。但井田纯子说出的话，着实让他吃了一惊。井田纯子说："我是一名日本共产党员。"

孙博文表面还算镇静地望着井田纯子，但他用质疑的口气反问了一下井田纯子："你是日本共产党员？"

井田纯子说："你不相信吗？"

孙博文说："开玩笑你也不会开，你哥哥是哈尔滨的宪兵队队长，而你却是日本的共产党员，这种事情，我只能当故事听。"

井田纯子说："你让我怎么说，你才能相信？现在大门口就有矢村的人在盯你的梢儿，你随时都会有危险。博文，我们一起去见我哥哥，我为你作证，他一定会替你说话的……"

孙博文岔开话题说道："加入共产党才会有危险。纯子，你最好还是退出这个组织。"

井田纯子叹口气，说道："你何必要把自己隐藏得这么深？"

孙博文说："我在你面前一览无余，我隐藏什么了？"

墙上，报时的钟响了。孙博文说，"我要走了，下次不要再和我提什么共产党，太危险啊。"

孙博文走出洋行的时候，还在想井田纯子刚才说的那些话，难道她真的像她说的那样，和他的哥哥是两种人，孙博文在心中打了一个大大的问号。井田纯子越是这样急于表白自己，越让孙博文提高了对她的警惕。他在想这些问题，根本就没有注意到马路对面一辆轿车中有人在监视他。

黄财一看见孙博文，就和桥本再次描述，那天晚上他在同发楼茶馆看到的情况。他说自己眼睛最好使，肯定是这个人，而这个人就是孙博文，不会有半点假话。

桥本少佐匆匆走进矢村的办公室，他说一个叫黄财的人给他提供了一个重要情报，黄财可以证明孙博文是抢走巨款的案犯，黄财说，那天晚上在同发楼茶馆，是他亲眼看见孙博文劫走现金的。

桥本说："机关长，根据黄财的举报，我们是不是马上逮捕孙博文？"

矢村说："为什么要马上逮捕？在马迭尔西餐厅当场逮捕他不更好吗？"

桥本说："机关长，你根据什么断定孙博文会去马迭尔西餐厅？"

矢村自信地回答："他会去的。即使他不去，他也跑不出我的手心。良子，桥本引蛇出洞的计划，尽管让我们损失了 10 万元，但我们却意外地捞到了孙博文这条大鱼。"

矢村身边的良子插话说："发现孙博文确实是个意外。机关长，假如孙博文要真的是地下党，那我们今天晚上的行动，还要不要秘密跟踪，顺藤摸瓜？"

矢村阴险地说："满洲之狐让人防不胜防，我采纳高课长的建议只不过是为了掩人耳目罢了。良子，我是在放烟幕弹，好让地下党大胆去接头。用中国人的话说，这叫明修栈道，暗度陈仓。"

良子说："机关长，你是不是早就想好了，要在马迭尔西餐厅，把苏联特工和地下党的接头人一网打尽？"

"不错，我早就有这个打算。但这件事情你暂时要对高课长保密。"

"高课长是现场指挥，他要是被蒙在鼓里，还怎么指挥？"

矢村冷笑一下，说道："哈尔滨地下党在今天晚上要面临灭顶之灾，这是考察高课长最好的机会。他如果是满洲之狐，就不会无动于衷。"

良子说："高课长要不是满洲之狐呢？"

矢村说："他要不是，我也要看看他的心理承受能力到底有多强。另外，今天晚上，你和高课长仍按原计划进入马迭尔西餐厅，到时候，桥本会配合你们完成任务。"

这时候，门外传来高恒书的报告声。矢村让桥本先去部署，然后把高恒书请了进来。高恒书说按照机关长的安排，一切都已经准备好了，就等待机关长发布行动命令。

矢村显出一种大战之前的闲静，他并没有着急让高恒书行动，而是要和他一起喝茶。矢村把上等的杭州龙井泡好，端给高恒书说："高课长，咱们探讨一个问题？"

"什么问题？"

"大日本帝国是一个善于引进文明、模仿学习的国家。其中，上至典章制度，下到民间的习俗，日本无不受中国的影响。从历史上看，自秦朝以来，日本就处处仿效中华文明，特别是在唐朝，日本对中国更是执弟子之礼，但现在，偌大一个中国为什么不行了？"

高恒书说："我随父亲在日本期间，日本的礼仪给我留下了深刻的印象。那时候我就想，一个把吃饭的举止发展成了一门学问，把点茶和饮茶提升为一种仪式的民族，的确有许多长处不可忽视。"

矢村笑了笑："高课长，你这是避重就轻。不过，中国和日本同属亚洲国家，唇亡齿寒，日本对中国的现状不能坐视不管！而中国若不与大日本同携，共挽东亚之大势，你们中国人不足以与欧洲列强抗衡。"

高恒书说："机关长，如果探讨历史，满清政府不爱惜中国的土地，拱手割让香港，缔结《瑷珲条约》把大片土地献出去。对满清政府的丧权辱国，上天厌其德，下民倦其治，说白了，这是任何一个国家和民族都不能接受的。"

矢村说："从个人角度出发，你的感情能接受满洲国吗？"

高恒书回答说："我对机关长忠心耿耿，已经表明了我的立场。"

矢村品了口茶，然后慢慢地说："可岳飞也忠心耿耿，但下场却很悲惨！"

"是的。岳飞下场是很悲惨，但中国的老百姓却能记住他，名垂青史！"

"好！说得好！高课长，准备行动。"

夜幕降临，华灯之下的中央大街，人来人往。在这条充满异国风情的街道上，马迭尔西餐厅显示出了它的不凡气派和独特风情。

在马迭尔西餐厅对面的一栋小楼上，井田一郎和郎久亭正在一边喝茶，一边朝中央大街上观望，突然，郎久亭发现了孙博文，他对井田一郎说，孙博文怎么会来？

井田一郎说："郎厅长，我最近得到确切消息，矢村已经掌握了孙博文抢劫巨款的证据。"

郎久亭一听孙博文犯下了这么大的案子，心里一阵紧张。

井田一郎接着说："郎厅长，看来今天晚上，矢村的人是不会放过孙博文的。如果发生了这种情况，第一，孙博文绝不能落在矢村的人的手中。第二，必要时在现场趁乱击毙他。"

郎久亭大惊失色地说："队长要击毙孙博文？"

井田一郎又重复了一遍:"对,击毙他。"

马迭尔西餐厅里,大部分座位都有人,个个都有绅士风度。一支由白俄组成的乐队,正演奏着俄国乐曲。配餐室里,伊万诺维奇身穿白色工作服,头顶白色的帽子、戴着口罩正在认真地配餐。伊万诺维奇一到哈尔滨,就想办法如何才能够混进马迭尔西餐厅,当他看到马迭尔的招聘广告,马上自荐说自己是一名能够制作出正宗俄式大餐的厨师,并说自己叫瓦西里,祖上三代都是厨师,马迭尔的白俄老板让伊万诺维奇试着做了两道菜,他品尝之后,笑着对伊万诺维奇说,你留下吧,我聘用你了。

白俄老板对伊万诺维奇的厨艺非常满意,傍晚的时候,餐厅的座位几乎都坐满了,他心里说不出的高兴,如此这样下去,不出一个月,对面那家华梅西餐厅就要被自己干黄了。

孙博文走进西餐厅,选择9号桌的位置,坐下来看着报纸,在看报纸的时候,他发现赵世荣已经到了,坐在2号桌的位置,同时,他也发现了配餐室内正在往蛋糕上挤奶油的伊万诺维奇。

孙博文在等餐的时候,他发现高恒书和良子一起走进西餐厅,服务生把他们领到了6号桌,高恒书也发现了孙博文,并且主动上前和孙博文打招呼。高恒书说:"孙先生,今天就你一个人吗?纯子小姐怎么没来?"

孙博文答非所问:"怎么,高课长也谈上了日本女友?能介绍一下吗?"

高恒书说:"哦,她叫中野良子,我们刚认识不久。良子,这位先生就是孙博文,在哈尔滨,他可是一位得罪不起的人……"

良子深深弯下腰,很有礼貌地说:"初次见面,请多多关照。"

白俄老板走过来对伊万诺维奇说:"亲爱的瓦西里,9号桌客人点的蔬菜沙拉,你做好了吗?"

伊万诺维奇说:"马上就好。"

白俄老板说:"好极了,他吃了你做的蔬菜沙拉,肯定会要第二份!瓦西里,我已经决定给你加薪水!"

伊万诺维奇透过窗户偷偷观察孙博文。他们的目光再次相遇。

白俄老板走过来对孙博文说:"孙先生,你要的蔬菜沙拉马上就好……"

孙博文说:"维塔什先生,客人们都在议论,今天菜肴的味道和往常不一样,你新换了厨师?"

白俄老板说:"不错,我是新聘了一个厨师,奶汁鳜鱼是他的拿手好菜,孙先生,我建议你应该点一份尝尝。"

孙博文说:"维塔什先生,你三天两头换厨师,是不是想和华梅西餐厅争个高低?"

白俄老板说:"我就是这个目的,准备干黄华梅西餐厅。否则,我可不会花大价钱雇瓦西里大厨。孙先生,你想认识一下瓦西里大厨吗?他是一个很棒的小伙子。"

孙博文说:"你说的瓦西里大厨有那么棒吗?"

白俄老板说:"你不相信?"他朝伊万诺维奇招手。

伊万诺维奇看到老板向他招手,他放下手中的活儿,走出配餐室。白俄老板非常热情地把伊万诺维奇介绍给孙博文。孙博文掏出一支烟,刚放到嘴边,伊万诺维奇趁机拿出火柴,为孙博文点烟。但白俄老板抢先了一步,划着火柴给孙博文把烟点上了,孙博文一皱眉头,因为,他刚刚在那一瞬间仿佛看见了伊万诺维奇手心中的那个小纸条。孙博文还想寻找机会和伊万诺维奇说话,但白俄老板已经把伊万诺维奇带到了6号桌,引见给了高恒书和良子。

白俄老板一脸喜悦,他粗略地计算一下,今晚的客人可能是平日的两倍,这样的客流量,华梅西餐厅肯定是达不到的。他认为这个局面非常好,而且这要归功于他新请来的厨师瓦西里。

孙博文点了蔬菜沙拉,白俄老板特意关照了瓦西里大厨,要把蔬菜和调料给足了,瓦西里耸耸肩说,没有问题,瞧我的,保准他吃了这顿想下顿。

白俄老板对瓦西里一笑,转身忙招待其他客人去了。伊万诺维奇把蔬菜沙拉调好后,服务生进来,他叮嘱说送给9号桌的先生,服务生端着一盘蔬菜沙拉,就奔着高恒书的桌子走去。伊万诺维奇一看不好,这本应该是给9号餐桌孙博文的菜品,被服务生端给了高恒书和中野良子。高恒书看到蔬菜沙拉,一愣,因为他和良子并没有点这道菜。

服务生在端沙拉来之前,良子正在和高恒书说,矢村机关长的部署有所变化，要在今晚把野狼和地下党一网打尽。

高恒书对矢村改变这个计划感到很惊讶。良子接着说："7点一到，准时行动，把人全部带走。"

高恒书反问说："就我们俩人？"

良子说："不，桥本的特高课配合我们。"

高恒书有些不满地说："我是现场指挥，这么重大的决定为什么不提前告诉我？"

良子说："高课长，机关长是临时决定改变计划的，你不要想得太多。"

高恒书刚要发几句牢骚，服务生就把沙拉端了过来。

孙博文也看到了这一变化，但他没有惊慌，眼看着服务生把蔬菜沙拉放在了高恒书面前。白俄老板注意到了这个变化，赶忙上前和高恒书说对不起，蔬菜沙拉是孙先生点的。

孙博文一看如此，不如大度一点，主动过来，对白俄老板说："不用麻烦调换，我过来和高课长、良子小姐一起共进晚餐，我非常荣幸。"

高恒书和良子也没有反对，孙博文就在高恒书的桌边坐下来了。

高恒书看墙壁上的大钟指针马上就指向7点钟，他对孙博文说，孙先生，你点的沙拉，尝一口吧。

孙博文也没有客气，但他的吃相让高恒书和良子都感到很奇怪，几乎是在吞那些拌了沙拉的蔬菜，只有孙博文知道，他必须这样做，伊万诺维奇把一个小纸条藏在沙拉中，孙博文也是没有别的好办法，又不能让高恒书和良子发现，所以只能把它吃掉。

墙上的钟声响起，7点已到。马迭尔西餐厅的门开了，走进一个俄国人，他在打量餐厅的环境，一个俄国人的出现，让在西餐厅设伏的便衣们都警觉起来，包括高恒书和良子也交换了一下眼神。良子突然掏出手枪逼住孙博文。这个时候，桥本少佐带着一队人马闯进了西餐厅。

孙博文斜了一眼赵世荣，发现他很镇定地坐在自己的座位上，瞬间，赵世荣身后出现一个黑衣人，一把枪顶在赵世荣的后脑上。

马迭尔西餐厅的气氛一下肃杀起来。

一个声音打破了这紧张的气氛，孙博文一听就知道，这是警察厅厅长郎久亭的声音，郎久亭说："妈拉个巴子，起个大早赶个晚集，难道还让你们抢先了不成？来人，把矢村的人给我轰出去……"

赵世荣趁身边的便衣一走神，顺手把一只盘子砸在便衣头上。便衣惨叫一声倒下去。赵世荣迅速掏出手枪打灭了屋灯。就在赵世荣动手的瞬间，孙博文借机打掉良子的枪。人影随即一闪，消失在黑暗中。

高恒书一把拉住良子，把她按在桌子底下。小声对良子说，现在分不清敌我，先观察一下。

在马迭尔西餐厅斜对面的一家咖啡厅里，林雅茹显得很焦急，不时地看着手表，她对面的江彬看出了林雅茹的心事。

林雅茹本来是要像孙博文一样，去马迭尔西餐厅配合赵世荣接头的，但她走到中央大街以后，就被江彬跟踪了。林雅茹刚要推马迭尔西餐厅的门，就被江彬拉住，"走，我有话要说。"

林雅茹不明白他的意思，但江彬态度很严肃，她在大街上又不好意思跟他争吵，就半推半就地被江彬拉到了伊斯曼咖啡厅。

两个人坐下之后，江彬点了咖啡，林雅茹看看手表，还有 15 分钟就 7 点了。就急着问江彬找她有什么事情。江彬从口袋中拿出一张照片，林雅茹一看照片，那不是孙博文是谁？

江彬说："刚刚接到命令，井田一郎要杀掉这个人。"

林雅茹说，"怎么能杀他呢，日本人这是怎么想的？"

江彬说："据井田一郎说，井田纯子爱上了孙博文，但井田一郎碍于和孙博文过去的交情，不好明面劝阻纯子，便想暗中下手，让我制造车祸除掉孙博文。"

林雅茹被触到痛处，但表面相当镇静："江彬，这个人你绝对不能杀！"

江彬："我当然不能随便地去杀害一个无辜的人。可井田一郎要看到车祸现场的照片……"

林雅茹看了一眼江彬，似乎还不放心："江彬，我让你放掉这个人，回去能交差吗？"

江彬说："为什么？他是咱们自己人吗？"

林雅茹说："他不是咱们的人，但我觉得他能对咱们有用。"

　　江彬："井田一郎很重视这件事情，不过，我找个理由应付过去倒也不难。"

　　林雅茹抬头看了一眼江彬，又想起身走，便说："江彬，你要是没有其他事情，我先走一步。"

　　江彬收回照片，说道："你先别走，我还有重要的事情……"

　　林雅茹被迫坐下，说道："什么重要事情？"

　　话音刚落，一位服务生送来一份蛋糕。

　　林雅茹有点惊愕。

　　江彬说："雅茹，忘了吗？今天可是你的生日。"

　　林雅茹一时不知说什么好，欲言又止。

　　这个时候，马迭尔西餐厅那边传来了枪声，西餐厅里的客人纷纷在往外跑。林雅茹说："分头走。"

　　马迭尔西餐厅里，枪声响成一片，枪战中，孙博文和赵世荣会合在一起。他们躲在柱子后，边开枪边说话。赵世荣问孙博文跟野狼联系上没有，孙博文说："他写了一个纸条，藏在沙拉里，但被我吃了，不知道上面写了什么。"

　　赵世荣一看敌人太多，他们两个根本抵挡不了，就着急地问孙博文，罗斯柴尔德说的那个小门在什么地方。孙博文也是这样考虑的，在这种状况之下，他们不能做无谓的牺牲，于是扯了一下赵世荣，让他跟自己走。赵世荣跟着孙博文往地道口的地方撤退。在地道附近赵世荣说："这样，一会儿我把敌人吸引住，你通过地道出去，尽快和野狼取得联系！"

　　孙博文担心地说："我出去了你怎么办……"

　　赵世荣几乎是在吼叫："你是爷们儿还是娘们儿？！……"

　　西餐厅为黑暗所吞噬，枪战还在继续。赵世荣已身在地道外的小门里，频频朝外开枪。孙博文在奋力搬动地道盖板，当他把地道盖板挪开的时候，他听见赵世荣啊了一声，抬头一看，赵世荣已经矮了下去。孙博文放下盖板，扶住赵世荣说，"老赵，你受伤了？"

　　"我中弹了，你快走，听见没有！"

"你这是说的什么话？我能扔下你不管吗？"

"野狼！野狼，我们今天晚上来就是为了野狼……"

"老赵……"

赵世荣急了，咬着牙对孙博文说："你走不走？你要是不走，我他妈一枪崩了你！"说话间，赵世荣手指向孙博文，枪却指向了自己的太阳穴。孙博文最后看了一眼赵世荣，返身钻进地沟。

赵世荣背靠在墙壁上，微微地闭上眼睛。

孙博文顺着地道一直爬到出口处，出口上面是一块石板，他透过石板缝向外一看，有几只脚在来回踱步，孙博文一下看出那是警察的鞋，心想，坏菜了，郎久亭这是有备而来啊，他怎么会知道这里有出口呢？难道有人泄密？

孙博文心里着急，但又毫无办法。这时候，他隐约听见地道那边人声嘈杂，似乎有人发现了这个地道，他们正顺着这条路追来。孙博文把枪抬了一下，心里一痛，老赵肯定是遭了不测。要不然，那些人不会追来的。转念一想，来就来吧，没有办法就拼了！

就在他做好准备要与敌人死拼到底的时候，地道的出口出现了混乱，紧接着地道口出现了灯光，压在地道口上的石板被人搬走了。孙博文心中大喜，就听见外面文虎说话的声音，孙博文纵身一跃，出了地道……

马迭尔西餐厅里的枪声随着赵世荣被击毙而停止，屋子里一下子安静下来，不大一会儿，灯光亮了，白俄老板看见自己苦心经营的餐厅变成了一片狼藉，地上还有尸体，他发疯般地喊道："你们这是在拍电影吗？干吗要选中我这个地方？"但没人理会他的喊叫。

高恒书和良子欲上前交涉，被郎久亭的人挡住。

郎久亭阴着脸把目光从赵世荣的尸体上移开，然后又看看其他的尸体，发现没有孙博文，才知道孙博文已经逃跑。

高恒书说："郎厅长，我们奉矢村机关长的命令，要把这里的人全部带回去审查，请你配合一下。"

郎久亭冷冷地说："我配合个屁！没有井田队长的命令，这里的人，你们一个也带不走。"

桥本脸色一变，说道："郎厅长，你的胆子也太大了，竟敢和我们特务机关作对？"

高恒书说："郎厅长，我再说一遍，请你执行矢村机关长的命令，把这里的人全部交给我们。"

郎久亭说："交给你们？妈拉个巴子，交给你们这不等于把老婆交给你玩了？姓高的，这可能吗？"

桥本掏出手枪顶在郎久亭的脑袋上："服从我的命令，否则，我打死你。"郎久亭的人把枪口齐刷刷地对准了桥本、高恒书和良子。与此同时，矢村的人也将枪对准了郎久亭的人。

郎久亭哈哈大笑说："要是这么玩可就玩大了！"

高恒书枪指向郎久亭说："郎厅长，下命令吧，让你的人走开！"

"姓高的，我要是不走呢？"

"不走我就搂火！"

"你小子要是有胆，你就搂火，不然的话，你就把王八盒子塞到你的裤裆里看住自己的鸟蛋，少在这里晃老子的眼睛！"

桥本骂了一句："八格！"

郎久亭回敬道："骂我混蛋也不好使。桥本少佐，你听好了，这是宪兵队井田大佐的案子，而井田大佐办的案子，从来不需要你们特务机关来掺和！还是赶紧走吧，省得把事情闹大发了不好收场！"

郎久亭突然亮出手令，说道："看看这是什么？这是城仓将军的手令！城仓将军明确指示宪兵队要独家办案，你们谁敢不听？"

高恒书瞄了一眼手令，恨恨地收回枪说："郎厅长，咱们有账算！"说完，朝门口走去。桥本和良子紧随其后，走出西餐厅。

郎久亭命令手下人，把今晚在西餐厅在场的人都带回去审查，一个也不能放走，白俄老板上来求情，郎久亭说："维塔什先生，这群人中间混有地下党和苏联间谍，我今天必须把他们带回去挨个儿审查……"

白俄老板说："我这里不会有地下党和间谍的，我们都是老朋友了，你把我的厨师留下吧。"

郎久亭顺着白俄老板的手，看到伊万诺维奇，郎久亭说："对不起，我们尽管是朋友，但在执行公务的场合没有朋友，他们都是我审查的对象！我一定要带走他们。"

白俄老板说："他是我从上海特意聘来的，做得一手好菜，我可以用脑袋为他担保。"

郎久亭想了一下，吩咐手下的："把西餐厅的人留下，其余人一律带走！"

白俄老板依然不高兴："天哪，你们都干了些什么，往后谁还敢来西餐厅吃饭……"

郎久亭说："妈拉个巴子，你在这里穷喊什么？闪开！"

白俄老板一屁股坐在椅子上，又触电般跳起来。椅子上有被打碎的盘子，估计是扎到了他的屁股。

井田一郎在马迭尔西餐厅对面的小楼里，正在等郎久亭把人抓来。

郎久亭沮丧地来了，他向井田一郎详细汇报了事发经过，最后郎久亭为自己辩解说："队长，不能说我无能，是矢村的人干扰了我们的行动，导致现场失控，你要的人一个也没抓着……"

井田一郎立刻就火了，面露杀气地说："废物，一个有用的人都没有抓到，你这个警察厅厅长是干什么吃的？"说完，井田一郎又追问："孙博文呢？孙博文在哪儿？"

郎久亭诺诺地说："孙博文他跑了……"

井田一郎无可奈何了。精心策划的设伏难道就这么告终？突然井田一郎想到什么，盯住了郎久亭："郎厅长，你刚才说，有一个俄国厨师是今天刚来的？"

郎久亭突然意识到什么："快，快去，把那个瓦西里大厨给我抓回来！"

便衣们闻声而动。一群便衣冲进马迭尔西餐厅。领头的便衣问道："喂，新来的厨子在哪儿？"

白俄老板简直疯了："天啊！你们又来找什么麻烦？"一位厨师匆匆走向过道。被便衣喝住："举起手来！"那位厨师举起了双手。领头的便衣说："转过来。"厨师转过身，但却不是伊万诺维奇。领头的便衣反应过来说：“方圆三公里都设了卡，他跑不了，快，快追！”特务们返身冲出门外。

白俄老板气坏了，仰天叹道：“主啊！上帝是不是已经加入了日本籍？”

郎久亭这时走进来说：“维塔什先生，你的摇钱树瓦西里大厨是苏联间谍，今天要是抓不到他，你的麻烦大了。”

白俄老板傻眼了，发誓要抓到瓦西里。

第五章

林雅茹和江彬分手后，混在看热闹的人群中，观望马迭尔西餐厅的情况，当几名便衣抬着一具尸体出来的时候，林雅茹身体一震，几乎要晕倒，白布单覆盖下的尸体露出一双皮鞋，那不是赵世荣的皮鞋会是谁的呢？林雅茹太熟悉这双鞋了，这是她亲手在道外的同记商场买来的，赵世荣非常喜欢。林雅茹忍不住地流出了眼泪，她甚至想冲上去，趴在赵世荣的身体上痛哭一场，忽然她觉得身后有人拍了她一下，林雅茹回头一看竟然是江彬。江彬示意她赶紧离开，否则会有危险。

　　林雅茹很艰难地迈出了一步，然后又回头看了一下，赵世荣已经被抬上了警车，林雅茹心如油烹一般，不得不离开这个是非之地。

　　江彬要送林雅茹走，被她制止。她说，这里危险，还是分头走。

　　一个小时后，林雅茹敲响了道外三道街一家铁匠铺的大门，掌柜的很快把门打开，把林雅茹让到里面。林雅茹走进屋子，一下愣在那里了，他看见孙博文一脸疲惫地坐在炕沿上。林雅茹的泪水马上涌了出来，扑到孙博文身上，嘶哑着说道："老赵他牺牲了。"

　　孙博文抚摸着她的头，尽自己最大努力安慰林雅茹。或许是哭了出来，心里好受了许多，她抬起头，擦了擦眼泪，关心地问孙博文："你是怎么跑出来的？"

　　孙博文从地道口爬出去之后，看见文龙文武兄弟集中火力，把先前守在地道口的警察击退。孙博文不敢恋战，他们三个顺着马迭尔旅馆的一条辅街冲杀过去，那条小街埋伏着三名警察，看见有人向这里跑来，他们先开枪，孙博文向文龙文虎一使眼色，两人知道孙博文是想分开行动，于是，文龙文虎枪声遽紧，吸引了警察的火力，孙博文用力一纵身，翻上大墙，在墙上对准三名警察开枪，枪声响过，三人倒地。孙博文翻过大墙，一路向前，这时候，哈尔滨城里已经一片沸腾，宪兵队的巡逻车一拨儿一拨儿地在大街上穿过，孙博文本想去田家烧锅，路上又遇到几个便衣，都被他解决掉了。

　　这时候，郎久亭手下的两个警察带着一队便衣从后面胡同追了上来，孙博文不敢硬打，只好逃跑，当他躲进一个门洞的时候，觉得背后被一个硬硬的东西顶住了，他听见那人说："不许动，动一动我打死你！"

　　孙博文果然没有动，但他还是偷偷地侧头瞄了一眼身后的人，那人也认出了他，于是，咯咯地笑了，"孙大哥，怎么是你？"

孙博文回头一看，原来这人就是文龙和文虎的妹妹文闻，然后他又看见文闻手中的那把雨伞说，你闹什么，吓我一跳？

文闻说："孙大哥，你跑什么，有人追你吗？"

孙博文说是有人在追他，但现在也不是跟她说话的时候，就要走人。文闻把他拦下，扯着他的手，向前走了十几米拐进了一个大院。文闻说，这是她奶奶家，平时没有人住，他哥哥说今天晚上有活动，就把她支到这里住，没想到还能遇到孙博文。

他们刚进屋里，就听见屋外响起一阵急促的敲门声，文闻给孙博文使了个眼色，孙博文一看屋里有一个米缸，就跳进去了。

文闻去开门，两个警察进来问她看没看见陌生人，文闻比较伶俐，她说："刚才在屋子是感觉到一个黑影从窗前飘过，不知道是不是你们说的那个人。"

警察问她那个黑影往什么方向去了，她用手一指东方，说感觉就是那个方向。

两个警察知道孙博文是一个厉害的角色，他们追过来，完全是给郎久亭看的，于是他们一挥手，便衣们和警察就出了文闻奶奶的家门，向东追去。

孙博文从米缸出来就要离开。文闻说，"我对你有救命之恩，你也不说声感谢？"

孙博文说，"感谢肯定是要感谢的，只是我必须离开，鬼子马上就可能到我家去，我那里还有点东西要拿走。"

文闻早就看出孙博文是一个共产党，两个哥哥跟着孙博文一起打日本鬼子，她打心眼儿里支持哥哥和孙博文，尤其是对孙博文，文闻眼神里流露出一种少女的爱慕。

孙博文从文闻奶奶家里出来之后，穿过几个小巷子，躲过宪兵队的巡逻，很快回到了家里。进屋之后，他迅速找出一个档案袋子，拿出文件，用火柴点着烧掉。处理完这些，他站起来看了一眼窗外，远处的摩托车灯光越来越近，他知道这是日本人的摩托车，他熟练地打开一块天花板，上去之后，又巧妙地把天花板安好，表面上看不出任何变化，孙博文就这样在日本人来之前消失了。

带着摩托车队来的人是桥本少佐。他与高恒书和良子从马迭尔西餐厅空手回来，站在矢村的面前，矢村一脸阴云，三个人都做好了挨骂的准备。

矢村问道："良子，你不是说牡丹江情报站的情报准确无误吗？那么，井田大佐为什么布置了那么多的警力？城仓将军为什么会有手令？这显然是早有准备，绝不是一次偶然事件。"

良子说："机关长，我们被井田大佐蒙骗了！"

矢村听到这个答案非常恼怒，"被蒙骗了？我们为什么被蒙骗了？井田大佐的情报到底哪来的？是谁为他提供了这么准确的情报？"

高恒书说："机关长，我认为可能是我们内部有人把情报提供给了宪兵队。"

矢村说："高课长，我不喜欢听什么可能和大概一类的字眼儿，我想听的是准确无误的情报。你说是我们内部有人泄了密，那就请你告诉我，这个人是谁？"

高恒书瞧了一眼桥本，没再说话。

矢村气不打一处来，"赵世荣被击毙，线索断了，野狼也跑了，而哈尔滨有十几万俄国侨民，我们上哪儿才能抓到狡猾的野狼？"

一时间，房间里静得可怕。矢村突然说："高课长，把你的手枪拿出来让我看看。"高恒书掏出手枪交给矢村。矢村退下弹匣，发现弹匣是空的。矢村一言不发地还给了高恒书，"说说现场的情况吧。"

高恒书把现场的情况大致一说，把孙博文的逃跑尽可能归责于井田大佐和他手下的郎久亭。桥本在旁边一看矢村马上就要责备到自己的头上，于是讨好地跟矢村说："孙博文虽然侥幸跑了，但据黄财说，开枪打死我们的人的是一对亲兄弟，一个叫文龙一个叫文虎，他俩也参与了抢走现金的行动。"

矢村一听到这个消息，马上问道："文龙和文虎是什么人？"

桥本说："黄财说是孙博文的同伙。"

矢村一听大为不满："这么重要的情况，你为什么现在才报告？"

桥本说："机关长，黄财想把这条线索当成讨价的资本隐瞒不报，直到指认孙博文后才讲出来。"

矢村愤怒地说："桥本少佐，你简直是个废物。根本不配做一名特工。"

良子幸灾乐祸地瞄了桥本一眼。桥本脸色铁青地站立着，任凭矢村训斥。矢村骂了一通，接着问桥本："除了黄财说的文龙和文虎，你还掌握了什么情报？"

桥本回答说："我们在监控跟踪孙博文时，我的手下发现了一个神秘女人，这个女人，是我们以前从来没见过的。"

矢村问："什么样的神秘女人？"

桥本说："二十多岁，气质不俗，短发，中等个儿。晚上行动前，她和宪兵队的江先生在伊斯曼咖啡厅一起喝咖啡，我手下的人现在正在跟踪。"

矢村沉思一下，说道："这个情报很重要，我要听跟踪的结果。"

桥本说："机关长，今天早上，这个女人还去过孙博文家，看样子，她好像和孙博文很熟悉。"

矢村不满地说："又是好像！桥本少佐，你最好把好像变成准确的情报，变成有价值的情报再张口。"

桥本的嘴闭得严严的。

良子提醒矢村说："机关长，井田大佐也在抓孙博文，我们应该立即采取措施，抢在宪兵队的前面抓到孙博文。"

矢村说："你少说废话。桥本少佐，马上去搜查孙博文的家……"

就这样，桥本带着便衣人员赶到孙博文家，孙博文老远就看见摩托车的灯光，他知道这一定是日本人来搜查，他处理完资料，把门关好，从天花板的暗道逃走，到了外面，孙博文把一张"专治奶水不足"的祖传秘方贴在电线杆上，朝自己的住处看了一眼，摩托车队越来越近，孙博文不敢多待，匆匆离去。

桥本的人来到孙博文家，屋里自然空空荡荡。桥本站在屋中，打量四周，目光落在井田一郎和孙博文的合影上。这时候，孙博文家的电话铃声急促地响了起来。桥本抓起电话，电话里传来井田纯子的声音："喂，是博文吗？"桥本手拿电话，却回头大声命令："八格，搜，给我搜！"

桥本在孙博文家的搜查自然是无功而返。抛下桥本如何回去和矢村复命不说，单说孙博文离开家之后，想起赵世荣告诉他的那个秘密接头地点，赵世荣说那个铁匠叫刘桐，是哈尔滨地下党的交通员。孙博文找到铁匠，两人对了暗号，孙博文进屋，两个人开始交谈，孙博文讲了赵世荣牺牲的情况。

正在谈话间，听见有人敲门，敲门声很有节奏，刘桐知道是自己人，开门一看，正是林雅茹。林雅茹神色有点慌张，她说自己来的时候被人跟踪，但转过一个胡同以后，跟踪自己的人就消失了，估计是被自己甩掉了。

林雅茹在孙博文怀里哭过之后，努力控制住悲痛，孙博文扶着她坐在炕沿上，刘桐端过一杯热水给林雅茹。刘桐打探到了最新消息，赵世荣的遗体已经被郎久亭送进了市立医院，刘桐建议把赵世荣的尸体抢回来。

林雅茹沉默了一会儿说："人已经牺牲了，抢出一具遗体还有什么意义？我反对你们这么做！"

孙博文听林雅茹这么说，觉得这个女人是不是太缺人情味儿了，于是说："雅茹，你怎么能说出这种话？"

林雅茹说："孙博文，你冷静一点好不好？我们的损失已经够大了，再冒险去抢老赵的遗体，万一发生危险，会给组织带来更大的损失，这不是因小失大，得不偿失吗？"

孙博文说："林雅茹，刘桐刚才说的只是个建议，行不行还需要商量，但你的态度和表现太让人失望了。你自己说，你还有良心吗？还有一点对同志和战友最起码的感情吗？"

林雅茹终于控制不住压抑很久的情感，眼泪又流了下来。她说："孙博文，我何尝不想这么做？老赵他是我的亲生父亲，作为女儿，我就忍心让他躺在冰冷的房间里没人管吗？你凭什么说我没良心？"

如果不是林雅茹亲口所言，孙博文和刘桐都不知道赵世荣就是林雅茹的父亲，他们听到这个消息之后，傻了一般地站在那里看着林雅茹。林雅茹说父亲原本姓林，参加革命后为了隐蔽身份才改名叫赵世荣，看着林雅茹悲伤的表情，孙博文想起很多事情，比如，在决定谁去和野狼接头的时候，赵世荣为什么要坚持自己挺身而出，而林雅茹的内心又是怎样的一种挣扎啊。

孙博文痛苦地说："接头之前，老赵一直在替我考虑，想着我的安危，他把生的希望留给我，把死留给了自己，可他自己牺牲后，却没有了归宿。雅茹，刘桐不是不懂纪律，他刚才的建议完全是一片好心……"

林雅茹看了刘桐一眼。

孙博文接着问："你们分手前，老赵都说了什么？"

林雅茹默默地拿出一块怀表："博文，这是我爸爸临去接头前交代的最后一件事，是让我把这块表交给你。"

孙博文怔住了，问道："什么表？为什么要交给我？"

林雅茹说："他想给你留个纪念。"

赵世荣就这样走了，他留给林雅茹的只有一块怀表，他让雅茹把这块表送给孙博文，虽然他没有明说，但雅茹完全能知道这里面包含的情感，赵世荣把表给孙博文，寓意就是要把他们撮合在一起，这表就是一个定情信物。孙博文看到表之后，想到的却是这表是林雅茹父亲的遗物，留在雅茹身边可能更有纪念意义，林雅茹一看孙博文如此不懂珍惜，一下子又哭了，她颤抖着身子说道："可这是他的遗愿，你不收下谁收下？"孙博文一听，眼睛也潮湿了，他从林雅茹手中接过那块表。手指在表盘上仔细地摩挲着。

林雅茹现在回忆起和父亲的最后一次谈话，感伤不已。赵世荣在行动之前，已经把自己的生死置之度外，但是唯一让他放心不下的就是他这个女儿，他曾经问过自己，把女儿引到革命的这条道路上，是不是一种正确的选择呢？如果不参加革命，雅茹是不是也和其他女孩子那样，找了一个安稳的人家呢？他把这些话讲给林雅茹，林雅茹说她从来就没有后悔，生逢乱世，怎么敢奢求安稳人家，只有把日本鬼子赶走，才能过上安稳日子。

林雅茹决定给父亲做一碗热汤面条，赵世荣吃了一口，直夸好吃，赵世荣吃完面条，对林雅茹说："雅茹，你今年已经23岁了，爸爸就是在你这个年纪认识了你妈妈，那时候，你妈妈长得和你一样漂亮……"

林雅茹惨淡地一笑。赵世荣接着说："告诉爸爸，喜欢孙博文吗？"

林雅茹说："喜欢。可要是让我在你和他之间去选择，我只能选择你……"

赵世荣的眼睛潮湿了，"你的选择是血浓于水的选择，但在党的事业面前，爸爸做不到，爸爸让你失望了……"

林雅茹说："爸！一面是你，一面是博文，命运对我为什么这么残酷？"说着，林雅茹又忍不住了，趴在桌子上痛哭起来，赵世荣抚摸着林雅茹的头发说，"好孩子，我们不是说好了吗，谁都不哭，谁都不哭。"

林雅茹哭了许久，才抬起头来，看着赵世荣，又笑了一下。赵世荣说："雅茹，爸爸有一件事要嘱咐你，江彬这个人让我感到没底，但现在已没有时间去查证了。以后，你要多留心他……"

林雅茹抬起头，望着赵世荣。

赵世荣疼爱地对女儿说："雅茹，爸爸要是回不来，替我照顾好你妈妈，你妈妈当年为我受过枪伤，赶上刮风下雨天，她的腿就疼，别忘了晚上提醒她用热水泡泡脚，你妈妈这一辈子不容易，我欠她的太多了……"

赵世荣提及妻子，林雅茹再次失声痛哭，赵世荣说："承受是一种美德，并不是学来的。雅茹，你妈妈虽然不是党内的人，但她的身上有许多优点，你要好好向她学习。"

林雅茹说："向我妈妈学习？学习她什么？"

赵世荣说："光承受一切就够你学的。雅茹，你要牢牢记住，咱们在隐蔽战线上工作，不同于在战场上打打杀杀，这个职业除了必须做到对党无限忠诚外，还要做到誓言无声、隐埋姓名、远离功利、默默无闻。而且不管做了多么了不起的事情，都不能去宣扬，也不管心里有了多大的委屈，都要去默默承受。永远把自己深深地隐藏起来，心甘情愿地做一个无言的人、一个沉默的人。"

想起自己的父亲生前一言一行，林雅茹突然止住哭声，她觉得自己应该坚强起来，应该沿着父亲所走的这条路一直走下去，虽然父亲没有见到最终胜利的结果，但这个结果她希望自己能够见到，如果到了那一天，她必定要扶着母亲，到父亲的坟前，把这个胜利的消息告诉他老人家，以告慰他的在天之灵。

林雅茹擦了一下眼泪，对孙博文说：野狼怎么样，你们在马迭尔有机会接头吗？

孙博文说："当时灯一灭，枪就响了，现场很乱，我几次想接近他都没有成功。不过，野狼的身份是应聘到西餐厅的厨师，我估计敌人对他不会特别注意，他可能是脱离了危险。"

林雅茹关心的是下一步，野狼会怎么走。她知道孙博文是他们这些人中最了解野狼这个人的，所以她盯着孙博文，非常想从孙博文那里知道野狼下一步会如何行动。

孙博文也清楚林雅茹的心思，野狼是一个智商极高的特工，有一次，在海参崴东方大学的校园里，野狼刚刚上完课，他把孙博文留下，两个人在校园里散步，那时候野狼非常爱惜孙博文的才华，他觉得自己这个中国学生将来一定能够当一名出色的特工，必将为他们的国家他们的党做出卓越的贡献。于是，野狼就想把孙博文留在身边，让他给自己当助手。但是，孙博文拒绝了他的好意，他们临分别的时候，曾经谈到如何破译报纸上一则新闻包含的隐秘信息。想到这里，孙博文眼前一亮，对林雅茹说："或许我们会从明后天的报纸上找到一些线索。"

出于对孙博文的信任，林雅茹没有继续追问孙博文怎么知道报纸上会有线索，她转移了话题，把江彬说井田一郎要杀掉孙博文的消息说出来了。

孙博文听到这个消息感到很吃惊，他不明白井田一郎为什么要做这个决定，难道他早就看出自己是共产党吗？林雅茹说："他要杀你，是因为她妹妹爱上了你。"

孙博文一听这话，释然了不少。但是他觉得自己还是轻看了井田一郎，一直以来他们的关系都很好，因为自己曾经有恩于井田一郎，救过他的命，所以井田一郎都是把自己当座上宾对待，但是没想到他会因为自己妹妹而下此毒手。

一想到井田一郎，孙博文马上联想到马迭尔西餐厅接头失败，肯定是和井田一郎有直接关系，是谁给井田一郎提供的消息呢？从当时的情况来看，拿枪对准赵世荣的人，一定是早有安排的，否则怎么可能那么准确一下子就知道哪个人是赵世荣呢？

孙博文说出了自己的想法，林雅茹反问了一句："按照你刚才的分析，你怀疑我们内部有叛徒？"

孙博文点点头。

林雅茹说："那叛徒能是谁呢？"

孙博文说："我们的情报小组还有其他人，而且都是单线联系，不一个个排查，根本查不出谁是叛徒……"

林雅茹发愁地说："我父亲掌握的关系只有他自己清楚，现在他已经牺牲了，我们无从查找谁是叛徒。"

"无从查找也要想办法尽快查清，否则，这个叛徒就是我们党内的大患，会给组织带来无穷的危害。"然后他又对刘桐说："我想见老家贼，要把这次行动的情况汇报一下。"

刘桐说："我可以把你的意见转告给老家贼，但据我的了解，老家贼不是随便谁想见就能见到的，你等我的通知吧。"

孙博文说："党内出了这么大的事情，他应该见我。"

刘桐说："其实，我也见不到老家贼，我只能通过我的关系把你的意见转达上去。"

孙博文说："我不管你通过什么关系，我必须要见到老家贼！"

林雅茹："孙博文，你有话好好说不行吗？"

孙博文闻言觉得自己可能真的太失态了，于是，他的态度缓和了下来，他忽然想起他们劫下矢村那笔钱还在松浦洋行，无论如何，应该把这笔钱拿出来，否则留在松浦洋行太危险，一定会被人发现的。

林雅茹觉得那样做太危险了，宁可不要这 10 万块，也要保存自己的实力，因为他们还有更重要的事情要做，那就是继续寻找野狼。

孙博文为了不让林雅茹担心，他决定今天晚上不去了，再者这一天的行动下来，他确实有点累，于是，刘桐把他安排到了一个小屋子，孙博文躺下就睡着了，这一觉就睡到第二天将近中午。醒来后，他看见林雅茹坐在椅子上看着自己，只是不见刘桐的身影，林雅茹告诉他，刘桐去外面打探消息，看看敌人有什么新的行动。

孙博文简单吃了口饭，准备吃完饭去滨江日报碰碰运气。林雅茹劝阻不了，她知道孙博文的性格，决定了的事情就要去干，因为他心里有一杆秤，他能称出来，自己去做这件事情有几成把握。

那么，野狼伊万诺维奇现在身在何方呢？孙博文能否找到他拿到密码呢？这些问题对孙博文来说，也是未知的，他只能和自己再赌一次。

实际上，马迭尔旅馆接头失败之后，伊万诺维奇知道自己身份一定会暴露，第一次是白俄老板求情，郎久亭把自己放过了。可是，谁知道郎久亭能否回过味儿来，再杀一个回马枪呢？

果然，不出伊万诺维奇所料，郎久亭带着人又回来了，他和井田一郎汇报当晚的行动，把责任都归到矢村的人干扰，井田一郎对矢村虽然气恼，但一时又想不出很好的报复方式，但郎久亭嘴欠，最后还是提到了马迭尔西餐厅刚刚来的一名俄国厨师。这让井田一郎非常警觉，把郎久亭一顿臭骂，命令他立刻前往马迭尔西餐厅，把那名俄国厨师逮捕。

但郎久亭来的时候，还是扑了个空。伊万诺维奇早已经离开了马迭尔西餐厅。临走的时候，他和白俄老板说，这里太危险了，这个工作环境他十分不适应。白俄老板还要给他加薪水，并且立即兑现，都被伊万诺维奇拒绝了。

伊万诺维奇脱掉了厨师的服装，换上便衣，来到大街上。街上还是戒备森严，他拦下一辆人力车，过了二道街，发现了辛特勒的汽车，辛特勒看到伊万诺维奇开了个玩笑："瓦西里，刚才的枪声是怎么回事，难道是哪个姑娘的男朋友在追杀你？"

伊万诺维奇说："怎么可能呢？辛特勒先生，那位姑娘已经迷上了我，她想留我过夜，但这可不行，我得防备她的男朋友，所以趁她洗澡的时候，我就偷偷地溜了出来。"

辛特勒发动汽车，他们要离开中央大街，必然要经过警察设下的哨卡，辛特勒觉得伊万诺维奇在自己家里受到了不礼貌的对待，让他这个德国领事感到很没面子，经过警察的哨卡是他挽回面子的好机会，于是，辛特勒对伊万诺维奇说："瓦西里先生，一会儿我们要是遇上警察，你就会幸运地看到，他们的手就会像弹簧一般弹起来向你敬礼，相当的恭敬……"

伊万诺维奇说："太好了，我喜欢看到这种能够充分满足虚荣心的场面。"

当车子驶入哨卡的时候，还是被拦了下来，一个便衣上前向辛特勒要证件，辛特勒当时就暴跳如雷大骂道："婊子养的，你的眼睛被灯光晃瞎了吗？好好看一看，这是谁的车？这是德国领事馆的车！"

这个便衣因为有宪兵队的撑腰，对辛特勒也没有客气。他说："对不起，先生，我们是奉命检查，特别是对外国人的检查，德国领事馆的车也不能例外，证件！"

辛特勒说他有外交豁免权，但那个便衣说自己不知道什么是外交豁免权，今天要想从这里经过，必须拿出有效证件，辛特勒一看只好拿出了自己的外交官证件，便衣看了看，态度马上有了变化，点头哈腰地说："对不起，先生，是我有眼无珠，冒犯了先生，大人不记小人过，先生请息怒……"

辛特勒不依不饶地说："婊子养的，你根本就没长眼睛，你让我丢尽了脸，你必须通知你们的郎厅长来道歉！向我的客人道歉！"

伊万诺维奇不想惹那么多的麻烦，他的意思是没有必要让郎久亭出面道歉，但辛特勒再次受到打击之后，把这件事看得很重要，他觉得这关系到他的尊严，以及德意志这个国家的尊严，所以必须要警察厅厅长亲自来道歉。

这时候，前方来了几辆车，辛特勒说："看见没有，我的朋友，他们的井田一郎队长，都亲自来给你道歉了。"

伊万诺维奇心想这下可麻烦了，怎么办呢，突然他发现辛特勒下车交涉的时候，车子虽然熄火了，但并没有拔下车钥匙，于是伊万诺维奇开着辛特勒的汽车，撞开了路障，风驰电掣般开走了。

伊万诺维奇的举动让所有人感到吃惊，尤其是辛特勒，但面对井田一郎他还在争辩，井田一郎对辛特勒自然是格外尊重，给辛特勒赔了不是，并嘱咐他约好伊万诺维奇明天在华梅西餐厅吃饭，算当面道歉。然后，又让自己的人开车送辛特勒回府。

辛特勒走后，井田一郎命令郎久亭马上去追，查清楚开走辛特勒那辆车的人是谁。

井田一郎说："郎厅长，撞坏路障的那辆车是德国领事馆的车，而开车的那位俄国人为什么要扔下辛特勒不管？他会不会就是苏联特工？"

郎久亭说："队长，德国是大日本帝国的盟国，辛特勒先生怎么会帮助俄国人？”

井田一郎冷笑一声："郎厅长，你别忘了，华籍意大利人范斯白还是大日本关东军情报部的特谍班长，他不也是把我们的许多情报都透露出去了吗？"

井田一郎接着吩咐郎久亭说道："郎厅长，如果没有意外，苏联特工不会跑出三公里的封锁范围，你马上部署警力，对三公里封锁范围内的俄国人居住的社区，包括犹太人社区进行重点搜查，但使馆区不能进入，否则会引起麻烦……"

郎久亭领命离开。

摩托车队来到辛特勒家门口的时候，发现辛特勒已经死了，门口还停着他那辆被撞得不成样子的汽车。他们马上把辛特勒送进医院，后经医生诊断，辛特勒先生是心脏病突发死亡，属于猝死。

实际上，辛特勒的死亡，和野狼有直接关系。野狼伊万诺维奇想到井田一郎一定会派人来查辛特勒，如果不斩草除根，自己的任务将会完不成，他把车开到辛特勒的住宅，就埋伏在附近，找了个合适的机会，把辛特勒干掉了，只是他的手法十分高超，让日本的医生都没有看出来这是暗杀。

伊万诺维奇做完这些，找了一个隐蔽的地方，睡了一大觉，醒来的时候已经是第二天中午，他吃过午饭，就决定去滨江日报社刊登一则广告，告诉孙博文下次的接头时间和地点。这是他们几年前在一起商量好的方式。但这个方案有一个前提，就是前一个接头方案失败后才能启动。

伊万诺维奇来到报社说明来意。编辑一看是一条寻找爱犬的启示，也没有太注意其他，就让伊万诺维奇付了广告费用。

伊万诺维奇心里很高兴，他没有想到能这么顺利，而且这则寻狗启示最快在下午就能刊登出来。

伊万诺维奇付完费用往外走的时候，迎面来了一男一女，二人有说有笑，和伊万诺维奇擦肩而过。就在那一瞬间，伊万诺维奇知道自己又遇到了麻烦，他已经认出这两个人就是在马迭尔西餐厅，白俄老板给引见的日本特务机关的高恒书和良子。

良子是一个非常敏感的女人，她和高恒书来到报社，是奉了矢村的命令，审查下午要出版的报纸，矢村并不是事先知道伊万诺维奇要利用报纸发布新的接头时间和地点。矢村是想把控一下昨天马迭尔西餐厅事件的报道尺度，因为有他的老对头井田一郎的参与，他怕新闻报道说些对他们不利的话。良子忽然想起刚刚过去的那个人就是昨天在马迭尔接头的野狼，她迅速掏出手枪，喊道："不许动！"

野狼举起双手，按照良子的吩咐，慢慢地向报社门口走去，孙博文来得很巧，他刚到报社，就看见了高恒书的那辆车停在报社门口，然后，他看见伊万诺维奇被高恒书和良子押着走出了门口，孙博文看出他们是往高恒书的车的方向走来，他蹲在车身后面，等良子走到近前，孙博文出其不意，打掉了良子的手枪，野狼一看孙博文来了，也一脚把高恒书踹倒，他不敢恋战，转身就跑。与此同时孙博文也飞出一脚，踢到良子的小腹上，良子捂着肚子，倒在地上。孙博文看野狼逃跑，想追上他，但过了一条街，野狼踪迹不见。孙博文有点沮丧，又一次失去了接头的机会，不过，野狼既然没有被日本人抓住，说明下次接头的机会还存在，只好等下午的报纸了。

孙博文从小路去田家烧锅，找文龙文虎兄弟商量晚上的行动计划。

孙博文走后，林雅茹决定去找江彬试探一下，他为什么没有给组织提供宪兵队参与马迭尔西餐厅接头事件的行动，两个人在郊外的一片树林见面，江彬解释说自己根本不知道，井田一郎封锁了消息，只有郎久亭一个人知道行动，包括他在内的中国人都不清楚。林雅茹接着问第二个问题，组织上要把老赵的尸体抢回来，她让江彬打探一下老赵尸体所在医院的房间号，周围有什么埋伏没有，到时候哈东游击队的人能配合他们这次行动。

江彬都一一照办，他很珍惜每一次和林雅茹见面的机会，总想找机会表白自己对林雅茹的爱，这让林雅茹非常反感。这时候，路上过来一队巡逻警察，江彬一把把林雅茹抱住，林雅茹也迫不得已，两个人装扮成情侣相拥的样子，等待巡逻队过去之后，林雅茹挣脱了江彬，江彬说，"雅茹，多希望我们永远这样拥抱。"

林雅茹说："我先走了，组织上还有事情找我。"她回到铁匠铺的时候，刘桐已经在等她了，刘桐告诉林雅茹，晚上组织上任命的哈尔滨地下党新任负责人梁万堂要找她和孙博文谈话。刘桐一看孙博文不在，就追问林雅茹，林雅茹不能隐瞒，如实讲了孙博文晚上要去洋行取现金的行动。

刘桐说："这太危险了，再说晚上梁万堂要找孙博文谈话，你现在就去找到他。"

林雅茹不想多说什么，起身去找孙博文。孙博文临走的时候跟她讲下午他可能在田家烧锅商量晚上的事情，于是，林雅茹第一站去的就是田家烧锅，但到了那儿，屋里已经没有孙博文的踪影，只有一只老猫在窗台上睡觉，林雅茹的开门声惊醒了它。

林雅茹从田家烧锅出来，坐了一辆人力车去往松浦洋行，在车经过松浦洋行正门的时候，林雅茹看到有几个便衣在抽烟，她没有让车夫停下，而是让车夫找一个电话亭。

林雅茹给江彬的办公室打了个电话，林雅茹说："我的那位朋友你认识，但我找不到他，只好请你帮帮忙，想办法把他截住，让他马上回家……"

江彬说："我明白，我会截住他的。"

林雅茹说："另外，原定今天晚上到医院看病的事情也取消了。"

江彬："好，我知道了。"

江彬觉得林雅茹这个电话太重要了，这个消息足以增加井田一郎对自己的信任。然后，他又想到了郎久亭，这小子最近因为孙博文的事情，总是心神不宁，江彬看出郎久亭的意图，他想灭孙博文的口。在孙博文没有出事以前，郎久亭和孙博文打得火热，说不定有什么把柄落在孙博文手里。

按照在田家烧锅的商定，文龙文虎兄弟负责引开松浦洋行后门便衣的注意力，然后孙博文从后门进入，所以，文龙对着巡逻队开枪之后，便衣们立刻拿出枪向开枪的地方跑过去，孙博文一看机会来了，从车里出来闪进了松浦洋行的后门，刚进门，十几只黑洞洞的枪口就对准了孙博文。一个熟悉的声音说："孙老弟，你可想死哥哥了。井田大佐也很想你啊！"

孙博文不用看，就知道这是郎久亭。

郎久亭走近孙博文，压低声音："老弟，没办法，我是奉命执行任务，听清楚，进去千万别胡说八道……"

孙博文说："郎厅长，我这个人不抗打，没准儿还没有用刑，我就把咱们之间的事都招了。"

郎久亭说："那我现在就打死你，很容易，拒捕！"

孙博文说："你不敢，你敢碰我一下，井田一郎会把你扔进狗圈里喂狗。"

郎久亭恨恨地说："带走！"

第六章

1938 年，关东军的七三一部队对很多日本军人来说，也是一个谜。

井田一郎逮捕了孙博文之后，曾到监狱里看过孙博文一次。孙博文那时候已经被上过大刑，从审讯记录来看，井田一郎并没有发现孙博文是中共地下党的证据，这更坚信了井田一郎的判断：孙博文就是一个地下党。

井田一郎粗略地回忆一下他和孙博文的交往，还是无法断定他是从什么时候开始从事地下活动的。在日本期间，他和孙博文经常在一起喝酒聊天，他们还利用假期，一起到山里打猎。在打猎的途中，井田一郎被一只黑熊扑倒，如果不是孙博文及时开枪把黑熊打死，井田一郎可能早就经过黑熊消化系统的加工处理埋骨深山了。

在这一点上，井田一郎永远感激孙博文，他来到中国后，利用自己的关系把孙博文安排到了松浦洋行做一名高级职员，也是有意回报孙博文。

井田一郎和孙博文有一张合影。那是在井田一郎军校毕业的时候，他穿着军装，孙博文右手搭在井田一郎的右肩膀上，那时候孙博文还是一头长发，眼神里满是对未来美好生活的憧憬。

如今，两个人成了敌人。

井田一郎万分不想，但还是出现了这个结果。

更令井田一郎恼火的是，自己的妹妹却爱上了这个敌人。这不是一个玩笑，说严重一点，如果查证，孙博文利用井田纯子窃取了帝国的情报，那么自己肯定是要受到军法制裁的。

就像矢村那个混蛋一副咄咄逼人的面孔，想把责任都推到宪兵队身上，但是，自己背后有城仓将军支持，所以对于矢村的指责，他还是以强硬的态度回击了。井田一郎想，幸好孙博文落在自己手里，如果让矢村抓住，万一在孙博文嘴里说出对自己不利的话，到那时候自己将会变得十分被动。如今，主动权掌握在自己手中，应该做的就是尽快把孙博文处理掉。

怎么处理孙博文，井田一郎几乎是费尽心思。

最后，桌上一个写着"绝密"的档案袋子提醒了他，井田一郎脑海里立刻显现出四个字"特别输送"。这是关东军第 224 号命令中特别突出强调的一个词，按照这个命令，宪兵队抓获的顽固不化、死不悔改的反满抗日分子可以随时送往石井部队。

石井部队就是七三一部队，当时对外称"关东军防疫给水部"，这个部队的最高长官是石井四郎，所以被称作石井部队。见过石井四郎的人回忆，这个人长相魁伟，身高有1.8米左右，是日本人里面的大个子。

石井四郎原籍是日本千叶县，其家是占有千代田村一带土地的大地主，后来石井四郎考入京都帝国大学医学部，1920年毕业，当时28岁的石井四郎决心成为一名陆军军医，为日本军国主义和天皇效劳。毕业后他进入军界，他认为将来日本如果能够成为世界强国，必须研制出更有杀伤力的武器，细菌武器在石井四郎看来是首选，于是，他再次进入医学院，和日本细菌武器的先驱远藤进三学习，远藤进三十分欣赏石井四郎的钻研精神，在仕途上对石井四郎扶持有加。

当日本人建立满洲国以后，石井四郎带着他的属下对满洲做了细致的考察，写了洋洋万言的报告，终于得到了陆军本部的批准，成立了加茂部队。之所以叫加茂部队，是因为这个部队的主力人员都是石井四郎的千叶县加茂村的老乡，当时地址选在哈尔滨附近的五常县背阴河。

1937年，因为战争的需要，石井四郎再次得到关东军本部的支持，在哈尔滨的平房镇修建了七三一部队，这个部队规模之大，令日本高层官员感到惊讶。石井四郎因为修建七三一并从事细菌武器研究，让他在日本高层军官中享有盛名，但是，更多的日本军人都只是知道石井四郎的名字，而不知道他具体在做什么工作，因为七三一的一切都是保密的。

石井四郎的细菌试验所用的实验原料，都是活人，日本人称作"原木"，为了取得更多的"原木"，关东军特别下达了第224号命令，要求把那些特别顽固的反满抗日分子"特别输送"给七三一部队。

井田一郎做好了要把孙博文送往石井部队的打算之后，心里轻松不少，他并不清楚石井部队会如何处理孙博文，他只知道，凡是进入石井部队的犯人，就没有活着出来的。

为了显示对孙博文友好，井田一郎亲自到监狱看望过孙博文，但并没有说什么，两个人只是眼神交流了一次，很明显，井田一郎不敢长时间直视孙博文，反而孙博文的目光，让井田一郎内心略微有点惭愧。

他回到办公室，签署了"特别输送"孙博文到石井部队的命令。

这时候，江彬来找他。江彬这两天一直提心吊胆的，他又增大了服用镇静剂的量。井田一郎对他没有去新京执行刺杀孙博文的命令，曾经一度很恼火，差点儿要了江彬的小命。后来得知当晚江彬和林雅茹在一起，觉得林雅茹是一个可以利用的人，就原谅了江彬，希望江彬从林雅茹那里得到哈尔滨地下党更多的情报。

江彬这次和井田大佐汇报了他最近发现的铁匠铺，并把这两天他跟踪林雅茹的情况讲述了一遍，然后请示井田一郎是否要出动宪兵队的人端掉铁匠铺这个地下党接头地点。

井田一郎深思一会儿，说道："江先生，我觉得不如这样，你先通知他们宪兵队会来搜查，让他们先撤退，这样就可以证明你提供的情报准确，让他们信任你，然后慢慢地接近地下党的领导。"

江彬说，"还是长官想得周到，佩服，我这就去准备。"

江彬离开之后，井田一郎又找他妹妹谈了一次话，这次谈话主要围绕着孙博文的被捕谈起，井田一郎想在妹妹这里确认一下，妹妹是否真的给孙博文提供过情报。但井田纯子矢口否认，她只是一味地说自己真爱上了孙博文，但肯定不会出卖大日本帝国的情报。井田一郎一再逼问，纯子眼泪就下来了，她哭着对井田一郎说："你再也不是我的哥哥了，那个对我好、宠着我的哥哥已经变了，你忘记你是怎么在父母面前保证的吗，你到底是怎么照顾我的？"

纯子说完摔门而去，井田一郎直瞪瞪站在原地，他的眼泪也流了出来，他想，纯子你怎么不理解哥哥呢，这都是为了你好啊。哥哥为了你可以终身不娶，但是你怎么能背叛天皇呢？这是不可饶恕的。

井田一郎吩咐一定要对纯子进行最严密的监控，无论有什么事情，都要第一时间向他汇报。

井田一郎头疼的还有矢村，矢村在得知井田一郎抓获了孙博文之后，特地来祝贺，实际上井田一郎心里明白，这是黄鼠狼给鸡拜年，没安好心。果然，矢村客气了几句之后，话锋一转，说到他们特务机关正在计划的猎熊行动。井田一郎对于猎熊行动虽然知道一点，但并不完全明了。矢村便搬出了他们的长官津田玄甫少将，他说津田少将负责的这项秘密任务，关系到大日本帝国下一步的战略方向，但现在机关里出现了共产党的秘密间谍满洲之狐，孙博文是侦破满洲之狐的重要线索，矢村请井田一郎以帝国大局为重，把孙博文交给他们审理。

井田一郎听完矢村的一番话之后，突然哈哈大笑说："就在你来之前的一个小时，孙博文已经被送到了石井部队。我是想帮你矢村的，但这次我也没有这个能力了。"

听说孙博文已被送进石井部队，矢村不由大愕，他愤怒地一语道明井田一郎是想杀人灭口！井田一郎则讥讽矢村说："宪兵队有'预防性逮捕权'和'秘密处决权'，尤其是在执行安保防谍任务时，没有义务向特务机关通报，有权逮捕任何一名反满抗日分子，甚至在必要时，完全可以不经请示，拘捕比自己高三级军衔的军官。"

矢村的职务虽然在井田一郎之下，但由于关东军情报部名义上接受关东军司令部的管辖，实际上却直接听命于日本本土日军参谋本部情报部第五课(俄国课)，其主要任务就是对苏的间谍战和侦破中共地下党情报组织，具有十分特殊的地位。

矢村当即向井田一郎发出了威胁，他说："自昭和六年满洲事变以来，有多少忠勇的皇军将士为帝国捐躯？但他们当中有许多人不是死在敌人手里，而是死在情报泄露。井田队长阁下，我要提醒你，由于你的越权介入，破坏了秘密战的谋略规则，导致马迭尔旅馆行动的失败，放跑了野狼。对这件事，我要进行全面调查，包括你的妹妹井田纯子。"

说完，他怒气冲冲地去找他的顶头上司，关东军情报部部长津田玄甫少将告状。他本以为津田会通过关系很轻松地就把孙博文从石井部队要回来，但津田部长却给他泼了一头冷水。

津田玄甫听完矢村的汇报，在地板上慢慢地踱步，一副漠然的面孔，使人无法窥见他的内心世界。矢村站在一旁，目光追随津田玄甫，津田思考良久说道："矢村君，你想得太简单了。我告诉你，要想把孙博文从石井部队要出来比登天都难，这种情况从来没有先例。"

矢村知道，津田部长是支持猎熊行动的，只要把孙博文的事情往猎熊行动上靠，那么说得多大都可以。于是矢村说道："可抓获苏联特工，切断他与哈尔滨地下党的联系，孙博文是关键人物，否则，猎熊行动难以保证顺利实施。"

津田玄甫说道："矢村君，宪兵队和我们谍报战线经常发生对立行为，同一目标双方都在插手，但这只是协调的问题。现在，我们毫无顾忌地和宪兵队对着干，会使我们本来紧张的关系更加火上浇油！"

矢村说道："那猎熊行动怎么办？"

津田玄甫说："猎熊行动是参谋本部第二部的指示，是帝国北进计划的重要环节，必须按计划进行。至于孙博文，你如果认为真的确实需要，我可以去找关东军宪兵司令城仓少将商量一下。行，还是不行，最后还得由关东军司令植田谦吉长官批准！"

矢村追问道："将军，我什么时候能得到你的消息？"

津田玄甫说："我现在没时间，要找城仓少将，我只能明天上午去。"

孙博文坐在一辆车里，眼睛被黑布蒙着，他也判断不出车行驶的方向，但是他能感觉出路面不是很好，车辆颠簸得很厉害，行驶了很长时间，车速慢下来，最后停下的时候，他听见外面有狼狗的吠叫。他被带下车，似乎是穿过一个长长的走廊，他能感觉出走廊里阴风阵阵，最后到了一间屋子，有人把孙博文的眼罩摘了下来。这是一个毫无特别之处的屋子，要说特别就在于屋里面除了四面白墙之外，没有任何东西。孙博文站在地中间，一名日军少佐围着他转了一圈，然后严厉地喊了一句日本话。孙博文精通日语，知道这名日本军官是在让自己脱去衣服。孙博文只能照办，脱得只剩下一条短裤，日军少佐一挥手，一名日本兵抱来一套棉衣棉裤，扔在孙博文脚下，然后命令他穿上衣服。孙博文还是照办。

日军少佐声音洪亮，说道："从现在起，你没有名字，只有编号，听明白了吗？"

孙博文点点头。

日军少佐接着说："186号，你听明白了吗？大声回答我！"

孙博文大声说："186号听明白了。"

日军少佐说："186号，我现在宣布纪律和任务：第一，在这个院子里不许随便走动，如果随便走动，越过警戒线统统格杀勿论；第二，进入监室后，不许和狱友交头接耳，打听你不该打听的事情，违者统统格杀勿论；第三，你每天必须上交虱子50只、跳蚤30只，完不成任务关你禁闭。186号，你听明白没有？"

房间里很热，孙博文已被棉衣棉裤焐出汗来，他擦了一下汗水说："知道了！"

日军少佐吩咐手下说："把186号带进7号监室！"

孙博文被两名日本兵送进了牢房，牢房里闷热阴暗，孙博文被推进去后，半天才适应过来，慢慢看清了眼前的一切。几十名面无表情的人都在低头翻找棉衣棉裤里的虱子和跳蚤，然后装进白色透明的小瓶里。他们中间既有中国人，也有朝鲜人和俄国人。

孙博文慢慢朝一个角落走过去，坐下。孙博文低着头，心中在盘算如何逃出这个莫名其妙的地方。这时候他听见身边挨着他的人小声地问他："你是新来的吧"孙博文默不作声，只是点点头。那人接着问："你是抗联吗？几军的？"

孙博文答非所问："这是什么地方？"

那人说："我也不知道这是什么地方，整不明白。不过，这里绝对是个等死的地方。只要从这个房间被带走，就没见有人再回来过。"

孙博文说："这里到底是什么地方？"

那个人就不再说话了。这时候牢房门被打开。日军少佐冷酷地站在门口，他朝房内看了一眼，翻开一本花名册进行点名。日军少佐念道："107号、111号、119号，你们出来。"

孙博文看到被喊到号码的三个人从不同位置慢慢站起来，他们依依不舍的目光既平静又撼人心魄。在一双双眼睛无声的目送下，他们朝门口走去。

然后，房门被重重关上。

后来孙博文知道了跟他搭讪的人叫王德，王德说他是一名抗联战士，执行任务的时候被日本人抓到，送进了这个监狱。王德说他也不知道这个监狱是什么地方，但是他觉得让犯人抓虱子的做法很奇怪，而且，被喊到号码的人，出去了就没有再回来过。

王德看孙博文呆呆地看着门口，沉默的表情很冷峻。他提醒孙博文不要想逃跑的事情，而眼下当务之急的是要抓虱子，如果不能按量抓到虱子是要被关禁闭的，凡是关禁闭的人，都回不来了。

孙博文对王德说自己也是抗联，并且是赵尚志手下的师长。他这样说就是要博得王德的信任，好让王德帮助自己逃出去。

王德惊讶地看了孙博文一眼说："你，你是赵尚志手底下的师长？"

孙博文说："要是没进来，副军长也干上了。说，怎么才能从这里逃出去？我还有重要任务要完成！"

王德说："师长同志，我不是打消你的积极性，能让小鬼子送进这里来的，个个都是汉子！这些人进来时也都说有任务，都想跑出去。可是，你看看外面，铁丝网、壕沟、岗楼、探照灯、巡逻队、狼狗……想跑出去就得横着出去！"

孙博文毫不放弃地说："难道就一点机会也没有？"

王德说："机会有！啥时想死啥时就是个机会。"

孙博文说："想死？我可不想死！我还没活够呢！哎，告诉我，这里到底是什么监狱？"

王德说："监狱？我看是个杀人工厂！哎，有人亲眼看见拉出去的人都给活活割开了肚子，像做手术，没割开肚子的，也给冻上，冻得硬邦邦的，再给你暖过来，然后，连人都整没了，你说这是什么地方？"

突然，在狼狗的撕咬声中，外面传来一声声惨叫。孙博文闻声把头扭向窗口，他想走向窗口，被王德叫住。

王德说："别去看，看了要是让小鬼子发现了，下一个死的就是你！"

孙博文当然不是怕死的人，但他也不能做无谓的牺牲，他默默地看着其他人抓虱子，那些人抓得都很认真，几乎翻遍了衣服的每一个角落。孙博文感觉外面比较安静了，他慢慢地站起来，走到小窗前面，向外看去。孙博文的视线中，一道铁门被打开。几名身穿白色衣服的日本人走进那扇铁门。周围警戒森严，两个日本人抬出蒙得严严实实的一个铁笼，装进一辆灰绿色的封闭车里。孙博文的视线左移。他看见一间小屋，门楣上隐约可见"禁闭室"的字牌。

孙博文又坐回王德身边，小声地问外面那个笼子里面装的是什么？王德也不知道，他唯一清楚的就是，每天这个时间，这辆车都来拉笼子。

王德似乎看出孙博文的想法，小声地跟孙博文说："师长同志，你不是想跑吗？我倒有一个办法，只是风险太大。"

孙博文眼睛一亮，说："什么办法？"

王德又反悔了，他不想孙博文冒太大的风险，或者说白白送死。于是他说，"算啦，不说了。我这个主意太馊，弄不好就会把你送上一条死路。"

孙博文说："这里既然没有活路，早一天晚一天不都是死吗？为什么不试试？说，什么馊主意？"

王德扭过头来，他看到孙博文异常坚定的目光。王德被孙博文的眼神一下震住了，他内心感到这个男人有着不可低估的力量。

王德正在犹豫，孙博文一把抢过王德手中装虱子的小瓶。王德以为孙博文自己不愿意抓虱子，想把他的劳动成果占为己有。但是，恰恰相反，他看见孙博文把自己瓶子里的虱子、跳蚤都倒进了他的小瓶中。

孙博文说："我死不死，不用你管，只要你告诉我能逃走的办法，这些全归你！"他把透明小瓶在王德眼前晃了晃。

就在这时，牢房的门被打开，日军少佐和几个日本兵走了进来。看见日本兵来了，监狱里的犯人陆续站了起来，王德突然一把抢过孙博文手中的装满虱子的透明小白瓶。孙博文看了一眼手中的空瓶。孙博文有点急了，小声说："哎，快把虱子分给我一半，要不，他们会把我关进禁闭室，我还有任务……"

日军少佐开始收集犯人抓的虱子，他站在一个人面前，拿起白色小瓶看了一眼，交给身边的日本兵后又朝另一个人伸出手。日军少佐一直走到王德面前，看着王德提交上的小瓶子，十分满意地拍了拍王德的肩膀说："你好像超额完成了任务！"

王德说："是，这是我一晚上没睡觉的战利品。"

日军少佐说："好，很好！"然后，他转向孙博文伸出手来。孙博文无奈只好把小瓶亮出来，小瓶子里面干干净净。少佐一看，就变了脸色，厉声说道:"186 号,这里是疗养院吗?"

孙博文说:"疗养院倒不是,可是我刚来……"

少佐说:"这种理由从来说服不了我,把 186 号关进禁闭室。"

孙博文被带走了,王德看着他走出牢房的背影,觉得这个人一定能逃出去,这只是他的一种感觉,所以,当孙博文迈出房门的那一瞬间回头恰巧和王德的目光相遇,孙博文也在那一瞬间感到,王德没有给自己虱子,或许这是在帮自己。

禁闭室里除了一张木板搭成的地铺,就只有墙角的一个马桶。在接下来的时间里,孙博文在那间黑屋子里面反复在想一个问题,禁闭室、仓库、汽车。但如何能出禁闭室是问题的关键所在。

孙博文被关进禁闭室的消息,很快被七三一部队冻伤实验室的研究专家、医学博士高桥知道了。高桥在一些日本人看来是一个年轻有为的科学家,是研究冻伤领域的权威人士。关东军在中国东北作战,因为冬季严寒的环境,士兵中经常发生被冻伤冻死的事情,目前高桥研究的目标就是,在人被低温冻僵的时候,用什么方法能最有效地把被冻僵者救活。

他曾把一个犯人在零下 32 摄氏度的低温下,冻得失去知觉,然后把一名女犯人带到面前。女孩子可能知道日本人把自己叫来,肯定是没安好心,因此很惶恐。高桥微笑地和女孩子说:"你吃过冻梨吗?"少女慌恐地点点头。

高桥接着说:"吃冻梨,我们都有经验,事先要把它放在冷水里浸泡上一段时间,然后把冻梨从盆里拿出来,敲碎上面的薄冰,软软的冻梨就可以吃了。姑娘,我说的对吗?"

少女紧张得直点头。

高桥说:"同样的道理,一个人的脚要是冻伤了,也要把脚放在冷水里浸泡,或者用雪搓擦冻伤的脚,直到这双脚恢复知觉。"

少女紧张得说不出话来。

高桥凑近少女说:"治疗冻伤是一件很棘手的事情,现在世界上没有特效药可医治冻伤,特别是一个人在冰天雪地里被冻得失去知觉,马上面临死亡的时候，我们该怎么办？"

少女更加紧张不安。

高桥说："姑娘，为了安定满洲国，大日本帝国的士兵每年都要在零下四十几摄氏度的严寒里与扰乱治安的共匪作战。但不幸的是，帝国的士兵经常被冻伤，为了拯救他们的生命，我们正在做一项试验，你愿意配合我们做这个试验吗？"

少女慌恐地不知怎么办才好。

高桥说："你不要害怕，也不要紧张。其实，试验很简单，你只需脱光衣服，然后紧紧地搂住被冻得失去知觉的人，用你的体温把他救活过来……"

少女终于知道自己将要做什么，她感到很恐惧："不，我不……"

高桥说："姑娘，人的生命是最宝贵的，你应该讲点人道主义，这是在拯救一条生命！"

少女哀求着说："不，我不。我求求你，饶了我吧……"

高桥终于拉下脸，严厉地说："姑娘，对说不的人，我们有三个办法：第一，我们强制性地把你和冻伤者捆在一起，但这种试验效果不好；第二，把你送到解剖室，不打麻药，用刀慢慢地割开你的肚子，这一点也不费事，但你会很疼；第三，外面的狼狗已经几天没喂了，它们正饥不择食。你选择哪种办法？"

少女大汗淋漓地说："我，我……"

高桥说："配合我，勇敢地脱光衣服走过去。"

少女屈辱地闭上了眼睛，泪水流淌不止。

这个实验结果对于高桥来说非常兴奋，于是，他萌生了要写一篇科研论文的想法，他把所有的实验数据都整理出来，他的好朋友、七三一部队的细菌研究专家吉村博士，知道他的研究进展之后，特意来道贺。

高桥非常得意地和吉村说："我的冻伤研究不是很成功，而是有了突破性进展。107 号恢复知觉后，你猜，他都做了什么？"

吉村说："我已经听说了，107 号恢复知觉后，便和那位姑娘发生了性行为。"

高桥说："怎么样，这是不是一种突破性进展？"

吉村摇摇头说："高桥君，我的看法与你不一样，107号与那位姑娘发生了性行为，我认为仅仅是一个男人的生理反应。"

高桥辩驳地说："不，我的看法恰恰相反。从研究成果上看，我已得出一个结论，当帝国的士兵被冻得失去知觉后，想尽快恢复他们的生命特征，用女人的体温是最好的办法，她能唤起帝国士兵对生命的渴望，坚定他们的意志。吉村君，你是不是嫉妒我啦？"

吉村叹口气说："看到你的勤奋与钻研，我确实很惭愧。石井长官命令我每个月必须生产鼠疫苗300公斤，可培养鼠疫的老鼠供不应求，铁路沿线的老鼠几乎被捉光了，我现在的压力很大，对老鼠、跳蚤、虱子这些媒介物的渴望，就像渴望女人……"

高桥笑了笑，说道："吉村君，缓解一下吧，今天晚上，我想加个班，继续做冻伤研究，希望你能参加，换换脑子！"

吉村问："你选中了谁？"

高桥说："186号刚被关进禁闭室，他的身体强壮得像头牛，一看就是个性欲很强的家伙，难道你对这种人不感兴趣吗？"

吉村说："有点意思，我决定接受你的邀请。几点钟开始？"

高桥说："晚饭后，8点准时进行。"

晚上孙博文被押进实验室。高桥仔细打量一眼孙博文然后说："186号，你有这么一副健壮的身体，应该代表支那人去参加奥运会。"

孙博文沉默着，根本不看高桥。

高桥说："我欣赏你的沉默，但更盼望三个小时后，你能开口说话！"随即，语气严厉起来："脱光你的衣服！"

孙博文脱掉衣服后，被送进了冻伤实验室，孙博文很快就感到寒气袭来，他不得不绕着屋子小跑，用运动来抵抗寒冷。

高桥看了一下显示的温度，并命令助手控制温度下降的时候要均匀，不能快也不能慢。在等温度下降的时候，他对吉村说："吉村君，你的导师是牛津大学的副校长，我的论文想在牛津大学的《冻伤研究》杂志上发表，能帮忙吗？"

吉村说："这个忙可以帮，不过，不能白帮，条件不高，你只要把你的妹妹嫁给我就行了。"

高桥说："吉村君，我妹妹正在华北做慰安妇！"

吉村愣怔住了，吉村说这话，并不是在和高桥开玩笑，他曾见过高桥的妹妹，一个很漂亮很温柔的小女孩，怎么会去前线做慰安妇呢？但高桥仿佛已经接受了这个现实，他可以把在自己身上发生的所有，都看成在为天皇做贡献。

吉村为了避免尴尬，改变了一个话题，他问高桥，为啥没有见配合实验的女人。高桥说你马上就能看到，于是他让助手把那个女人带来，吉村一看，竟然是一个俄罗斯女人，高桥说这个女人是从黑河抓来的苏联间谍。高桥看见吉村不怀好意地笑了，高桥说他之所以选择俄国人，不是要制造混血儿，主要是看 186 号的反应如何。

高桥说，"你知道的，他们做完实验，都会被送进焚尸炉的。"

这时候，高桥问了一下助手，冷冻室的温度是多少了。助手死死地盯住温度计，愣在那里。高桥再次问道："温度。"

助手怯怯地说："56 摄氏度，零下 56 摄氏度。"

高桥脸色大变，根本不敢相信地说："你说什么？零下 56 摄氏度？"

吉村也一惊，说道："56 摄氏度？那不冻成冰棍啦？"

高桥气急败坏地对助手说："混蛋，你是怎么搞的？"

助手说："我，我喝了点酒，眼睛有点花，没，没看准……"

高桥伸手就是一个嘴巴，助手被打得脚步不稳，又急忙挺直腰板。高桥转过身，脸露尴尬地说："吉村君，试验是要付出代价的……"

吉村笑了笑说："冻死一个倒没有什么，'特殊材料'有的是，不过，你浪费了一个美好的夜晚！"

高桥的目光盯住助手说："混蛋，你还愣着干什么？还不赶紧把 186 号送到焚尸炉！"

长长的走廊里没有灯光，气氛恐怖异常。助手推着平板车走过来。平板车上躺着孙博文，从头到脚盖着一块白布单。平板车在走廊里缓缓地行进。

孙博文被噩梦惊醒，他猛地坐起来，脸上大汗淋漓。月光透过铁栅栏，照在孙博文惨白的脸上。

孙博文在努力控制情绪，回想起高桥的声音："186 号，由于临时停电的原因，我不得不把你再送回禁闭室，你到禁闭室后好好睡一觉，明天的试验还得接着进行。"

孙博文心有余悸，他把头扭向窗口。

一轮明月高挂在天空。

明天呢？他们似乎在说明天，明天还会停电吗？时间不多了，机会在哪里呢？

孙博文努力控制自己的情绪，他告诫自己不要急躁，在这种情况下冷静一点，或许还有希望。

然后，他又迷迷糊糊地睡着了。直到日军少佐打开禁闭室的门，他才醒来。孙博文知道，今天就是自己的死期，躲不过去了，他随着日军少佐走出禁闭室，禁闭室对面是一个大仓库，孙博文看见一辆运输车停在仓库门口，几个日本人都穿着白色衣服，戴着口罩在往车上装什么东西。孙博文还想仔细地看清楚，日军少佐的枪托砸在孙博文的身上，警告他不要乱看，孙博文绝望地收回目光，脚步迟缓地朝前走去。

高桥看了一眼孙博文，问了下："186 号，你昨天睡得好吗？没感冒吧？"

孙博文沉默不语。

高桥说："你没来之前，我的助手已经询问了供电所，停电事件不会再发生了。"说完转向助手："吉村君呢？"

助手瞧了孙博文一眼，凑近高桥，小声地说："浙江的荣字 1644 部队要来提货，他要去 5 号仓库办理手续……"

高桥截住话头说："那我们就不等他了，开始吧。"

助手喝道："186 号，脱下你的衣服！"

孙博文有点绝望地把手摸向衣扣，冷藏室的门已被打开。日本人命令他进去，孙博文迟疑了一下，走向冷藏室的门。孙博文从来没有想过自己能够有今天这种死法，他觉得自己应该死在战场，或者在大牢里被活活打死，世界上的事情，真的很难说清楚，被日本人冻死，可惜，我还有任务在身，没能和野狼接上头，对不起死去的老赵，还有雅茹……幸好当初没有答应老赵，否则，害了雅茹的一生。

正在这时候，一名日军少佐走进来，对高桥说，"高桥博士，我刚接到关东军司令部的紧急通知，奉命把186号押回禁闭室。"说完，把一纸命令递给了高桥。

高桥接过命令，看了一眼，又扔给了日军少佐。助手建议道："老师，121也符合冷冻试验条件。"

高桥说："那就把121号押过来！"

孙博文又被送回了禁闭室。一路上，孙博文走得很慢，他实在是琢磨不透，关东军司令部为什么要留下自己，后来孙博文想到了，可能井田一郎改变主意了，要亲自动手弄死自己。

唉，反正也是一死，怎么个死法有什么重要吗？孙博文索性不去想那些东西，在某一刻，他甚至觉得死亡和自己还有很长的距离。在死神没有到来之前，他觉得自己应该做点什么。

日军少佐把铁门重重地关上，孙博文回头望了一眼铁门，迫不及待地走向窗口，偷偷地朝5号仓库的方向看去。这一次他看清楚了，两个身穿白色衣服的日本兵抬着被蒙得严严实实的笼子走出来。然后，他们又把笼子抬上汽车。

原来他们抬的是笼子。笼子里面是什么呢？

孙博文扭过头来，目光盯住了墙角的那个马桶上，他突然想方便一下。

禁闭室门口的哨兵先是闻到一股臭味，然后看见一股污水从禁闭室里淌了出来。他捏着鼻子走过去，把门打开，想看看里面的究竟。刚探头进去，就被孙博文扯了进去，以孙博文的功夫，结果一个普通哨兵，简直是易如反掌。孙博文换上了日本哨兵的衣服，然后把自己的狱服给哨兵穿上，让哨兵俯卧在木板床上，看起来仿佛睡着一样。

孙博文从小窗户往外看看，那几个搬运货物的日本人都进仓库了，只留下大货车，司机在驾驶室里等待出发的命令。

孙博文从容地从禁闭室走出来，向运输车走去，运输车后门还开着，里面装着几十只老鼠笼子。孙博文对司机说："不好意思，我是哨兵，身上没带烟，能不能给支烟抽？"孙博文的日语非常地道，司机听见他说可以抽烟，先是一愣，反问了一句："这里允许抽烟吗？"

孙博文说："当然不允许！但你很幸运，碰上是我值班。"

司机露出笑容，把夹在耳朵上的一支烟拿下来，扔给了孙博文。孙博文接住了烟，并鞠了一躬说："谢谢。不过，你可以在车里抽烟，我得找个没人的地方抽烟去。"他转身走到车旁的木堆。孙博文绕过木堆，转到敞开的车门后面，趁着司机不注意，迅速地钻进了运输车。

几个日本人走出仓库。为首的是鼠疫研究专家吉村博士，他对手下人说："一共48箱，你清点清楚没有？"手下人回答说已经查验清楚，并且请示吉村是否可以出发。吉村叮嘱去机场的路上一定要小心，不许违反操作规则，然后签署了放行的命令。

运输车缓缓地开出了七三一部队的大门。出了大门，司机开始提速，大卡车裹着一股烟消失在远方。

井田一郎做梦也没有想到矢村能把孙博文从七三一部队要出来，城仓将军的电话，让他感到非常吃惊，而且听口气，城仓将军也非常愤怒。井田一郎还要说什么，城仓吼道，废话少说，按命令执行。

城仓将军说的命令来自关东军司令部植田谦吉将军，井田一郎只好不折不扣地去执行，事情到了这个地步，他只能祈祷孙博文的嘴巴闭紧，任矢村用什么手段都撬不开孙博文的嘴才好。

于是，他立刻给佐川打电话，让他拿着植田谦吉的手谕去石井部队提人。佐川也被弄得很糊涂，他和井田一郎一样都十分清楚，石井部队是一个有去无回的地方，经他的手都送进十几名反满抗日分子了，都不见有像孙博文这样的特例。

佐川不敢怠慢，立刻前往石井部队，佐川对石井部队里面的人很有意见，他们总是很高傲，根本不拿自己当回事，到那里不许说话，不许打听任何事情，也不许随便看。尤其是那个和他接头的少佐，不停地警告他："在这里你要装聋作哑，否则，对你没好处。"

少佐去禁闭室提 186 号犯人。到的时候发现哨兵不见了，而这时候，孙博文刚刚钻进运输车，日军少佐走到运输车旁，看见司机正在抽烟，把司机叫了下来，扇了两个嘴巴，然后问他谁让你抽烟的，司机很委屈地说，是哨兵，少佐问哨兵在什么地方，司机说，刚才还在这里。少佐说，滚回你的车上，戴上口罩，再抽烟枪毙了你!

司机回到车上，心想赶紧走，不然这个少佐说不定还会找自己麻烦。于是他开车走了。少佐看着运输车远去，转身来到禁闭室，等了半天不见哨兵，又向里面看了看，186 号还在那里躺着，他在外面大喊，让 186 号起来，但 186 号充耳不闻，少佐觉得不太对劲，就让人把门锁撬开，少佐走进去翻过 186 号的身体，大惊失色，急忙掏出口哨狂吹，刺耳的警报声随之响起。

吉村匆匆跑到日军少佐面前："发生了什么事?"

日军少佐说："186 号打死了一名哨兵，现在不知去向了。"

吉村闻言一愣。

日军少佐突然意识到什么："吉村博士，今天的鼠笼车……"

吉村说："已经开走了，就在几分钟前……"

日军少佐狂喊："集合，快去追运输车……"

一辆辆摩托车被发动起来，飞一般地驶出七三一部队大门。

第七章

那天晚上，林雅茹到处都找不到孙博文，最后她又回到了松浦洋行门口，她刚下了黄包车，就看见孙博文被人抓走。林雅茹看到那一幕，差点儿晕倒在当场，要不是江彬赶到制止，林雅茹拿着手枪想要冲过去把孙博文救下来。

江彬认为林雅茹过去只是死路一条，林雅茹无奈地流下了眼泪，那一刻，她觉得自己很委屈，刚刚失去了父亲，自己心爱的人又被抓走，而且是被日本人抓走，肯定凶多吉少。

在回去的路上，林雅茹仿佛丢了魂儿。她见到刘桐，告诉他孙博文被捕的消息。这个消息很快就传到了新任哈尔滨地下党负责人梁万堂耳朵里。

第二天，梁万堂在果戈理咖啡厅约见林雅茹。主要有两件事，第一就是寻找野狼，第二是要总结马迭尔接头失败的教训，话里面透出了赵世荣应该对这件事负完全的领导责任。林雅茹一听这话，压不住火气，对梁万堂反唇相讥。林雅茹自始至终觉得老赵的决策没有任何问题，老赵之所以这样做，是因为他从全局出发，而且老赵是在牺牲自己保护同事。这怎么能说老赵有责任呢?

林雅茹对自己的态度让梁万堂觉得赵世荣很没有管理才干，自己的手下人怎么能够这么无礼，简直就是不懂组织性纪律性，难怪赵世荣工作上要失败呢! 梁万堂觉得有必要开一次大会，对赵世荣留下来的这种工作作风做一次清洗。但现在首要任务是寻找到苏联特工野狼。

梁万堂沉吟片刻，说道:"后天下午 2 点，我们在大新街 10 号开会，专门研究联系野狼的问题，刘桐也参加。一会儿分手后由你负责通知她……"

梁万堂问起了江彬的情况，林雅茹都回答了。当说到江彬每次都是到医院找自己的时候，梁万堂拦下了她的话，"从明天起,你不能再回医院了。"

林雅茹不解地问梁万堂为什么。梁万堂说，"孙博文被捕了，按纪律要求，必须放弃他所知道的一切地点，切断与他的一切关系。"

林雅茹说:"老梁，你刚才还说，我们现在急于联系上野狼，但你却要切断与孙博文的联系，这是为什么? "

梁万堂说:"为了防备万一。"

林雅茹反问道："防备什么万一？难道你对孙博文产生了不信任？"

梁万堂说："这不是信任不信任的问题，而是党的纪律要求我们这么做！林雅茹，你明天和江彬接头后，找个理由先请几天假，记住，不许打折扣，要坚决执行这个决定。"

林雅茹冷冷地看着梁万堂。梁万堂拿出一个信封，对林雅茹说："这是组织上的一点心意，你把它交给老赵的爱人，但千万别提老赵牺牲的事情，最好找个理由说他外出了。过几天，我会代表组织去看她，表示对她的慰问。"

林雅茹克制住自己的情绪接过信封。

梁万堂接着说："接头失败后，组织上把全部希望都寄托在孙博文的身上，但现在孙博文也出事了。你能不能通过江彬打听一下，把关押孙博文的地点搞清楚，然后再想办法把他救出来。"

林雅茹点点头说，"你等我消息吧，我会打听清楚的。"

经过江彬打探，林雅茹得知孙博文被关进了一个秘密地点，江彬说，据他所知，那个地方只要进去，就没有能出来的。林雅茹听到这个消息以后，感觉天一下子就塌了下来。

林雅茹和梁万堂接头回来的时候，天已经黑了，她远远地看见了铁匠铺前面有一辆摩托车，她觉得有些不对劲，职业上的警觉让她没有走近铁匠铺，而是从它前面走了过去。

事实上，林雅茹的细心和谨慎，让她躲过了一次劫难。林雅茹的一举一动，都被哈尔滨特高课的桥本课长盯上了。桥本把林雅茹的行踪都汇报给了矢村。桥本尤其强调了林雅茹经常去的一个铁匠铺，并建议矢村立刻逮捕铁匠铺里的人。

矢村同意了桥本的行动计划。

按照矢村的吩咐，桥本要向高恒书借几个便衣，高恒书很大方，不仅答应借给他人，还决定亲自去一趟。

他们到了铁匠铺，只有刘桐一个人在场，于是他们逮捕了刘桐，桥本押着刘桐回到了特务机关进行审讯，而高恒书留了下来，他觉得这样一次行动才抓到一个人，实在不甘心，他对桥本说，自己要留下来，等待其他人自投罗网。

但林雅茹没有钻进他的圈套。

林雅茹走了过去，她决定回家看看。这几天因为情绪混乱，她没敢回家，她不知道怎么对母亲说父亲的死。但是不说，心里面总觉得有种东西在压抑自己。她推开家门，母亲的笑容永远都是那么慈祥，看到母亲那个样子，林雅茹坚持不下去了，一把抱住母亲，失声痛哭。

她说："爸爸他牺牲了。爸爸，他牺牲了！孙博文也被捕了。"

林母像遭到雷击，愣怔怔地站在那里。林雅茹急忙地说："妈，妈，你倒是说话呀？你没事吧？"林母脸色惨白，过了一会儿才说，"妈没事儿，妈没事儿……"

林母平静地说："十年前，妈就知道会有这么一天……"

林雅茹痛哭着只说了一个字，"妈……"

母亲用手抚摸着女儿的后背，说道："雅茹，你爸他好吗？他在哪儿躺着呢？那里冷不冷啊？你没给他捎件衣裳去？你爸有鼻炎，他怕受风……"

林雅茹哽咽着说："妈，我爸他在市立医院……"

母亲说："你爸的心可够硬的，他躺在那儿享福了，扔下咱娘儿俩不管了……"

林雅茹泪眼看着母亲。母亲也在看她，表情依旧那么平静。

母亲说："雅茹，我和你爸结婚的时候，他还在山里打仗，我是抱着大公鸡过的门，直到过了两个冬天才看到他的身影。当时啊，你爸爸是让咱队伍上的人抬回来的，只剩下一口气啦，我也哭得只剩下一口气了。后来，杀了那只大公鸡才把他的伤养好，养利索了……可这一回，咱们杀鸡也没用了，就让那个老东西躺在那儿吧。不过，他要是有良心，心里还装着咱娘儿俩，就回来看看，他要是没良心哪，咱们就啥话也别说了……"

林雅茹在抹眼泪。

母亲接着说："雅茹，你爸爸他待的那个地方不冷不热的，饿不着也渴不着，他倒会找享福的地方，从今往后他啥心都不会操了……"

林雅茹抬起泪眼，望向母亲。母亲接着说："雅茹，今天还是你爸的生日，妈从早上就给你爸煮了两个鸡蛋，盼他早点儿回来吃，可他没回来，鸡蛋也就在锅里热了一整天。今儿，这两个鸡蛋都给你爸供上，生日、忌日咱们一起给老东西补上……"

林雅茹含着热泪把鸡蛋摆在了桌子上。

林雅茹跪下去，哭着说："爸，妈给你煮鸡蛋了，她要给你过生日。爸，你还想吃什么？我让妈给你做去……"

母亲说："雅茹，再去给你爸倒碗酒，他平时想喝我不让他喝，今天一定让老东西喝个够……"

林雅茹说："爸，你听见没有啊？我妈这回让你喝酒了，爸，你倒是听见没有啊？我妈这回让你喝酒了……"

林母说："老东西，茹儿跟你说话呢，你怎么就不吱个声儿呢？我没说屈你吧？你的心就是硬。老东西，孙博文那孩子也被捕了，可你说，孙博文落在小鬼子手里还有好吗？雅茹心里那点心思到了也没实现……"

林雅茹已哭成泪人。林母只是唠叨，愣是没哭一声。

两个人吃完晚饭，母亲建议林雅茹，因为赵世荣的死，她们应该换一个地方住了。林雅茹反对母亲这样，她觉得母亲和她们新来的领导梁万堂一样，动不动就要搬家。母亲说，她之所以这样，是因为和赵世荣在一起习惯了，知道做他们这一行的安全最重要。她对林雅茹说，"雅茹，你们党内有人被捕，搬家可是个铁的规矩，这和信不信任孙博文是两回事儿。听妈的没错儿，搬家吧，这是为了你们组织好……"

刘桐被捕之后，被关押在日本特务机关的大牢里。日本人几轮审讯，都没有从刘桐嘴里得到什么有价值的信息。矢村十分不满意，最后把这个任务交给了高恒书，矢村之所以这样，一是信任高恒书的能力，二是他还要借此机会考验高恒书。看看他在审讯自己同胞的时候，有没有什么异常的表现。

高恒书坐在刘桐面前，让人把刘桐的手铐打开，高恒书的审讯方式并没有让刘桐改变原来的态度，他还是那么沉默，任凭高恒书和他玩一些心理战术。后来高恒书失去了耐性，刚要给刘桐用刑，桥本走了进来，对高恒书说，机关长有事情让他去一趟。

桥本和高恒书来到矢村的办公室，矢村和良子正在聊着什么。高恒书发现矢村的精神状态很好，仿佛一扫孙博文被井田一郎抓走时期的阴霾，矢村对高恒书说："高课长，孙博文马上就会从石井部队押回来了，你要做好审讯准备。"

这个消息对高恒书来说实在是太过于意外，怪不得矢村满面春风，在这次事情上，矢村战胜了井田一郎。矢村看出高恒书惊讶的神态，解释说："这是植田谦吉司令官亲自下的命令，宪兵队已经去提人了。不过，植田谦吉司令官只给我们48小时的时间，审讯完后，不管结果如何，必须就地枪毙孙博文。"

高恒书说："机关长，植田谦吉司令官只给我们48小时，这么短的时间够用吗？"

矢村说："够不够用就看你的本事了。高课长，你暂时中止对那个铁匠的审讯，把刑讯室腾出来，在48小时之内，想办法撬开孙博文的嘴。"

高恒书说："机关长，一个真正的共产党，意志比钢铁还硬，我不敢下保证在48小时之内就能撬开孙博文的嘴。"

矢村说："高课长，我理解你的心情，碰上一个骨头硬的共产党，我们的刑法就像一堆棉花。但孙博文……我不管他的骨头有多硬，你必须撬开他的嘴，明白吗？"

高恒书说："明白！"

矢村说："桥本少佐，你现在到协和医院找一名医生和护士，让他们带上必要的抢救药品，多带强心剂。马上就去。"桥本少佐应声后走出办公室。

矢村对良子说，"良子，你把审讯要点记一下。"良子打开一个本子。矢村说了五点意见，良子一一记下。

第一，那则寻物启事暗示的内容是什么，地下党与苏联特工的接头地点在哪里；第二，搞清楚井田纯子是否给他提供过情报；第三，警察厅的郎久亭与他交往过密，在这方面我也想得到一点意外收获；第四，问出他的上级和下线；第五，也是最重要的一点，满洲之狐到底是谁。

矢村说完，拍了一下高恒书的肩膀说："高课长，我审过赵一曼，知道共产党的骨头比钢铁还硬。拜托了，想办法撬开孙博文的嘴。"

高恒书还想说什么，被矢村制止了。

矢村这些天除了要出了孙博文之外，还做了一件很重要的事情，那就是他要破译野狼的那则寻物启事，那天高恒书和良子在报社里遇到野狼，但后来野狼逃脱，矢村知道这件事情之后，觉得应该利用这个机会，找到野狼，就命令报社把这则寻物启事原封不动刊发出去。

如今那张刊有寻物启事的报纸就在他的办公桌上。寻物启事的内容赫然入目：昨晚，在中央大街走失爱犬一只。此犬好斗，早晚不溜，必哀嚎不止。有目击者称，爱犬被一神父领走，如有知情者提供线索，酬金丰厚！

机关内部看过这则寻物启事的人，都没有从中得到什么有效线索，矢村决定聘请新京的密码专家，这个密码专家矢村曾经和他接触过，很有经验，但为人傲慢，口气很大，不把任何人放在眼里。

这也是这个密码专家给良子的第一印象。矢村命令良子接待密码专家，让他尽快破译寻物启事中隐含的内容。

矢村嘱咐道："良子，我们不能只靠密码专家破译，还要想办法撬开孙博文的嘴，但撬开孙博文的嘴把握有多大也不好说，这是背水一战。孙博文要是不开口，我们还是抓不到苏联特工，满洲之狐也无法查获。对井田一郎徇私就更是无从查起。"

良子说："共产党是世界上最不可思议的人，我们不能对孙博文抱有幻想，我看还是应该利用柳什科夫引出苏联特工。"

矢村说："利用柳什科夫引出苏联特工，风险太大，等我考虑成熟再说。"

良子说："机关长，你什么时候能解除对高课长的怀疑？"

矢村说："满洲之狐一天不查出来，我就一天不会解除对高课长的怀疑。良子，为宪兵队提供情报的人查出什么线索没有？"

良子说："还没有。但据我的观察，桥本的疑点很多。"

矢村说："你也在怀疑桥本少佐？"

良子点点头。

矢村说："这一点我们倒想到一起了。从现在起，你有权对桥本少佐展开秘密调查。"

良子说："是。"

矢村正在安排如何审讯孙博文的时候，收到了关东军司令部召开紧急会议的通知。矢村放下手中的工作，带着几名助手赶往司令部，一路上他都在猜测会议的内容，甚至想到井田一郎是不是又会耍什么别的花样，孙博文又被送回石井部队了呢？

矢村走进会议室，就感到会议室的气氛异常严肃，他不敢乱看，只是抬头扫了一眼，发现城仓将军脸色铁青，井田一郎、郎久亭等坐在长条会议桌周围，个个一脸严肃，腰板溜直，矢村落座之后，城仓将军宣布会议开始。

当矢村听说孙博文逃走的消息之后，心中好不是滋味。城仓将军接下来的讲话，让他立刻意识到问题的严重性。城仓将军说孙博文身上有重大秘密，务必抓捕此人，为了抓捕孙博文，特别制定了零号行动的行动方案。

孙博文逃走之后，日本关东军司令长官植田谦吉就立刻把城仓和津田玄甫叫到办公室，并且找来了石井部队的吉村博士，吉村博士作出孙博文在石井部队可能感染鼠疫的判断，但植田谦吉认为更重要的是，孙博文可能知道石井研究生物细菌武器的军事秘密。

果然，日军参谋本部发来急电,电文说:获悉共党要犯从石井部队脱逃，天皇陛下十分震惊。为防止研究细菌战的秘密被泄露，参谋本部紧急命令如下：

一、限期七日内，不惜一切代价必须缉拿共党逃犯归案。

二、缉捕行动的内幕，定为帝国特甲级机密，只限于植田谦吉将军、城仓将军、津田玄甫将军知道，严禁扩散。

三、为确保缉捕行动成功，参谋本部将派特派员前往哈尔滨督导缉捕行动。

植田谦吉手中拿着参谋本部的电文，对城仓和津田玄甫说："这下你们都清楚了吧？国际法禁止使用细菌战，我们大日本帝国是在《日内瓦公约》上签了字的国家。"

城仓说："司令官阁下,我们虽然在《日内瓦公约》上签了字,但依我看,那就是一张擦屁股的纸!"

植田谦吉说："你长没长脑子? 七三一部队所从事的细菌研究是绝密的,是帝国的最高机密,即使在本土,也只限陆相、参谋总长等少数人知道。所以,我们必须防止七三一部队的秘密泄露出去,以免大日本帝国受到国际舆论的谴责,在政治上造成被动;同时七三一部队的秘密一旦泄露,也会引起苏联的警惕,挫败我们的北进计划……"

城仓说："司令官阁下,我明白了。"

植田谦吉反问道："你明白了什么?"

城仓回答说："明白了孙博文逃出七三一部队的严重后果。"

津田玄甫冷言讥讽道："城仓君,你既然知道问题的严重后果,是不是应该马上辞职? 然后再把井田一郎送上军事法庭?"

城仓说："辞职? 我看你应该剖腹谢罪……"

植田谦吉发火了："你俩找个地方去吵! 现在听我的命令!"

城仓和津田玄甫立即站起来。

"一、此次行动命名为零号行动,由城仓将军负责全面指挥,其行动的核心秘密严禁扩散,对外宣布就是为了抓住共产党逃犯以防与苏联特工接头;二、为防止鼠疫在哈尔滨扩散,津田将军负责对全市各大小医院的监视,凡发现体温超过 38.5 摄氏度者一律秘密处决,包括帝国的侨民和官兵;三、在执行零号行动中,猎熊行动不得受到任何影响,尽快侦破满洲之狐,抓到苏联特工;四,马上把那名失职的少佐给我毙了!"

城仓将军在离开植田司令那里之后,立刻找来井田一郎和矢村等人,布置零号行动的方案。城仓将军说："为了确保零号行动的成功,我调来了满洲国第一、第二宪兵团,第四军管区独立警备队,江上军缉私大队和水上警察署,巴彦、方正、五常三个警察署的警力,这一次,我们要不惜任何代价,一定要把孙博文抓到,确保猎熊行动的顺利进行。现在我宣布……"

全体日伪军官立刻站了起来。

城仓将军说："在执行零号行动中,第一宪兵团负责封锁进入城区的所有交通路口；第二宪兵团配合哈尔滨宪兵队，负责封锁市区所有交通要道，包括火车站和汽车站；江上军缉私大队和水上警察署，负责松花江水上码头，沿江巡逻；第四军管区独立警备队，巴彦、方正、五常三个警察署归属郎久亭厅长指挥，重点搜查全市所有公共场所和居民区……"

矢村说："司令官阁下，参加追捕孙博文的单位，认识孙博文的人并不多，我们应该冲洗孙博文的照片，人手一张。"

城仓扫了矢村一眼，说道："好。另外，我再强调一点，负责追捕孙博文任务的各单位，分工要明确，责任要到人，实行分区划片、剔块搜查，挨家挨户地查找，绝不允许留下任何一个死角。都听清楚了吗？"

全体日伪军官齐声道："听清楚了！"

城仓看了一眼津田玄甫说："津田将军，情报部门的任务，我就不想指手画脚了，你自己宣布吧！"

津田玄甫说："矢村机关长……"

矢村回答："到。"

津田玄甫命令说："你们机关的俄国课暂时不动，我另有任务安排；特高课、警务、刑事、外事和其他科室一并划入战斗序列，全面负责对外国侨民居住社区的搜查。但对使馆区的搜查，要等帝国驻哈尔滨领事馆向各国驻哈尔滨总领事馆、领事馆通报案情后，得到他们的允许再进行允许范围内的搜查。"

矢村："是！"

津田玄甫："城仓司令官，你还有什么命令？"

城仓扫视会场，看了看手表："下午4点，各单位秘密运动到位，5点开始统一行动，以防空警报为号，现在是中午12点11分，对表……"

孙博文乘坐运输车逃出七三一部队之后，他就想立刻下车，运输车内十分狭小，他几乎是侧着身子才能有一点自己的空间，而且，笼子里的老鼠都把脑袋探了出来，有的还用爪子抓他的衣服，孙博文十分小心，他虽然不知道这些老鼠都有鼠疫在身，但他知道，被这些老鼠咬上滋味肯定不好受。

他试图打开车门，但门锁十分结实，根本无法打开，他只好又回到了车的最里面，用拳头使劲砸车窗。

司机听见有动静，就停下车，和押车的人使了个眼色，确定声音来自车仓里面，他们下车后打开了车后门。就在一瞬间，孙博文把司机撂倒在地，押车的日本兵一看不好，掏枪要射击，孙博文摸起一块砖头，扔了过去，正好打在押车日本兵的手腕上，枪落地，孙博文就地一骨碌身，捡到枪一枪结果了押车兵。回头又给了司机一枪，这时候，孙博文听见后面有摩托车的响动，他想一定是自己的行踪被发现了，孙博文一看左边是一片地，秋后的玉米秆还没有被拔掉，他就钻了进去。

孙博文一直跑到田家烧锅，他确信日本人已经被他甩掉，这才进去。这几天，孙博文的被捕可把文龙文虎这哥儿俩给急坏了，尤其是文闻这个妹妹，一听孙博文被捕，差点儿要上吊，被哥儿俩劝阻下来，孙博文的突然出现，他们以为是自己出现了幻觉，但看到孙博文一身破烂的日本军装，十分狼狈，哥儿俩又乐了。

他们给孙博文简单弄了一口吃的，孙博文刚吃完，听见有人来了，孙博文忙要躲起来，文龙说不用怕，是老妹回来了。

文闻一进屋看见孙博文，眼泪一下子就下来了，她没有说话，扑到孙博文的身上就哭。文龙一看这形势，假托给孙博文弄件衣服，就离开了房间。

文闻把头抵在孙博文的胸膛说："这几天，我天天做噩梦，梦见你死了，梦见你被小鬼子活活打死了……"

孙博文说："快松开我，我身上有伤。"

文闻触电般地立即松开了孙博文，赶紧找来酒精棉球，让孙博文脱去上衣坐在小木凳上，孙博文的前胸和后背伤痕累累。文闻轻轻擦着孙博文身上的伤痕。

"疼吗？忍着点儿，一会儿就好……"文闻一边擦拭，一边恨恨地说："小鬼子真狠，你是怎么挺过来的？"

"心里想着一个信念，就挺过来了。"

文闻好奇地问："什么信念？"

"不能当叛徒。"孙博文说。

文闻扑哧一笑："这么想就能挺过去？"

孙博文看着文闻说："当然不只是这些……"

"那还想到了什么？"

"想心中最爱的人，比如母亲……"

文闻期待地注视着孙博文，娇哆地问："想到我没有？"

孙博文避开文闻灼热的目光，"当然想到了……"

文闻一喜："想到我什么？"

孙博文像是在自言自语，"凡是我认识的人，我都想到了，天天在脑子里过几遍，想是否欠谁的钱还没有还上。"

"你这个人真不咋的，我想你可不是这么想的……"

孙博文盯住文闻。

文闻大胆地说："你知道吗？你被抓后，我就天天在寻思，想用我的命去换你的命，为你去受刑为你去死。可是我不知道你被关在哪儿……"

"你真是个傻丫头。"

"人家才不傻呢。孙先生，你怕死吗？"

"怕死，天底下恐怕还没有不怕死的人。"

"你既然也怕死，为什么不珍惜生命呢？"

"你怎么知道我不珍惜生命？我比谁都珍惜生命。一个不珍惜生命的人能干什么？不过，在日本人的屠刀下，国破家亡，每一个珍惜生命的人都会反抗，反抗就是珍惜生命的最好表现。"

文闻说："听你说话真长见识。"孙博文笑了。

文闻还在兴奋地说个不停，文龙回来了，他给孙博文带回了全身的行头：西服、礼帽、风衣、墨镜。孙博文换上后，整个人焕然一新，风度翩翩的孙先生又回来了。文闻兴奋地围着孙博文转了几圈，"孙先生，你穿这身衣服太好看了。"

孙博文："好看吗？像不像特务？"

文闻："好看，我喜欢。"

文龙打趣说："小妹，你二哥我还有点眼光吧？就这身打扮，走在大街上没人敢拦孙先生。"

文闻陶醉般地看着孙博文，文龙用手在她眼前晃了晃，文闻这才醒过神儿来，话里有话地说："不是你有眼光，是我有眼光……"正说着，孙博文感觉腰间突然有一把枪顶了上来。说时迟，那时快，他一个干净利落的转身，枪已经落在了孙博文的手上，背后的人却被摔了出去。待那人爬起来，大家才看清原来是文虎。文龙和文闻大笑起来。文虎顾不上拍打身上的灰尘，上上下下打量孙博文："孙先生，你是怎么跑出来的？我和文龙还以为你这回算彻底完了呢……"

　　孙博文哈哈一笑，"就我这身手，能完吗？"

　　文虎看了一眼文闻："你是没完，文闻的眼睛差点儿哭瞎了。"

　　文闻瞪了一眼文虎："你胡说什么，谁把眼睛哭瞎了？"

　　孙博文忽然想到什么："哎，文闻，有没有这两天的《滨江日报》？"

　　文闻回转身指了一下墙角说："那桌子上就有。"

　　孙博文打开报纸又放下，问："今天是几号？"

　　"9号。"

　　孙博文若有所思："9号？"

　　矢村得知密码破译专家已经破译了野狼在报纸上刊登的寻物启事，心中十分高兴。他立即赶到密码破译专家面前，恭恭敬敬地向专家请教。只见老先生在寻物启事的"早"、"晚"、"神父"、"斗"和"中央大街"几个字上画上圆圈，然后把笔扔在桌子上。

　　矢村不解地问："老前辈，这几个字是什么意思？"

　　"都这么明确了，还猜不出来？"此前良子曾说密码破译专家傲慢，矢村一看果然不假。在这个人面前，矢村很老实地点头，表示自己还没有看出什么门道。

　　"这个'早'字拆开看，是什么？是个十，对不对？晚字就不用解释了，傻瓜都不会把它当成白天。剩下的'神父'，它代表教堂，'斗'字代表时间，是12点。你自己把这几个字连起来想！"

　　矢村思索一下说道："老前辈的意思是说，苏联特工要在10日晚上的12点，也就是明天晚上12点在教堂和地下党接头？"

密码破译专家说："笨蛋，晚上 12 点是宵禁时间，苏联特工敢去接头吗？你仔细看看这个'斗'，12 点除斗字上面的那两个点是什么？是晚上 6 点。"

矢村说："那么教堂呢？哈尔滨的教堂有几十座，你想让我在哪座教堂设伏？"

密码破译专家恼了："你这个笨蛋是怎么当上哈尔滨特务机关长的？都有谁还在称呼你是个'中国通'？没见过你这么笨的，我的血压都被你气成二百五了。"

矢村忍住气，很乖顺地说："请老前辈指教。"

密码破译专家把手拍在寻物启事上："索菲亚教堂，只有索菲亚教堂才是真正的接头地点。"

"索菲亚教堂？"矢村还是一脸的困惑，"老前辈，接头地点为什么是索菲亚教堂？而不是别的什么教堂？"

密码破译专家很不耐烦，"你简直是在浪费我的时间。矢村机关长，你把耳朵竖起来听我说。"

矢村说："请老前辈指教。"

"哈尔滨的教堂大大小小有几十座，但唯独索菲亚教堂交通四通八达，而晚上 6 点，这里热闹非凡，便于掩护，更便于逃跑，是最理想的接头地点。另外，寻物启事上提到了中央大街，我问你，索菲亚教堂是不是在中央大街附近？你笨得不能再笨了。"

矢村恭敬地说："老前辈分析得对，不愧是专家。谢谢你，老前辈。"

密码破译专家舒了一口气，端起水杯一饮而尽。

矢村严厉地说："老前辈，这件事情需要严加保密，我不希望还有其他人知道被你破译的内容！"

密码破译专家敲着桌子："保密不保密是你们的事情，不要再浪费我的时间了，我要回新京，马上派车把我送到火车站！"

矢村忍住气说："老前辈，你先收拾一下东西，回头我就安排人送你。"

密码破译专家回到房间准备好行装。矢村心里十分高兴，觉得这个密码破译专家没有白请，消息对自己十分有利。下一步，就要计划周密一些，张开口袋，让孙博文和苏联特工往里钻，等他们钻进来之后，就把口袋收紧。但是孙博文能不能往这个口袋里钻呢？矢村想了想，脸上露出神秘的笑容。矢村是个十分自信的人，他相信孙博文一定会冒这个险。他觉得在和孙博文斗的这几个回合中，他已经清楚地知道孙博文的个性，性格决定命运，没有办法，他一定会来。

　　矢村离开之后，密码破译专家开始收拾自己的东西，把矢村给他的费用放进手提箱里去，坐在沙发上等待矢村派人来接他。

　　这时候，他听见门外传来敲门声，以为矢村的司机来了。密码破译专家打开门，一位年轻人站在门口，他是地下党员魏辉。密码破译专家并不认识他，以为这年轻人是矢村安排送行的人员，抱怨地说："你们办事太拖拉了，简直让我忍无可忍，你怎么才来接……"

　　正说着，发现年轻人抖出一张报纸，上面的寻物启事映入眼中。密码破译专家忽然觉得不对劲儿，警觉地问："你是什么人？想干什么？"

　　"说吧，这上面到底说的是什么？"来人低沉地吼道。

　　"寻找狗的广告和我有什么关系。你找错人了。"

　　魏辉露出一丝冷笑："我数五个数，数完了，你要是还说和你没关系，矢村再踏进这个房间时，看到的可是你的尸体……"密码破译专家偷偷地扫了一眼坐地钟。他显然是在拖延时间。

　　魏辉突然抽出一把刀，架在了密码破译专家的脖子上。密码破译专家吓得魂不附体，哆嗦着，"我，我说。明天晚上6点，苏联间谍要在东正教堂和你们的人接头。"

　　"实话？没撒谎？"

　　"不敢！我，我说的句句都是实话。"

　　魏辉冷笑一声："有假话也没关系，我们顶多再跑趟新京，你的家住在满洲国国道16号，独门独院很好找……"

　　密码破译专家急忙改口："我记错了。是，是索菲亚教堂广场，不是东正教堂……"

第八章

公园里，林雅茹身穿白色连衣裙坐在长椅上，一边看着眼前池塘里不时游过来的小鱼，一边用脚尖踢着地。显然她有点不耐烦。今天，梁万堂专程把她找出来，要很严肃地跟她谈话。

梁万堂从远处走来，他看看左右，确信没有人跟踪之后，才走到林雅茹身边，梁万堂首先责怪林雅茹没有按照他的命令撤出市立医院。梁万堂再次强调这是共产党地下工作一条非常重要的原则，必须按要求去做，一定要和被捕的人切断联系。

梁万堂知道林雅茹之所以迟迟不撤离医院，是对孙博文抱有很大幻想，但是说到底，这些都是林雅茹一相情愿的事情，万一孙博文真的出卖了组织，后果不堪设想。但林雅茹坚信孙博文是忠于党的事业的，可是谁能给孙博文打这个保票呢？

林雅茹每一次听到梁万堂把自己对孙博文信任的原因归结为他们之间的特殊关系的时候，都非常生气，她和梁万堂说过，自己之所以信任孙博文绝不是因为自己对他的感情，而是从工作出发来考虑这个问题。

梁万堂火了："你相信孙博文是你的个人看法，但组织的决定你必须服从！这几天，党内接连出事，教训还小吗？林雅茹，我警告你，不要因为你和孙博文的个人问题，就放松应有的警惕。"

林雅茹也不示弱，使起了性子："警惕性是要有，但不能使在同志身上。老梁，我之所以这么做，绝不是因为我对孙博文有好感，你少拿这件事情敲打我！"

梁万堂站了起来，双手叉腰，用手指着林雅茹说："你这个人就是该敲打。林雅茹同志，我再一次强调，你要服从组织的决定，马上撤出市立医院。"

林雅茹白了梁万堂一眼。

梁万堂狠狠地说："你瞪什么眼睛？马上去通知江彬，让他也参加下午的会议。"

林雅茹质疑地问："江彬是我的下线，身份又特殊，让他抛头露面参加会议，这合适吗？"

梁万堂正色道："让你通知你就通知。哪儿来的这么多废话？"

林雅茹瞪了他一眼，站起身头也不回地走了。梁万堂脸色铁青，无奈地叹了口气。

江彬正在酝酿一个争取梁万堂信任的计划，井田一郎对江彬以前的过错既往不咎，这让江彬十分感激，上次他发现铁匠铺的据点之后，就想在井田一郎面前表现一下，以证明自己对日本军队和井田一郎本人的忠心。可是，特务机关的高恒书抢在他的前面，抓捕了铁匠铺的刘桐，这件事情让井田一郎感觉十分不爽，江彬因此总是底气不足，仿佛亏欠井田一郎一点什么东西。林雅茹找他说让他参加下午的会议，江彬认为这是一个很好的机会，应该充分利用。于是他把这个计划汇报给了井田一郎，江彬说："下午2点，梁万堂要召集人开会，我想提前一分钟通知他马上转移，然后宪兵队就去抓捕……"

井田一郎疑惑地问："为什么要这么做？"

"为了取得梁万堂的信任。"

井田一郎鼓励道："说下去。"

江彬说："队长，梁万堂接替赵世荣的工作后，怀疑党内出了叛徒，眼下正在挨个儿排查。如果趁这工夫对外散布说零号行动是假，孙博文叛变是真，把水搅浑，让梁万堂相信孙博文就是叛徒，即使我们抓不到孙博文，梁万堂也不会放过他。"

井田一郎满脸笑意，"江先生，你刚才的想法非常可取。不过，梁万堂会上这个当吗？"

江彬胸有成竹地说："我想会的。队长，梁万堂现在最想办的就是两件事情，一是找到苏联特工，二是查明孙博文到底是不是叛变了。现在天赐良机，只要把假抓捕行动做得天衣无缝，梁万堂绝对会相信孙博文是叛徒。"

井田一郎微微点了点头，低头思索道，"孙博文还有其他关系吗？"

江彬说："这我就不清楚了。不过，孙博文要想联系上组织，他肯定要去市立医院找林雅茹。"

井田一郎一拍桌子站了起来："好。那我们就在市立医院布置狙击手，发现孙博文后立即击毙他，而不是逮捕他。在苏联特工和孙博文没有抓到之前，充分利用林雅茹总比抓起来强。江先生，我同意你的设想，趁零号行动开始前搞一场假抓捕……"说到这儿，井田一郎诡异地一笑："江先生，这个设想实现后，是不是也为你扫除了一个情敌？"

江彬不好意思地笑了一下，起身和井田一郎告辞，出了井田一郎的办公室。江彬提前到了梁万堂召集开会的福太隆货栈附近，躲在对面的一棵树后，秘密观察客栈门口的动静。不多时，一个又矮又胖的男人来到福太隆货栈，推门走了进去。

这个男人名叫老朴，是哈尔滨地下党的一个交通员，平日里在道外开了一家算命馆，来掩护自己。梁万堂看见老朴来了，急忙迎上去握手，并把老朴引见给了林雅茹。

江彬一看时机到了，就走进杂货铺，抄起电话向井田一郎汇报。然后，疾步走进福太隆货栈。

"江彬，你怎么才来？"林雅茹略带责备。

江彬不理会林雅茹的责备，大声喊道："快，同志们，赶紧撤离！孙博文叛变了，供出了这个联络点，宪兵队马上就要来抓人了……"

林雅茹闻言色变。梁万堂一时也怔住了。江彬见状又催了一遍。

梁万堂迟疑了一下，立即命令："马上撤，分头走，然后在文庙集合！"

林雅茹依旧半信半疑，她被江彬拉着出了后门。他们刚出门就听见摩托车队紧急刹车的声音，车队在门前停住了。佐川率便衣特务跳下车，冲进福太隆货栈。

文庙僻静处，老梁与林雅茹会合了。

江彬说："老梁，我得到消息，敌人将在 5 点以后进行全城大搜捕，要抓孙博文，但我得到的情报是，他们这样做只是掩人耳目，目的就是为了使我们相信孙博文越狱在逃了，好为他找个借口，使他能够联系上苏联特工拿到密电码后，查出满洲之狐……"

林雅茹说："江彬，你还在胡说八道是不是？"

江彬说："我和孙博文无怨无仇，我有什么理由要无中生有陷害他？"

林雅茹说："你的情报根本不准……"

梁万堂喝道："林雅茹同志，孙博文是不是叛党，组织上并没有下最后的结论，目前还仅限于对他的甄别，我希望你不要感情用事……"

林雅茹说："我没有感情用事。"

梁万堂说："那你这是在干什么？我们甄别被捕的同志，既是遵守隐蔽战线工作的原则，也是对党、对组织、对革命事业的高度负责任，你为什么不让江彬同志把话讲完？江彬，你接着往下说。"

江彬说："我没法说，不说了。"

梁万堂发火了，"你们这都是什么态度？在跟谁赌气？还像个共产党员吗？"

林雅茹冷眼注视着江彬。

梁万堂说："林雅茹，我现在再问你一个问题，孙博文被捕后就被关进了一所秘密监狱，江彬说那所监狱警戒森严，从来没有人能够从里面逃出来，但孙博文又是怎么逃出来的？"

林雅茹说："老梁，难道我们的人一旦被捕就没办法逃出来吗？只能在里面等死吗？"

梁万堂说："问题当然不能绝对化。但你把孙博文被捕前后的事情联系在一起分析一下，我相信江彬的情报是准确的，孙博文越狱在外是敌人设计的阴谋……"

林雅茹脸色一变："老梁，你刚刚接替老赵的工作，你对孙博文同志根本不了解，你怎么能轻易相信江彬的胡说八道？"

江彬欲说什么却被梁万堂制止住。

梁万堂火冒三丈："我相信的是摆在眼前的事实。林雅茹，我警告你，不要因为你和孙博文的个人问题，就丧失起码的警惕性，你再这样下去是很危险的……"

林雅茹气愤地说："我的警惕性很高，但不能用在对自己的同志上。老梁，我希望你不要动不动就神经过敏，对自己的同志胡乱猜疑，另外，我也希望你不要把工作上的事情和个人问题扯在一起。"

梁万堂冷笑一声："林雅茹，孙博文被捕后，铁匠铺就遭到了破坏，可铁匠铺这个秘密联络点只有你、我、老赵和孙博文四个人知道。现在福太隆货栈又遭到了破坏，而福太隆货栈这个秘密联络点，孙博文也是知道的，这又怎么解释？这叫胡乱猜疑吗？林雅茹，你胆子不小啊！孙博文知道福太隆货栈这个联络点，你居然敢不向组织汇报，你说，福太隆货栈遭到了破坏是偶然的吗？"

林雅茹说："梁万堂同志，江彬说孙博文叛变他就叛变了？"

梁万堂说："林雅茹，我刚才已经分析得清清楚楚，你还让我怎么说你才能相信？"

林雅茹说："你怎么说我也不会相信。除非你拿出孙博文叛变的证据来，否则，你们就是在胡乱怀疑……"

江彬说："林雅茹，我们对孙博文的怀疑，是建立在铁匠铺和福太隆货栈这两个秘密联络点相继被破坏这个基础上的，如果说证据，这是不是证据？"

林雅茹："就算是证据也要查实。再说，铁匠铺的秘密联络点是被矢村破坏的，这和孙博文有什么关系？"

江彬说："宪兵队不是也去人了嘛，只是晚了一步。"

林雅茹说："晚八步也和孙博文没关系。"

江彬说："照你的逻辑，我提供的情报是假的？"

林雅茹说："我没说是假的。"

江彬说："既然不是假的，你还坚持什么？何况，关于孙博文已经叛变的这件事情，是我从佐川少佐那里套出来的。一点都假不了。"

林雅茹说："江彬，你为什么不这么想想，敌人要是在搞离间计呢？防止我们和孙博文取得联系呢？"

梁万堂说："林雅茹，这是你的想法。在我们的两个联络点被破坏后，我们多从坏处考虑，宁信其有不信其无有什么不好？你要是再这样固执下去，我就处分你！"

放哨的老朴匆匆走来："老梁，街上有点不正常……"

江彬趁势警告说："老梁，全城大搜捕马上就要开始了，我们得赶紧离开这个地方，否则会有危险的。"

梁万堂果断地下令："撤，有关孙博文是否叛党的问题找时间再谈。"

林雅茹狠狠地瞪了一眼江彬，愤愤地自顾自地走了。

梁万堂脸色铁青，对江彬说，"江彬，你利用你的身份把林雅茹安全护送回去吧。"

江彬答应着，起身去追林雅茹。

老朴回头看了一眼："老梁，林雅茹是有点不像话，有关福太隆联络点的事情，她居然不向上面汇报，这不是在拿组织的安全开玩笑吗？"

梁万堂余气未消："这件事情你也有责任，林雅茹隐情不报，你怎么也不汇报？"

老朴有点委屈："我根本不知道还有福太隆联络点，我怎么汇报？"

梁万堂气愤地说："这老赵平时是怎么带的情报站？简直是一盘散沙。"

老朴见梁万堂怒气未消，劝慰道，"老梁，你先消消气，赶紧离开这个地方。"

梁万堂起身，一边走一边对老朴安排："老朴，我看林雅茹同志并不适合做情报工作。你请示一下老家贼，马上把她调走，你就说是我的意思。"

梁万堂和老朴来到了算命馆，刚一进门，老朴就听见鸽子飞进笼子的声响，老朴走进后院，不大一会儿，老朴带回来一张纸条，梁万堂把纸条打开看后烧掉，然后对老朴说，这是老家贼的情报，矢村通过新京的密码破译专家，破译了野狼刊登在《滨江日报》上的寻物启事，并准备明天在接头地点索菲亚教堂设下埋伏……

老朴闻言皱紧眉头，他问，我们在没有查出孙博文是否叛变之前，我们能去索菲亚教堂和野狼接头吗？

梁万堂从椅子上站起，走到窗前看一眼，又转过身，"老朴，索菲亚教堂广场面积很大，野狼在什么地点接头，我们并不清楚。就算知道了具体的接头地点，不知道接头暗语还是一点用也没有，而孙博文要是真叛变了，索菲亚教堂广场可就会变成第二个马迭尔西餐厅了……"

两个人正在说话，突然门口传来一阵杂乱的脚步声，老朴起身开门，梁万堂眼尖一看是警察厅的警察，于是说他正在给一个客人算命，警察打量了一下梁万堂，问老朴梁万堂的命怎么样。

老朴说，梁万堂的命不怎么样，这一年虽然走桃花运，但运程太旺，容易冲了好运，最后败在女人手里。

警察问梁万堂，老朴算的准不准？

梁万堂竖起大拇指说，算的真准！我说最近这几天怎么总是觉得脑门上有一团阴气不散呢。

警察一看，这两人也没有什么可以盘问的，正要走，忽然后面的鸽子咕咕地叫了起来，警察听见了鸽子的叫声，往后一探头，然后嘿嘿一笑，一挥手，其他两名警察一起上去，把四只鸽子抓走了。

老朴想去阻止，梁万堂一个眼色，老朴站在地上愣愣地看着警察抓着鸽子扬长而去。

老朴关上门对梁万堂说，他们把鸽子拿走了，咱们就失去了和老家贼联系的工具。

梁万堂不解地问老朴，怎么只用鸽子联系，难道就没有别的办法？现在情况紧急，必须把索菲亚教堂接头的事情和老家贼汇报。

梁万堂让老朴再想想别的办法，务必让他和老家贼取得联系。老朴想起在北市场负责取信鸽的人，他也不知道那个人叫什么名字，他们也只是见过几次。老朴说，老家贼是不会亲自露面的，组织上也不允许他露面，这是前年市委工运部长刘一民叛变后，哈尔滨市委受到了重创，周边地区先后有一百多人被捕，整个组织基本被摧毁了。从那以后，哈尔滨市委被迫改成特委，老家贼不轻易露面就是特委成立后做出的第一个决定。

梁万堂问道："这么说，你也没见过老家贼？"

老朴摇摇头。

在梁万堂的坚持下，老朴决定去北市场一趟，找找那个联系人。老朴走后，梁万堂也离开了算命馆，两个人相约晚上9点在马尔斯西餐厅见面。到时候，老朴会把打探到的情况都告诉梁万堂。

晚上9点，老朴准时到了马尔斯西餐厅，他给梁万堂带来了三个消息，第一就是老家贼不见他，第二个消息是哈东游击队已经秘密进城，准备配合明天的街头行动。第三个消息，是对孙博文的处理上，老家贼认为在没有掌握确凿的证据之前，一定要慎重对待，不能随便采取组织纪律。

令老朴和梁万堂没有想到的是，他们在马尔斯西餐厅竟然碰上下午抢走他们鸽子的警察，还是那两个人，一个四十多岁，另一个三十出头，两个人都有一股子赖子气，让人一看就知绝非善类。两个警察也发现了梁万堂，梁万堂很震惊地看着两个人朝他们走来。

　　年轻的警察说，你们总在一起，看来不是共产党就是反满分子。

　　梁万堂说："长官，您误会了，我们可不是您说的那种人，你们下午走后，这位先生又为我算了一卦，说能算出骗我的那个女人住在哪儿，您说我能放过他吗？可这位先生非要我到这里请客，我找人心切……"

　　上点年纪的警察打断梁万堂说："你找人心切，老子是抓人心切。听好了，马上跟我们走，等到了警察厅后，你再让这小子给你算一卦，看看能蹲几天巴篱子。"

　　两支枪顶在梁万堂和老朴的后背，梁万堂不敢再说话，只能被他们押着走出了马尔斯西餐厅。后来，他们被送到了警察厅的牢房，梁万堂无论如何也没有想到，自己刚刚接手哈尔滨的地下党，就栽在两个小警察的手里，更令他没有想到的是，这将是他在人世间的最后几天。

　　梁万堂被押进监狱的时候，林雅茹正按约定的时间在马尔斯西餐厅等待与老梁接头。等不到老梁，她走出西餐厅心急如焚地去找江彬，说老梁约自己在马尔斯西餐厅研究明天接头的事情，但过了约会时间，老梁还没有出现。林雅茹说，"我怀疑他可能出了什么问题。我估计老梁可能是在回去的路上被抓了。江彬，你能不能想办法查找一下老梁的下落？"

　　江彬听说梁万堂可能被捕的消息，感到很吃惊，他沉思片刻，然后说："今天被抓的人是不少，但都关在了好几个地方。不过，查找老梁的下落并不难，关键是他的身份会不会暴露？"

　　林雅茹说："暴露的可能性不大。江彬，你赶紧去查一查，明天在索菲亚教堂的行动不能没有老梁参加。"

　　江彬说："雅茹，你别着急，我这就去，只要老梁的身份没有暴露，我就有把握把老梁救出来……"

　　林雅茹说："有消息就往市立医院打，我回医院等你的电话……"

　　江彬怔了怔说："谁同意你又回市立医院了？"

"我自己同意的。"

"你敢违反纪律?"

林雅茹冷冷地说:"江彬,我不这么做,孙博文怎么能找到组织?他找不到组织,我们又怎么完成特委交给我们的任务?"

江彬说:"孙博文要是叛徒……"

林雅茹正色道:"江彬,我比你们谁都了解孙博文,希望你以后少往这上面想好不好?"

江彬一时哑然。

林雅茹:"快走吧。我等你的消息……"

送走林雅茹,江彬立即去找井田一郎汇报。原来梁万堂和老朴被抓并非偶然,是江彬和井田一郎的主意。江彬想利用梁万堂失踪,共产党为了完成和野狼的接头任务,必定会派出更高领导出面指挥这次行动,而哈尔滨地下党的最高负责人老家贼很有可能亲自出面。这样一方面江彬可以接触老家贼,另一方面他承诺林雅茹找到梁万堂,可以在行动之后释放梁万堂和老朴,争取老家贼对自己的信任,就有机会打入哈尔滨地下党的核心层。

井田一郎认为江彬的计划可行性很高,但还是提醒江彬处处小心,一切都不能停留在想象的层面上,井田一郎说:"江先生,明天到底会发生什么,老家贼是否会露面,苏联特工会不会去索菲亚教堂接头,孙博文能是什么下场,这一切都是未知数,不能光靠想象。而你想进入共产党的核心层也不是一件容易的事情,要沉得住气,慢慢来……"

江彬说:"队长放心,我会小心行事的。"

井田一郎说:"梁万堂突然不见了,林雅茹没去找你吗?"

江彬说:"她找了。不过已经应付过去了。队长,等后天把梁万堂放出来后,他对我的信任就会大大加强。只是林雅茹还对孙博文抱有幻想,而且还违反了共产党的纪律,不管不顾地又去了市立医院。"

井田一郎觉得江彬提供的这个消息很重要,林雅茹为什么要回市立医院,一定是和孙博文进行联系的需要,这对宪兵队的行动是一件大好事,于是,井田一郎决定在市立医院附近安排狙击手,只要孙博文一露面,就将其击毙。

井田一郎说："我们在市立医院安排狙击手，再加上对索菲亚教堂广场的部署，我相信孙博文活不到明天晚上。只是死在什么地方的问题了。"

江彬说："队长处心积虑，这样的安排实在是上了双保险。"

井田一郎说："但愿如此吧。"

林雅茹和江彬分手后回市立医院的途中，在中央大街的路卡被一名便衣拦下，林雅茹拿出证件，便衣仔细看看，然后放行了。

就在这时候，她看见人群中有一个熟悉的人影，只是一晃就上了一辆轿车，而那辆轿车林雅茹也见过，那个人影不是孙博文还能是谁，林雅茹对这个男人的一举一动都再熟悉不过，她不会看错，哪怕是一瞬间，她也能判断出那个人就是他，而开车的司机是一个女人，那不就是井田纯子吗？

林雅茹被自己这个发现震惊了，她呆呆地走过哨卡，心里上下翻腾起来，难道江彬说孙博文叛变了是真的？要不然他怎么能上井田纯子的车呢……

林雅茹强抑制住自己的激动，忍着眼泪没有掉下来，她趁着夜色前往市立医院，刚进医院，一个护士就对她说，你不是请假了吗，怎么还来？

林雅茹说自己有点东西要取走，刚要上楼，那个护士对林雅茹说，刚才有一个电话找你，是一个男的，你男朋友吧？

林雅茹点点头，问那个护士，"他说什么了？"

护士说："我说你请假了，他就挂断了。"

林雅茹走进自己的办公室，她想打电话的只有两个人，一个是江彬，另一个就是孙博文。江彬和自己刚刚分手，他也知道自己离开了医院，在此之前不可能还打电话的，那么剩下的一个人就是孙博文。孙博文果然要通过市立医院寻找自己，林雅茹甚至有点责怪自己，为什么不能坚持自己的立场，为什么要听老梁的，撤出市立医院，错过了这样一个联系孙博文的机会。

实际上，这个电话是孙博文打来的。孙博文在田家烧锅看到报纸上的寻物启事，知道野狼明天要在索菲亚教堂广场和自己见面，孙博文和文龙文虎商量一下，先看看敌人的动静再制订自己的行动计划，这样他们就来到了街上。

在一个公用电话亭旁边，孙博文为了不惹人注意，决定和文龙文虎分开行动，文龙文虎按照孙博文的指示，向相反的方向走去，他们约好办完事在田家烧锅会面，继续研究索菲亚教堂接头的行动计划。

孙博文就是这个时候走进电话亭，给市立医院打了电话。他听到林雅茹请假的消息之后，觉得这里面有一点问题，不然林雅茹怎么能够请假离开呢？他边想边走出电话亭，刚一出门，防空警报声突然凌厉地响彻市区上空，打断了他的思路。他看见前方哨卡有很多日本兵纷纷跳下车，封锁了街道。

店铺纷纷关门。

街上秩序大乱。

警察如从天而降，他们冲向各家各户，四处砸门……

孙博文一看情况不好，便衣、宪兵几乎站满了街道，他们走出这家门，又进了另外一家。孙博文打量四周，慢慢朝一个胡同走去。突然，一辆轿车停在了孙博文的身旁。孙博文正要摸枪，却听到了一个熟悉的声音。

井田纯子降下车窗，心急如焚地说："博文，快上车……"

孙博文见是井田纯子，不由微微一怔。井田纯子接着说："博文，你赶快上车，否则，你躲不过全城大搜捕。"

孙博文回头看了一眼。两名警察正朝这边走来。容不得孙博文多思考，他就上了车，小轿车转眼就不见了。

这一情景，被林雅茹看在眼里。

在市立医院的这一个晚上，林雅茹翻来覆去几乎没有睡着，快要天亮的时候，她迷迷糊糊地看见一个男人，西装笔挺地向自己走来，在林雅茹看来，他是那么地英俊，是任何女人都爱慕的男子，他坐下来，抚摸着自己的头发，那个男人对他说，他有重要的任务，不能在他身边了，林雅茹哭了，她说："博文，不要离开我，我爱你。"但那个男人走得那么坚决，她只能看见他的背影，渐渐地消失在她的视线中。

如果没有敲门声，林雅茹可能还沉浸在她那伤心的梦境之中，林雅茹睁开眼睛，墙上的挂钟告诉她马上快中午了，她慌忙地整理一下自己的头发和衣服，打开门，一个穿着病号服的人问她是不是林雅茹医生。

林雅茹点头，那病人就自己走了进来。

病人说自己叫魏辉，是奉老家贼的命令来的，他说，"老家贼得知你又回到了这里，非常担心，这里很危险，老家贼让你马上跟我离开。"

林雅茹闻言不由暗暗一惊，出于谨慎，她还是假装糊涂地说，"你是谁？你到底想干什么？我不认识什么老家贼，我凭什么跟你走？"

魏辉拿出一张照片，林雅茹一看，是自己和赵世荣的合影，后面还有一行字，林雅茹认识那字体，她就不再怀疑了，她急迫地说，"老家贼在什么地方？快带我去。"

魏辉换了一套风衣，带着林雅茹走出医院，来到一个小公园，魏辉说这里很安全，你回头看看那是谁？

林雅茹回过头看去，不由得大吃一惊。她发现自己的母亲站在一棵大树下看着她，母亲一脸严肃，和自己平时看到的那个慈爱的妈妈简直判若两人，这让林雅茹一时反应不过来是怎么回事，难道母亲就是老家贼，老家贼就在自己身边，自己竟浑然不觉！

这时候，魏辉解释说："林雅茹同志，你母亲就是特委的最高领导老家贼。"

林雅茹怔在那里，母亲严厉地斥责她："林雅茹，你为什么不服从组织的决定，擅自回到医院？"

林雅茹惊愕地望着母亲："妈，你真的是特委负责人老家贼？"

魏辉在一旁插话说："林雅茹同志，要不是梁万堂现在下落不明，没人指挥晚上和野狼的接头行动，你的母亲可能还要继续隐瞒身份。"

林雅茹对母亲的责问感到不大理解，她认为组织上不相信自己也不相信孙博文都没有关系，但自己的亲妈也如此不理解自己，这简直让人无法接受。

实际上，林雅茹忽略了一件事情，就是自己妈妈和组织之间的关系，作为老家贼的领导和作为妈妈的女人，在有些时候不是一个人。老家贼在这个时候提醒了林雅茹："林雅茹，我现在是代表组织和你谈话，希望你能认识到自己的错误,免得因为你的个人错误,给组织带来不必要的麻烦。"

林雅茹想起爸爸赵世荣的死。如果组织上不下那个命令,赵世荣能死吗?而下这个命令的人竟然是自己的母亲,赵世荣的妻子。这是多么残酷的事情啊!林雅茹的神情突然变冷,瞳仁里燃烧着可怕的火焰,"妈,这么说,我父亲的牺牲和你有直接的关系?是你下的命令,让他付出了生命的代价?"

老家贼说:"林雅茹,你先回答我的问题,为什么不遵守纪律,擅自回市立医院?"

"妈……"

"别叫我妈,回答我的回题。"

林雅茹的眼睛睁得更大了,仿佛眼前不是自己的母亲,而是一个首长,一个严厉的上级。林雅茹略略稳定了一下情绪,惨淡地一笑说:"妈,我承认我擅自回市立医院违反了纪律,可我爸爸他是你最亲最亲的人,我实在是想不明白,你怎么会下那个命令。"

老家贼说:"你爸爸是你最亲的人,难道他就不是我最亲的人吗?雅茹,你以为那个命令是那么好下的吗?"

林雅茹怎么也接受不了,从母亲口里说出来的这些事实。她宁愿相信,这一切都不是真的。她像疯了一般哭诉道:"好不好下你都下了!妈,你知不知道我爸临走时是什么样的眼神?当时我根本就无法面对爸爸的那双眼睛。我看得出来,爸爸是带着对这个世界的留恋走的,是带着对我的牵挂走的。是带着对你放心不下走的!妈,我明明知道爸爸走出福太隆货栈的大门,就再也回不来了,可我没办法留住他,就那么眼巴巴地看着他走了,看着爸爸的背影消失在货栈门口。妈,我是他女儿啊,想替他去死都做不到。妈,爸爸走后,我猜啊想啊,什么都想到了,可就是没想到我爸爸会在你的命令下去死。我接受不了……"

老家贼喝道:"你接受不了也得接受!林雅茹,你是一名共产党员,你爸爸为了信仰为了完成任务去牺牲,你有什么接受不了的?难道在任务面前,让别的同志去牺牲,让你爸爸活下来,你就能接受了吗?"

说到这儿,林母也一时陷入了痛苦的往事之中。她清楚地记得,与丈夫分手前，赵世荣决绝地告诉自己:在他和孙博文之间，只能有一个选择。必须要牺牲一个。她同样清楚地记得，当时，女儿雅茹已经爱上了孙博文。一个是自己的爱人，一个是女儿的心上人，做出什么样的决定都会让自己很受伤。她和丈夫都很明白:在敌人眼皮底下接头其实就是一场赌博，即使不考虑自己的丈夫，谁也不能保证孙博文与野狼接上头，掩护他们安全脱险。只是，让赵世荣把敌人的注意力引开，孙博文和野狼还是有逃生希望的。她也考虑过以后女儿会不会不理解，是丈夫的一番话让她下定了决心。赵世荣凝视着自己的眼睛，告诫自己的话语还响在耳边:"她可能一时半会儿不会理解，甚至还会对你产生怨恨。可在残酷的斗争面前，有多少人为了信仰已经义无反顾地牺牲了，在他们中间又有谁把儿女情长、把亲情和爱情放在了第一位?"

老家贼忽然回过神来，"雅茹，妈妈心狠吗?"

林雅茹悲伤难抑，掩面而泣。

老家贼突然又严厉地喝止:"哭什么!"

林雅茹抬起泪眼，欲言又止。

老家贼说道:"我不管你现在怎么想，是不是恨我，但为了组织的安全，我还是得说你几句……你在秘密战线上的经历好歹也有几年了，怎么连最简单的道理也不懂?我问你，我们情报部门的四项任务是什么?"

林雅茹想也没想回答说:"打入敌人内部，搜集情报，惩罚叛徒，筹集经费。"

老家贼叹息道:"背得比开处方都熟。雅茹，我现在只问你一个问题。在复杂的斗争形势下，我们要想完成这四项任务，没有严格的纪律约束能行吗?"

林雅茹撅着嘴，不服气地说:"可除了这四项任务外，还有一条基础原则，侦察工作的方式方法绝对不能用于党内斗争，你怎么不提?"

老家贼说:"孙博文被捕后，我们切断了和他的联系，这是必须要采取的措施，你怎么能和党内斗争扯到一块儿?"

林雅茹说:"一个人被捕了，你们就疑神疑鬼，按照这个逻辑，老梁现在下落不明，那我们怎么对待他?是不是也要采取什么防范措施?"

老家贼喝道："林雅茹，孙博文叛没叛党，组织上还没有下最后的结论。而你却一再违反纪律，不服从组织的决定，这是什么性质的问题？"

林雅茹沉默不语了。老家贼不想和女儿继续纠缠在孙博文这件事情上，孙博文是否叛变，组织上会查出来的，在没有明确证据之前，她是不会下惩罚孙博文的命令的。于是，她把话题转移到梁万堂身上，梁万堂失踪将近一天，一点消息都没有，这让她心里也在不断地画着问号。

林雅茹说她正在让江彬查找梁万堂的下落。

老家贼一听江彬，又问林雅茹和江彬最后一次见面是什么时候，林雅茹说是在昨天大搜捕之前。老家贼沉思一会儿，对林雅茹吩咐道："雅茹，从现在起，你找个地方搬出去住……"

林雅茹吃惊地望着母亲，激动地说："妈，我搬出去住不是不行，但我是你的亲生女儿，难道你连我也不相信吗？"

老家贼说："雅茹，现在的斗争形势这么残酷，让你搬出去住是为组织的安全考虑，你不要胡思乱想。"

林雅茹惨淡地一笑。

老家贼嘱咐道："你搬出去住后，最好找个伴儿，否则，一个单身女人容易引起敌人的怀疑。"

林雅茹低头不语。

老家贼最后强调了一点："从现在起，你对我的身份对外也要严格保密，不许对其他人讲……"

第九章

井田纯子的住所是使馆区的一栋独门二层小洋楼，这栋建筑是当年中东铁路的一个官员的住所，日本人进驻哈尔滨以后，撵走了俄国人，宪兵队就霸占了这栋小楼。

孙博文以前多次接到井田纯子的邀请，到这个小楼里做客，但孙博文知道井田纯子的想法，所以尽量避免和纯子单独接触，除了在办公室，躲也躲不过去的时候，不得不应付一下。

自从孙博文被捕以后，井田纯子的行动就被宪兵队监控起来，佐川少佐受命于井田一郎，不仅要监视纯子的一举一动，更重要的是要保护纯子的安全。

与此同时，警察厅的郎久亭听到了孙博文逃出七三一部队的消息，这个消息令他寝食难安，他责怪自己交友不慎，让孙博文在这里骗取了许多情报，这要是让井田一郎知道，自己警察厅厅长的位置就保不住了。无毒不丈夫，与其这样等下去，不如主动出击，找到孙博文就把他给毙了，要不然他总觉得孙博文会把自己的前程给毁了。于是他安排了手下两名警察，一个叫小老五，一个叫贺六，这两个人先前因为逮捕过一些共产党分子，被郎久亭认为是有办事能力的人，就安排在身边当作亲信。这次监视井田纯子打击孙博文的重要任务就委派给他们两人了。

与此同时，矢村方面一直怀疑孙博文利用井田纯子对他的爱慕，窃取了日本帝国的情报。在矢村看来，这是自己能够打击井田一郎的重要砝码，如果真的像推测的那样，井田纯子和孙博文之间果然存在出卖情报的事情，矢村一定会到军事法庭起诉井田一郎，届时，矢村预计井田一郎一定会剖腹谢罪的。于是，矢村也派出了特务对井田纯子进行 24 小时监视。

井田纯子已经发现了一些不太对劲的情况，按照哥哥井田一郎的吩咐，这些天她很少外出，监视她的特务也没有从她那里获得什么有价值的信息。但就在全城搜捕前的那个下午，她到中央大街买一些卫生用品，开着车路过哨卡的时候，看见了孙博文。

井田纯子的车库和房间有一条便道，孙博文和纯子走进房间的时候天已经黑了下来。

纯子给孙博文准备了日本料理，孙博文吃得狼吞虎咽。

"吃饱了？"

"没饱。"

"那，我去厨房再取点寿司……"

"不用了。我有个问题想问你，你怎么会在大街上遇见我？"

"这也许是天意吧。"

孙博文沉默了。

井田纯子追问道："怎么不说话了？"

"你想让我说什么？"

"继续编造谎言，继续嘴硬啊，但不论说什么，你都不能否认一个事实……"

"什么事实？"

"你是共产党。"

"我不是！"

井田纯子摇了摇头，叹了一口气，声音有些哽咽："可你知道这几天我是怎么过来的吗？你让我度日如年，让我感到失去了希望，生不如死……"

孙博文嘀咕道："没那么严重吧？"

井田纯子有些不满："那你认为什么是严重？自从你被捕后，我哥哥已不止一次地警告过我……"

孙博文警惕地问："他警告你什么？"

井田纯子看了孙博文一眼："他说你欺骗了我的感情，利用我套取情报。说你是地地道道的共产党。"

孙博文委屈地说："我真的不是共产党！"

井田纯子有点生气地说，"你说的未免太轻松了，外面的全城大搜捕，像是在抓一个不是共产党的人吗？"

孙博文一脸无辜的样子，"你们日本人对中国人不是经常这样吗？我觉得没什么可奇怪的。"

井田纯子叹了口气，然后说："你实在不想承认，我也不再问了。但你必须告诉我，你的下一步打算是什么？说出来，我会尽力帮你的。"

孙博文似乎想早点儿结束谈话："时间不早了，我睡在哪儿？"

井田纯子娇嗔地怒道："睡什么睡？我还有话没说呢。"说着，向孙博文身边挪了挪，"你为什么不答应我？仅仅因为我是日本人，我哥哥又是宪兵队队长？"

孙博文简单地应道："对。"

"你在撒谎。我问你，那位林小姐是不是你的女朋友？"

"她只是一个普通客户……"

"一个客户怎么会突然变成了一名医生？"

孙博文愣了一下，马上装糊涂说："什么医生？"

井田纯子厉声说道："孙博文，你别再演戏了好不好？说吧，下一步想干什么？"

"我不想说，说出来，怕你受到牵连。"

"因为你，我已经受到了牵连。"

"你现在退出还不算晚！"

井田纯子平静地说："已经晚了。再说，我不想退出！"

孙博文微微一笑，"那你可真是鬼迷心窍了！"

"我哥哥也说我鬼迷心窍。"

孙博文收住笑，看着纯子，一本正经地说："纯子，你要再固执下去，那我现在就走……"

井田纯子想也不想，赌气地说："你不怕横尸街头，你就走。"

孙博文叹了口气，注视着纯子的脸，"告诉我，你这么做的真正原因是什么？"

井田纯子避开孙博文的目光："我已经告诉过你，我参加了日本共产党。"

孙博文沉默不语。

井田纯子有点着急，"我都把你救了，你怎么还不相信我的话？"

孙博文转过身去，"对救我的人，我自会报答，但对无法考证的事情，我从来都不相信。"

井田纯子有些失望，她抓住孙博文的手，央求道："博文，不要拒绝我，好吗？"

孙博文冷冷地说："这不可能。"

借着月光，孙博文发现井田纯子眼中闪过一道泪光。井田纯子的嘴唇颤抖，仿佛要说什么，但孙博文脸色立刻变得严肃起来，"有人来了，你可真会演戏。"

纯子一时还不明白怎么回事，但她也听见外面的汽车声，接着一束汽车灯光照进了窗子。纯子对孙博文说："他们不是我找的，你藏起来，快。"

孙博文跟着井田纯子躲到了地下室。井田纯子安顿好孙博文之后，走进自己的房间，房间里有一个偌大的浴缸，井田纯子已经放好了水，本来是想让孙博文在这里洗澡的，但外面的人来得不巧，纯子脱掉衣服走进浴缸。她躺在浴缸里，听见门被人打开，一个人脚步很轻地向自己这里走来，瞬间，那个人拉开了布帘。纯子在惊慌之中，看清楚那个人正是矢村。

看见矢村，井田纯子急忙双手抱胸，愤怒地让矢村滚出去，矢村不说话，依旧围着木桶转了一圈。见没什么异常，只好一边向纯子赔着不是，一边跟着已从二楼下来的良子朝门口走去。

走到轿车前，矢村回头望了一眼井田纯子家，忽然下令："回去！"又急匆匆地返回。此时井田纯子已穿上睡衣。矢村再次走到木桶前，朝里面看去，少顷，又朝二楼看了一下；欲上楼。

井田一郎突然出现在身后，喝住了矢村。

井田纯子一看哥哥出现，立刻表现出万分委屈，向哥哥告矢村的状："哥哥，我刚才在洗澡。他们不敲门就闯了进来。"

井田一郎见矢村收了身，冷笑着说："矢村君，你什么时候对女人洗澡产生了兴趣？难道你没见过女人洗澡吗？"

矢村也淡淡一笑，说："井田队长，我在执行零号行动，这一带是使馆区，正是我搜查的范围，而且城仓将军命令，要尽快搜查，挨家挨户地查找，绝不允许留下任何一个死角。我进来看一眼有什么不妥吗？"

井田一郎喝道："请你出去！"

矢村自知不占理，因此不再和井田一郎斗嘴，叫了良子，转身离开。

井田一郎扫视着房间，又问了纯子是否遭到矢村的惊吓，纯子撅着嘴，开始向哥哥撒娇，让哥哥帮她开一张特别通行证，为此，井田纯子编造了一个故事，她说在路过南岗一个哨卡的时候，有几个宪兵非要搜身，自己已经说是宪兵队队长的妹妹，他们也没有给面子，相反说他们是第二宪兵团的，不归井田一郎领导。

井田一郎听妹妹说着，皱了下眉头，打断了纯子的话问道："他们真搜你身啦？"

井田纯子委屈地说："他们不怀好意，想非礼我，还想把我拉去当慰安妇。"

井田一郎大怒，骂道："混蛋，这是哪一个哨卡干的？"

"是果戈理大街靠近秋林株式会社的哨卡。"井田纯子说。

井田一郎沉思片刻说道："你明天去我办公室，我给你开一张特别通行证"，井田话锋一转："希望你好自为之。"说完，转身走出房门。

还未走到门口，井田一郎突然又站住，头也不回冷冷地说："纯子，哥哥爱妹妹是天经地义，但如果妹妹背叛了哥哥，背叛了井田家族，尤其是背叛了大和民族，那么，别怪哥哥不客气！"

井田纯子浑身微微一颤，看着哥哥高大的背影走进车里，司机发动汽车，消失在夜色之中。

孙博文看矢村和井田一郎都已经离开，就从地下室走了出来。井田纯子连忙迎了上去，她想通过今天晚上的行动证明自己没有出卖过孙博文，而且是和孙博文站在一条战线上的同志。实际上，她想得到这个男人的心，但纯子总是觉得那颗心对自己的温度越来越低，她几乎用尽了全身的力气，还是不能让这颗心暖起来。

纯子在月光下看着孙博文那张冷漠的脸，黯然神伤，仿佛自言自语地说："我知道，让你接受一个日本女人很难，可我有足够的耐心等你回心转意，这种耐心是一个女人爱上一个男人的耐心，是痴情不改的耐心……"

孙博文仍然一副冷冰冰的样子，他的声音也是冷的，"我劝你收回这种耐心，这根本不可能，我们没有共同语言。"

井田纯子问道："你恨我哥哥吗？"

孙博文说："你哥哥是宪兵队队长，这几年在哈尔滨滥杀无辜，双手沾满了中国人民的鲜血，每一个中国人都在恨他，你说我恨不恨他？"

井田纯子说："我也恨他！这是不是共同语言？"

孙博文久久地凝视着纯子，一时无话可说。他躲开窗户，背靠墙坐在地上，低头想着什么。井田纯子像家中无人一般坐在梳妆台旁。过了一会儿，孙博文站起身坚决地要出去。无论纯子怎么软磨硬泡，甚至是威胁，都不管用。井田纯子走到窗前关好窗户，无奈地说："好吧，今天我先让你一步，但你想出去，必须等我回来……"

孙博文惊讶地问："为什么？"

"我去找我哥哥，他答应给我一个特别通行证，没有特别通行证，你出去也是寸步难行。"

矢村带着压抑的心情，回到了他的特务机关，在夜色中，他抬起头看着月亮，长长地叹了一口气，仔细想来，自己走到今天竟然如此失败。自从 1905 年良子的父亲在哈尔滨建立中野机关以来，自己是第十六任特务机关长，也是最丢人的一个机关长。在此之前，历任机关长个个都是帝国情报机关的骄傲，唯独我矢村要被钉在耻辱柱上……

满洲之狐、野狼，还有个挠头的孙博文，尽管特务机关和宪兵队都动用了众多的兵力去抓他，可他却从人间蒸发了，这让矢村感受到前所未有的压力。

对于督导零号行动的杉山特派员，在矢村观察看来，这个人倒是和津田部长很谈得来，如果这次索菲亚教堂的行动能够顺利抓捕孙博文的话，不仅能证明哈尔滨特务机关的能力，还能给津田部长赚足面子，可是，矢村到目前为止还有一件事情没有弄明白，一个孙博文怎么会惊动东京，还派来一个特派员。

矢村哪里知道，七三一部队的秘密在日本军政界是一个顶级的秘密。只有内阁的少数成员才知道这个惊天阴谋。实际上，津田玄甫也是在见到杉山特派员之后，才知道一些内幕的，东京特派员杉山是为石井部队的惊天秘密来的。他们怀疑，从七三一部队逃走的孙博文可能已经感染上了肺鼠疫，为了保住这一秘密，杉山特派员指示津田玄甫把固执的医学博士吉村干掉，对外声称吉村博士在哈尔滨受到不明身份人的枪击，已为帝国捐躯……

杉山还强调了一点，哈尔滨是帝国北进的根据地，日本要占领西伯利亚，洗刷日俄战争中帝国55000名官兵在西伯利亚被俘后无一生还的耻辱，必须靠细菌武器的帮忙。所以，参谋本部的命令是尽快抓住孙博文，保证石井部队的秘密不被泄露，同时对一切有可能泄密的危险分子必须格杀勿论！

津田玄甫表示，对参谋本部的命令坚决执行，但他有一个担心，就是怕城仓将军和他的手下干扰他们在索菲亚教堂广场的布控情况。他把这个担忧说给了特派员。

特派员听完笑了，他把事情想得很简单，自己是特派员，相当于天皇亲自来督办零号行动，自己出面，城仓将军一定会买账。可是，他想错了，他在津田部长的带领下，走进了城仓将军的办公室，城仓将军的傲慢和无礼让他觉得很没面子，而且事情的进展也让他大为恼火。

城仓将军一听津田想让他的人撤出索菲亚教堂，他当即表示，这简直不可能，不但不能撤出广场，还要加强布控力量。城仓最后说："津田部长和杉山特派员，别忘了，我是零号行动的总指挥。"

杉山一看如此，没有多说什么，只是告诉城仓："那我就要看你的结果，你知道，时间可不多了。到时候，完不成任务，看你如何向天皇陛下谢罪！"

说完，杉山带着津田部长气冲冲地离开了城仓的办公室。

矢村接到津田电话的时候，正在和高恒书布置任务，津田部长很不高兴，他命令矢村无论如何要抓住孙博文和苏联特工，否则他会不客气。矢村自从认识津田以来，还是头一次看到津田如此生气。他觉得事情有些严重了。

高恒书看矢村一脸凝重，眉头紧皱，眉宇间仿佛有一朵乌云一般，就想对矢村说些宽心的话，"我们以前屡屡失误，都是因为井田一郎，如果没有宪兵队的干扰，我们早就抓住了孙博文。"

矢村看着高恒书，阴险地一笑，"井田一郎横行霸道，为所欲为。不过，高课长，他这次算是上当了，共产党也上当了……"

事实上，上当的不仅有井田一郎，矢村对高恒书也未讲出实情，因为他对高恒书的考察仍未结束。根据密码破译专家的破译结果，索菲亚教堂广场确实是苏联特工要和孙博文的接头地点，但密码破译专家在魏辉的威逼下留了一手，并没有透露详细的接头地点……

矢村信任的似乎只有良子。

高恒书走后，他把良子叫到办公室，给良子布置下了最关键的任务。矢村拿出索菲亚教堂广场的草图，在上面指点了一下："据密码破译专家分析，这棵大树才是真正的接头地点。良子，你的任务是在这棵大树附近设下埋伏……"

孙博文在井田纯子家里住了一夜，第二天早晨起床之后，他就在琢磨晚上到索菲亚教堂广场接头的事情，但井田纯子已经明确告诉他，没有通行证，他在哈尔滨会寸步难行，好在，自己对哥哥说了一个谎，哥哥答应给自己办理一个通行证。

吃完早餐，井田纯子告诉孙博文，自己去井田一郎那里取证件，让孙博文什么地方都不要去，就在家里待着，等自己回来。孙博文点头同意。井田纯子出门的时候，还特意给房间上了锁。

但井田纯子从哥哥那里回来的时候，发现孙博文已经离开了。她只好开着车出去找。在街上转了两圈并没有什么结果，这时候她看到了一个熟悉的身影，井田纯子摁响了汽车喇叭，那人停下脚步，井田纯子让他上车，那个人向周围看看，没有发现异常就上了纯子的车。

井田纯子说："桥本少佐，你这是去哪里？"

桥本少佐没有直接回答，而是说他要回特务机关。实际上，桥本和宪兵队的佐川刚刚见了一面，把他知道的一些情况和佐川都如实讲了。桥本之所以能把特务机关的情报出卖给宪兵队，是因为他在日本鹿儿岛的家人已经被抓了起来，桥本为了解救家人，才被井田一郎利用的。

井田纯子的车并没有开向特务机关，而是越开离城市越远，后来他们到了一片小树林，纯子和桥本走下汽车，纯子说："桥本少佐，我想请你帮我一个忙，告诉我孙博文会去什么地方？"

桥本少佐本来不想告诉纯子孙博文要去索菲亚教堂广场接头，但纯子拿出了枪对着自己，桥本看着黑洞洞的枪口，心里竟然没有一点害怕，实际上，最近桥本的心情糟透了，他被良子的感情折磨着，同时还要担忧鹿儿岛的亲人的安危，而矢村对他也在重点怀疑，他多次梦见矢村就是这样用枪顶着自己，直到最后，扣动了扳机。

他知道纯子是不会开枪的，纯子慢慢地把枪放下，桥本看见两行眼泪从纯子的眼中流了出来，她哀求桥本，无论如何要告诉自己孙博文的下落。

桥本十分不理解纯子怎么会如此关心孙博文，难道他们之间真的像矢村怀疑的那样，有情报往来？他忍不住问道："纯子小姐，你为什么这么关心孙博文？"

纯子咬了咬嘴唇说道："为了爱情！"

桥本重复了一遍："为了爱情？"

桥本说，我得走了，回去晚了矢村机关长要处罚我的，你要找孙博文，下午6点之前到索菲亚教堂看看吧。

就这样，不到6点，井田纯子的车就开到了外国三道街，刚停下车，一个陌生男人敲响了她的车窗，还没等纯子摇下车窗，那人拉开车门钻了进来。他自我介绍是孙博文的朋友，正在寻找孙博文，希望纯子能够帮助他，但这个人没有说出自己的姓名。

为了防备起见，纯子说自己根本不知道孙博文这个人，但那个人态度很真诚，纯子说，她确实不知道孙博文的下落。

这个寻找孙博文的人就是文虎，孙博文从他们家离开之后就失踪了，这让他和文龙都很着急，哥儿俩商量一下，分头行动，在城里寻找孙博文。

孙博文从井田纯子家里溜出来之后，他想到市立医院看看，希望能碰到林雅茹，他刚走到市立医院附近，就被早已经在那里等候他的文龙拦住，文龙说医院附近都是便衣，让孙博文小心。孙博文拿出一份有寻物启事的报纸，交给文龙，让他去找医外科的林大夫。文龙走进医院，孙博文在一棵大树后面观察着周围的情况，他也发现周围有一些神情怪异的人，他断定他们不是矢村的人就是井田一郎的人，很快，文龙就匆匆回来，他说林医生已经辞职了。

文龙劝说孙博文赶快离开这里，但已经晚了，他们没有注意到在市立医院楼顶狙击枪的瞄准镜已经锁定了他们，孙博文身影时隐时现。狙击手在捕捉最佳射击时机。孙博文被瞄准镜牢牢套住……

文龙忽然意识到什么，猛地扑到孙博文身上。沉闷的枪声终于响了。又是一声沉闷的枪声，子弹打在孙博文身旁的墙上。文龙倒下了："孙先生，你快走，特务来了……"

设伏的特务端着枪纷纷从不同位置跑过来。文龙趴在地上。孙博文已不知去向。几名特务小心地围上来。文龙的手中握有一枚手雷，他的手指触动了手雷的引信。一声巨响，躲闪不及的特务被炸得人仰马翻。奔跑中的孙博文听见手雷的爆炸声后猛然站住。

孙博文慢慢地转过身去。

佐川匆匆走过来。文龙躺在地上。佐川走到文龙身旁蹲下查看。文龙的脸部已血肉模糊，辨认不出是谁。佐川站起来问："谁开的枪？"

狙击手说："报告长官，是我开的枪！"

佐川问："你开枪之前是否已认定他就是孙博文？"

狙击手说："报告长官，我开枪之前，已反复比对了照片，但扣动扳机时，这个人却突然出现了……"

佐川打量着四周，命令道："把他的尸体保存好。"说完，匆匆开车去向井田一郎汇报。井田一郎命令佐川，马上查清死者的身份。

孙博文怀着巨大的沉痛感离开了市立医院，他来到一个废弃的工地，面对着残垣，痛哭失声。天空飘起了雪花，孙博文仰天长啸，发誓要给文龙报仇，雪越下越大，孙博文跪在地上，整个身子几乎要被大雪覆盖了，或许是这场大雪让他重新冷静下来，他开始考虑晚上接头的事情。

孙博文打扫了一下衣服上的雪片，匆匆地向协和医院走去，在医院后门见到文闻，孙博文并没有马上告诉她文龙牺牲的消息，他想过一段时间，事情平静一下，再好好地和文闻解释这件事情。

按照孙博文的安排，文闻自己来到索菲亚教堂广场，文闻像一个下了班没地方去的女孩子，来到教堂看看雪景，或者听听教堂的钟声。她脚步轻盈，悠闲自在，身边一些外国情侣也都来到广场，他们感叹哈尔滨因为这场大雪变得更加漂亮。

文闻信步来到一棵大树下，大树跟前并没有人，树上贴了很多广告，但有些已经被雪片覆盖，唯独"烧香拜佛"四个大字贴得又高又显眼。

教堂的钟声骤然响了，一群鸽子在钟声中飞向天空。

伴随着钟声，大批便衣特务纷纷从店铺、街角、饭店冲出来。在广场上散步的人们面对从天而降的便衣，不由得惊慌失措，四下逃散。

文闻气喘吁吁地跑到胡同里，见着孙博文，讲述了自己所见到的情况。孙博文一听到"烧香拜佛"就明白了。考虑到文闻的使命已经完成，同时也考虑到文闻的安全，他命令文闻赶紧离开！

按照文闻提供的情报，孙博文迅速赶往文庙。孙博文到文庙的时候，大雪已经停了，文庙的香客不多。孙博文戴着一副墨镜，拐过大殿一角，走进了东院。伊万诺维奇躲在石雕后，偷偷观察孙博文。直到孙博文等得有点心急了，抬腿欲走时，伊万诺维奇才突然闪出来："先生，我对中国的佛教很感兴趣，请教一下，极乐世界是不是代表天堂？"

孙博文说："心诚就是天堂，心不诚，也许就是地狱。"

伊万诺维奇说："山门上的极乐寺三个字为谁所书？"

孙博文摘下墨镜说："清朝光绪年间的状元，立宪派领袖张謇所书。"

伊万诺维奇露出笑脸说："我们认识，你叫孙博文，是我教过的中国学员中最优秀的学生。"

孙博文也认出了伊万诺维奇，笑着说："在海参崴东方大学，你可没少给我出难题，咱们还掰过腕子。"

伊万诺维奇说："和你掰腕子不是一件什么好事儿，我从来没赢过你。考试也没难倒过你，就是见到你非常难。"

孙博文冷冷地说："看见你也不容易。伊万诺维奇同志，你迟迟不露面，是不是在背地里观察我呢？"

"是啊，"伊万诺维奇幽默地说，"教材上就是这么写的，我好久不教书了，只不过是想在哈尔滨重温一次功课。"

孙博文没好气地问："东西带来了吗？"伊万诺维奇从怀里掏出油布包交给孙博文。孙博文把油布包放进口袋里："你打算什么时候回去？"

伊万诺维奇又掏出一张照片递给孙博文说："他叫柳什科夫，苏维埃的叛徒，我必须除掉他才能回莫斯科复命。"

孙博文接过照片："你走你的，这个任务我来完成。"

伊万诺维奇："不。"

孙博文一愣："为什么？"

伊万诺维奇面带怒气："我怀疑你们的能力，我必须亲手干掉柳什科夫才能回去复命。"

孙博文说："你说什么？你怀疑我们的能力？"

伊万诺维奇说："对，你们的能力让我非常失望，特别是在马迭尔西餐厅的表现，你们就像只会挤牛奶的娘儿们。我十分有必要留下来给你们上一课，帮助你们弄懂什么叫真正的特工。"

孙博文脸色一变，骂道："弄懂你姥姥个腿！"

伊万诺维奇眨眨眼睛说："我姥姥个腿？你敢骂老师？"

孙博文说："骂你是轻的。伊万诺维奇，你知不知道，为了你，我们死了多少人？你们用被破译的密电码发报，暴露行踪，有你们这么干的吗？我还没来得及发火呢，你倒来脾气了。你还有脸自称老师？老师在这儿呢！"

伊万诺维奇被激怒了："你有什么资格在我面前称老师？不知天高地厚的家伙，你太狂妄了……"

孙博文针锋相对："咱俩到底是谁狂妄？我问你，你凭什么怀疑我们的能力？"

伊万诺维奇说："我在虎峰口遭到了伏击，在马迭尔西餐厅险些被捕，在……"

孙博文说："可为了和你接头，我已经被捕了。"

伊万诺维奇吃惊地说："天哪，你被捕过？"

孙博文说："我又逃出来了。"

伊万诺维奇突然掏出手枪指向孙博文，"把密电码还给我。"

孙博文一怔说："你要干什么？"

"在欧洲，只要有人被盖世太保逮捕过，哪怕就是一分钟，我们也不会再相信他，我怀疑你有问题。"

"你再说一遍？"

"我的要求并不过分！交出密电码！"

"就因为我被捕过？"

"我也找不出别的理由！"

孙博文的脸色越发难看。

伊万诺维奇用枪顶住孙博文的腰："你交不交？"

"你把我当成了叛徒？"

"我不反对你这么理解。"

"共产党做事最讲证据，你们苏维埃例外吗？"

"对被捕的人，我们就这么对待，这一点也不奇怪！"

"就凭你这句话，我也不能交。"

"为什么不能交？"

"为了我的尊严和清白，同时也为了斯大林，为了苏维埃……"

四个便衣特务突然走进东跨院。他们的枪口齐刷刷地对准了孙博文和伊万诺维奇。

孙博文低声说："别他妈的逞能了，赶紧把枪藏好。"伊万诺维奇犹豫一下，顺手把枪顺进袖口里。

孙博文接着说："要是躲不过去就干掉他们，但千万别用枪，枪一响麻烦更大，会引来大批鬼子，咱俩谁也跑不掉。"

便衣特务围住了伊万诺维奇和孙博文。一个便衣围着孙博文转了一圈："你俩既不上香，又不供佛，鬼鬼祟祟地躲在这么背静的地方干什么？"

孙博文说："他欠钱不还，我在要账。"

便衣下令："搜他。"

另一个便衣手伸向了孙博文的后腰，突然，他的手不动了，脸露惊恐："这小子有……"孙博文不等他把话讲完，猛地用膝盖顶在便衣的小腹上。

那个便衣一捂肚子，下巴上又重重地挨了一拳，仰面朝天倒下。

剩下三个便衣刚要举枪，伊万诺维奇和孙博文眼疾手快，三下五除二，就把他们都给解决掉了。然后，孙博文和伊万诺维奇迅速跑出胡同。

"你还怀疑我吗？"孙博文问。

伊万诺维奇没说话，也没任何表情。

孙博文问："你住在什么地方？"

伊万诺维奇说："我不会告诉你我的住处，你也不应该打听。"

孙博文说："就算我没问行不行？"

伊万诺维奇说："你已经问了。"孙博文被噎住。

伊万诺维奇忽然想到什么："你能搞到汽车吗？一辆通行无阻的汽车。"

孙博文瞥了他一眼："你以为这是在莫斯科吗？"

伊万诺维奇坚持道："可矢村要为柳什科夫开庆功会，消息已经见报了，让你搞到一辆通行无阻的汽车，即使对一名三流的特工也不是什么难事。"

孙博文忍住气说："矢村要为柳什科夫开庆功会，不入流的特工也能看出这是一个圈套。"

伊万诺维奇冷笑一声，说："但对别尔津将军的命令，我必须无条件地执行，即便是下地狱我们也要去！"

"我们？你不是在怀疑我们的能力吗？"

伊万诺维奇耸下肩说："我那只一句玩笑话，你何必那么认真？"

孙博文来气了："可共产党讲的就是认真，你说，被捕一分钟就疑神疑鬼，这是哪家的规矩？"

伊万诺维奇想了想："对不起，我正式向你道歉……"

孙博文说："我没说你。"

伊万诺维奇猜测地问："你遇到了麻烦？"

孙博文说："我遇到了信任危机。"

伊万诺维奇说："我明白了，因为你的被捕，你的上级在怀疑你。孙博文同志，你可以马上把密电码交给你的上级，这对化解信任危机很有帮助。"

孙博文冷冷地说："这还算句人话。不过，我的上级已经切断了与我的联系，找到他们比干掉柳什科夫还难。"

伊万诺维奇吃惊地望着孙博文问："那密电码怎么办？别尔津将军和弗拉希克将军都快急疯了……"

孙博文讥讽地说："别提什么别尔津将军，听到这个名字，没疯的也会发疯。"

伊万诺维奇眨眨眼睛问道："什么意思？"

孙博文说："算了，说了你也不懂。野狼，你别把眼睛瞪得那么大，我虽然遭遇到信任危机，但我还是有办法联系上组织。"

伊万诺维奇不放心地问："你要是找不到他们呢？那样会误大事的。"

孙博文脸一沉，说道："那你自己去找？"

伊万诺维奇冷冷地说："孙博文同志。我警告你，密电码要是不及时交给你们的组织，我对你绝对不会客气！"

孙博文阴下脸说："你以为就你拿斯大林当回事儿？"

伊万诺维奇说："我需要的是证明，而不是一张能说会道的嘴。"

孙博文说："我不用证明什么。说吧，下次在哪儿见面？"

伊万诺维奇说："为柳什科夫召开的庆功会，明天晚上要在原中东铁路俱乐部举行，也就是现在的日本厚生会馆。你搞到车后，把车开到俄人墓地等我。"

孙博文说："你倒会找地方。几点？"

伊万诺维奇说："晚上 7 点。"

第十章

马迭尔西餐厅新来了一位钢琴师，这个消息很快就传遍了哈尔滨的上流社会。

因为这位钢琴师的到来，西餐厅的白俄老板维塔什才扫去了多日以来的阴霾。上次宪兵队和警察厅抓捕共产党，把餐厅闹得一片狼藉，维塔什眼看着自己渐渐红火起来的餐厅几乎毁于一旦，自杀的心情都有。可是，这个白俄老板是一个犹太人，犹太人善于经营的本领和能够绝地逢生的意识，已经潜移默化到了维塔什身上的每一个毛孔。

当这个叫张依萍的女士走进马迭尔西餐厅的时候，维塔什眼前一亮，他发现张依萍身上有一种高贵的气质，虽然这是一张中国女人的面孔，但她身上散发出来的绝对不是中国传统女性的气质，维塔什断定这个女人受过欧式教育，张依萍的自我介绍印证了他的判断。

张依萍说她在莫斯科上学的时候，她的钢琴教师是阿赫马托娃。维塔什感到非常惊讶，因为他非常喜欢阿赫马托娃的钢琴曲，他清楚地知道阿赫马托娃是每一个俄罗斯人都知道的艺术家。

维塔什迫不及待地让张依萍在餐厅的钢琴上演奏一次。维塔什在餐厅开张的时候购置了一架钢琴，但一直以来这架钢琴都是一个摆设，张依萍的到来，让维塔什仿佛看到了马迭尔西餐厅又恢复了往日的人气。客人们在优雅的钢琴曲中就餐聊天，真是一种惬意的享受。

张依萍接受了维塔什的邀请，坐在钢琴后面，演奏了一曲阿赫马托娃的《安魂曲》，一曲终了，维塔什端着一杯红酒递给张依萍，然后轻轻地给张依萍鼓掌，对张依萍说："你的演奏手法一点也不比你的老师阿赫马托娃差。"

张依萍谦虚地说："不能和老师比，但在哈尔滨我觉得还能混口饭吃。"

维塔什说："如果张小姐不嫌弃，我们欢迎您加入。我会出最高的工资给您。"

于是，张依萍留了下来。

三天以后，马迭尔西餐厅又恢复了往日的红火场面，白俄老板维塔什看在眼里，喜在心上。此前，维塔什恨透了瓦西里大厨，自己苦心经营的西餐厅差点儿毁在那个厨师手里，好在井田一郎网开一面，瓦西里大厨的事情，没有牵连到维塔什，否则，井田一郎一瞪眼睛，下令关闭餐厅，他的损失要更大。

井田一郎走进西餐厅的时候，张依萍恰好在演奏钢琴，维塔什一看井田一郎，心想这个人一定不能慢待，于是亲自上前招呼，井田一郎板着面孔，对维塔什摆出一副很冷漠的样子。

井田突然注意到正在餐厅一角弹奏钢琴的张依萍。于是他越过维塔什，向张依萍走去。

井田一郎发现这个女人很眼熟，忽然想起在马迭尔西餐厅抓孙博文的那个夜晚，在外国五道街他们曾经见过一面，井田一郎还问了她几个问题，张依萍说自己是来哈尔滨旅游的。井田一郎一看这个女人举手投足都很有气质，知道肯定是受过良好教育的人，于是就对张依萍高看了一眼。并没有为难她，就让人放行了。

没想到，在马迭尔西餐厅，他们第二次见面了。

井田一郎审视了一下张依萍，然后问道：“小姐，你不是到哈尔滨来旅游的吗？怎么又在这里演奏上钢琴了？”

张依萍平静地回答说：“队长阁下，我每到一个地方，总是要寻找这种机会，这样可以为我的家里省点儿钱。”

井田一郎说：“是这样。小姐，不瞒你说，我也是钢琴爱好者，很荣幸能在这里遇上你。有时间，我一定来欣赏你的演奏。”

白俄老板走过来说：“井田大佐，你们是在抓那个该死的瓦西里吗？”

井田一郎拿出一张孙博文的照片给维塔什看了一眼，说：“维塔什先生，我们在抓他。”

白俄老板看罢照片，一时说不出话来。张依萍乜斜一眼孙博文的照片，她仿佛觉得自己在什么地方见过这个年轻人。

井田一郎嘱咐白俄老板，如果发现孙博文的下落，一定要在第一时间通知宪兵队，否则就让他的西餐厅停业。

说完井田一郎带着他的几名随从离开了马迭尔西餐厅。

几天之后，井田一郎在执行零号行动中，抓捕了所有当时在索菲亚教堂广场的人，其中也包括张依萍，张依萍自称是到教堂广场散步，没有想到会发生这么大的事情。

井田一郎见到张依萍，先是一愣，继而走过来说："张小姐，看来这是一场误会……"

张依萍说："队长阁下，我想的确是场误会。"

井田一郎问道："张小姐初来哈尔滨，对这里的印象如何？"

张依萍回答："印象非常好。走在大街上，第一感觉就是哈尔滨是一个诸神共聚、列国同居、华洋共处、欧亚相邻的多彩世界。可以说在中国，还没有哪一座城市能和哈尔滨相媲美。"

井田一郎还问了一句："张小姐，你刚才去了索菲亚教堂广场，你对索菲亚教堂怎么看？"

张依萍说："索菲亚教堂是拜占庭式建筑的典型代表，气势恢弘，精美绝伦。虽然在世界上只有两座，但我对圣·尼古拉大教堂印象更深。它居然没使用一根钉子就拔地而起，说是一个奇迹并不为过。"

井田一郎说："张小姐此次到哈尔滨一游，收获不小啊……"

张依萍说："收获是不小。队长阁下，我慕名而来，是想领略哈尔滨的独特神韵，不料却有幸参观了阁下的宪兵队，这也算是一个意外收获。"

井田一郎笑了笑，说道："张小姐，但这场误会让我们又一次见面了，这对我来说也是个意外收获。"

井田一郎通过这两次交谈，都没有发现张依萍的可疑之处。

井田一伙刚刚从餐厅离开，矢村和几名便衣特务走进来。白俄老板急忙迎上去，得知矢村又是来搜查苏联间谍和地下党的逃犯的，白俄老板抱怨地说，"你们还有完没完？井田大佐刚走，你又来了。矢村先生，这里是哈尔滨最高贵的西餐厅，我的客人都是有身份的人，你们是不是走错了地方……"

矢村根本不吃这套，讽刺地说，"瓦西里大厨也是有身份的人？"

白俄老板顿时不吱声了。

矢村也像井田一样，与良子认真检查了张依萍的证件，发现并无什么异常，只得又还给张依萍。张依萍重新又坐在钢琴旁演奏起来。

矢村又检查了其他人，并没有发现什么问题，就离开了马迭尔西餐厅。张依萍用眼角的余光看着矢村离去，然后，她换了一首曲子。

这首曲子实际上是一个接头暗号，只有在共产国际的内部组织之间接头才会使用，张依萍手指像蜻蜓一般点击着琴键，优美的旋律飘荡在马迭尔西餐厅的每一个角落。

这时候，坐在角落里的一位中年人听见琴声，不由微微一怔，他回头朝张依萍看了一眼。难道这个女人就是自己要等待的百灵鸟，不然她怎么会弹这首《百灵鸟在寻找猫头鹰》的曲子。

他静静地听完张依萍的演奏，一曲终了，张依萍起身向客人鞠躬致谢，中年男子向服务生购买了鲜花，站起身来，朝张依萍走去，他把一束鲜花献给张依萍，然后说："张小姐，你弹得太好了，就像春天的百灵鸟在歌唱。我敢肯定，在哈尔滨无人能超过你的水平。"

张依萍听到百灵鸟三个字微微一怔，她望了一眼眼前这个中年男子，接过鲜花说："谢谢先生的夸奖。"

这时，白俄老板出现在张依萍和中年男子之间，白俄老板说："张小姐，我来介绍一下，这位先生是福丰号汽车修配厂的老板，叫苏梓元，是我的老顾客了。"

张依萍很有礼貌地说了句："苏先生好，谢谢苏先生的夸奖。"

说完之后，张依萍依然坐回原位弹起钢琴。"苏梓元"这三个字让她回想起了别尔津将军曾经交代的一些情况。别尔津将军告诉她：共产国际情报组织既归共产国际领导，也归红军总参情报局领导。共产国际情报组织在亚洲地区的佐尔格情报网、梅杰姆情报网、满洲情报组干得都很不错，他们活跃在东京、上海、天津、奉天、大连、哈尔滨一带。可是，自从柳什科夫叛逃后，共产国际设在哈尔滨的情报组织，基本上被破坏了，只剩下一个叫苏梓元的同志没有暴露。她还从将军那里得知，苏梓元代号猫头鹰，是共产国际哈尔滨情报小组的负责人，但这个人现在到底是什么情况，大家并不清楚。

一曲终了，张依萍喝了一杯饮料，然后目光转向苏梓元送的那束鲜花上。她拿起鲜花闻了一下，转眼间，一张纸条已握在手心里。纸条被展开，上有一行小字：可以请你喝咖啡吗？猫头鹰。

在接下来的一首曲子中，张依萍传达出了这样的回应：适当的时候，可以请我喝杯咖啡。

角落里，苏梓元心领神会地点下头。

第二天傍晚，苏梓元准时来到马迭尔西餐厅，径直走到张依萍面前，礼貌地邀请她喝咖啡。张依萍愉快地接受了邀请。两人找了个角落坐下，张依萍看看四下无人，小声地说："野狼的身上其实并没有带密电码，他的任务是掩护我。但我也没有带密电码。"苏梓元略有吃惊地望着张依萍。张依萍接着说："这么做是从安全考虑。老苏，从现在起，你的任务是要想办法联系上哈尔滨地下党，然后完达山再派人送密电码来。"

苏梓元为难地说："可按规定，共产国际情报组织不允许成员和自己国家的党组织发生横向关系，而我也找不到他们……"

张依萍看了一眼苏梓元，想起别尔津将军的话：共产国际情报组织只服从共产国际的领导。但是，在这个组织中，德国人、日本人、俄国人、美国人、爱沙尼亚人、朝鲜人，包括中国人，什么人都有。共产国际的情报人员都有爱国之心，一旦有需要，这些人还会积极主动地与自己国家的情报部门取得联系……

于是，张依萍再次强调说："我们的任务很重要，时间也很紧迫，但不管遇到什么困难，你都要想办法克服，尽快找到哈尔滨的地下党。"

苏梓元看着张依萍，"我试试看吧。"

张依萍口气十分坚决地说："不是试试看是必须完成。另外，你还要把共产国际的情报站尽快恢复起来，别尔津将军对这件事情非常重视。"

苏梓元说："共产国际在哈尔滨的情报站已经被全部破坏，恢复起来需要时间，但我会尽最大的努力，这个你不用担心。"

张依萍问："你现在住在哪儿？"

苏梓元说："就住汽车修配厂。"

正说着，白俄老板走过来："苏经理，你应该适可而止，否则会出花边新闻的！"苏梓元笑了笑："维塔什先生，在你的合作伙伴面前开这种玩笑不合适吧？"

白俄老板说："苏经理，我是认真地在提醒你，千万不能因为请张小姐喝咖啡而影响我的生意，许多客人都在等着欣赏张小姐的琴声呢。"

张依萍说："维塔什先生，这是我的休息时间，而在我的休息时间中，我不希望有人来打扰我，其中也包括你，维塔什先生。但苏经理例外。"

白俄老板说："天哪，我怎么反倒成了不受欢迎的人了？"

张依萍说："维塔什先生，你对人很坦诚，很讨人喜欢，但这也是你的缺点，你应该吸取瓦西里给你带来的教训。"

白俄老板说："张小姐，我是应该好好地反省一下，我接受你的建议，否则，我还会吃大亏的。"说完就退到一边去了。

张依萍审视着苏梓元，继续说："柳什科夫叛逃后，供出了我们在哈尔滨的情报网，许多人惨遭逮捕，而你为什么没有暴露？"

"柳什科夫掌握的名单上是我的假名，职业和住址也是假的，再加上我从不和情报网中的其他人员进行直接的接触，因此才逃过一劫。"

"被逮捕的人中有叛变的吗？"

"据我的了解还没有。"

"这里是你常来的地方？"

"我们的情报网被破坏后，我每周都要来这里几次，目的就是想和'老家'的人联系上。"

张依萍搅拌着咖啡。

苏梓元朝窗外看去，街道上，宪兵与特务检查正严。

张依萍到哈尔滨之后，按照别尔津的指示，同时要寻找共产国际哈尔滨的分支机构人员，苏梓元的出现，让她觉得自己行程的第一步还是很顺利的，但是，职业的敏感，让她对苏梓元也充满了警觉，她曾托人打探过苏梓元的行踪，得知苏梓元从 7 月份以来，几乎每天都到他的福丰号汽车修配厂上班，这多少消除了张依萍的一点顾虑。另一方面，也是她自己最关心的，她要寻找野狼伊万诺维奇。但是，按照别尔津的部署，自己是不能和伊万诺维奇见面的，因此，在哈尔滨的几天来，她都是在暗处偷偷地观察伊万诺维奇的行踪，在观察野狼出没的同时，她注意到了一个年轻人，她曾在滨江日报社门口看见过他，他帮助野狼逃脱了日本特务机关的追捕。后来她了解到，这个年轻人就是孙博文，是日本人重点缉拿的哈尔滨的地下党。

她没想到能在同发楼茶馆看见孙博文，此时的孙博文，一身日本军人的打扮，如果不是张依萍懂化妆，她还真的认不出他就是孙博文。她不得不佩服孙博文的胆量过人，在全城大搜捕的情况下，他仍然敢一个人出来，难道他还有什么重大的行动？

孙博文和野狼在文庙分手之后，他就回到了自己曾经藏身的田家烧锅，把密电码藏在了里屋立柜下面的地砖下面。然后，他还在寻找机会，要与组织接上头。

早上起来洗脸的时候他想起一个人来。如果不是他走投无路，他是不会和他联系的。这个人是赵世荣临死之前告诉他的，赵世荣说他叫江彬，是林雅茹的下线，如果有紧急情况，组织上批准可以让孙博文和江彬直接联系。

这时候，外面来了几个便衣，一个领头的嚷嚷着说："妈的，这地方不错，雪拍不着，日头晒不着，视线也好。咱们就在这儿安营扎寨了。"

躲在外面的孙博文听到便衣的议论，不禁皱眉，心想便衣住进田家烧锅，以后要取回密电码就困难了。但是孙博文又一想，也没什么，几个便衣自己还是能对付得了的。当前还是先和江彬取得联系，于是他离开田家烧锅，在一条偏僻的街道，找到电话亭，给宪兵队江彬的办公室拨了一个电话。

电话很快接通了，孙博文说："江彬，我是你表哥，刚从佳木斯来……"

电话中，江彬一愣："表哥？"

江彬说："我有三个表哥，请问你是哪个姨家的表哥？"

孙博文说："我是老姨家的表哥，你要是方便的话，一会儿我们在伊斯曼咖啡厅见面……"

江彬："表哥，那咱们就说好了，不见不散。"

放下电话。江彬琢磨了一会儿，匆匆赶到伊斯曼咖啡厅。伊斯曼咖啡厅是一个法国籍犹太人开的一家小店，一进门，江彬就四处打量。服务生迎上去说："先生，你是找人还是……"

江彬说："找人。"

服务生说："你是江先生？"

江彬点点头。

服务生说："江先生，你表哥给你留下一张纸条，他让你去这个地方找他。"

江彬接过纸条看了一眼，又打量一下服务生，准备走出门外。

服务生拦下江彬说："你表哥说，让你从后门走，不能从前门出去。"

江彬想了一下，朝后门走去。

按纸条上的要求，江彬来到一处废弃砖窑。这里非常荒凉，杂草丛生，四处不见一个人影。江彬从一个窑孔走进去，四处打量。废弃砖窑里很空旷，阳光从窑孔照射进来，形成利剑般的光柱。突然，江彬似乎听到了什么动静，在急转身的同时，他迅速掏出手枪。

孙博文的枪口也已对准了江彬。

两支枪口都瞄准了对方。

孙博文打量一下江彬，问道："你是打鱼的还是做买卖的？"

"做买卖的。"

"什么买卖？"

"替人看铺子。"

"看什么铺子？"

"皮货行。"

"我想订张虎皮，有吗？"

"三伏天订货，三九天交货。"双方同时收好枪。

"孙博文，你胆子够大的，竟敢到伊斯曼咖啡厅和我接头。"江彬说。

孙博文冷冷一笑说："我现在没兴趣听你的这些废话！"

"都是自己的同志，你说话怎么这么不客气？"

"江彬，你能不能告诉我，林雅茹为什么会突然辞职？她为什么又搬了家？是不是在躲避我？"

"组织上怀疑你有问题，她辞职和搬家是奉命而行，是为了切断与你的联系。孙博文，你做地下斗争工作也是老同志了，有些常识问题用不着我再提醒你了吧？"

孙博文的脸更加冷峻了，他最不愿意听到的消息就是，组织上认为自己已经叛变，他很难理解地问道："就因为我被捕过，你们就怀疑我有问题？"

"不错，就是这个原因，希望你能正确对待！"

"我正确对待个屁？麻烦你通知林雅茹，就说我想见她。"

"林雅茹见不见你，她自己定不了，这得请示上级领导同意才行。"

"她为什么不能见我？"

"孙博文，就在你被捕后，我们的两个秘密联络点先后遭到了破坏，现在之所以切断你的关系，我不是已经说了嘛，就是因为你是我们最大的怀疑对象……"

孙博文脸色铁青："你们真怀疑我是叛徒？"

"你说呢？"

孙博文一言不发了。

江彬反问道："你怎么知道和我接头的暗语？"

"老赵告诉我的。"

"那你又是怎么跑出来的？"

"你在审查我？"

"你如果没有问题，还怕审查吗？"

"我不怕审查。但请你告诉我，新来的领导是谁？我他妈的当面跟他说。"

"你的意见我可以转达，但现在，我要代表组织问你几个问题，你要如实回答问题，可以吗？"

孙博文："你随便问。"

"你到底是怎么跑出来的？"

"以生命作为代价，一切奇迹都会发生！"

"你被捕之前，为什么要回松浦洋行？"

"对不起，我没权利告诉你为什么。"

"这几天，你住什么地方？"

"没准儿，老百姓家的棚子里、房顶上、菜窖里都住过。"

"你这身衣服又是从哪儿来的？"

"偷的。"

"你和苏联派来的特工接上头了吗？"

孙博文沉默起来。

江彬追问道："你怎么不说话？"

孙博文说："接没接上头，你问不着。请你告诉林雅茹，明天下午3点，我在同发楼茶馆等她，如果她要不去，你告诉老家贼，我把她的毛拔光了。"

"你这是什么意思？"

"你自己想。"

江彬欲伸手掏什么。孙博文的枪已指住他："别动！江彬，我允许你们善意地怀疑我，但别太出格了！"

"孙博文，什么叫别太出格？我希望你要端正态度，认真对待组织对你的审查。至于你想见林雅茹，我不敢承诺她能不能去见你，这要组织上同意才行。"

"我不需要承诺，你把话捎到就行了！"

"捎话可以，但我要提醒你一句，你去见林雅茹时，最好别空手。"

"别空手？什么意思？"

"猎熊行动就要启动了，我们急需用密电码，你如果拿不出密电码，你就无法洗清自己。"

"我洗清什么？我用不着洗清自己。"

"孙博文，我还有一个问题。"

"说。"

"你被捕前劫的10万元钱在哪儿？"

"让我藏起来了。但一时还拿不出来。"

"为什么？"

"有便衣特务在把守，现在去拿太冒险。"

"有便衣特务在把守？你把钱藏在了有便衣特务把守的地方？孙博文，这到底是怎么回事？"

"对不起，我不能告诉你这是为什么。"

"组织上急需经费，你应该告诉我这笔钱藏在了什么地方，这对你尽早解除组织上对你的审查会带来好处。"

"我知道组织上急需经费，但并不差明天一天，等我见到了林雅茹，我再说出来也不迟。"

江彬琢磨一下，说道："那好吧。孙博文同志，你多保重。"说完，转身走了。

孙博文凝视江彬的背影，站在原地久久没动。看来要得到组织上的信任，只能潜回危机四伏的田家烧锅取回密电码，此外别无他法。

孙博文来到田家烧锅附近的时候，一队鬼子兵突然出现在眼前，走进田家烧锅。孙博文被迫改变了主意，不得不转身而去。

就在江彬撂下电话，要去伊斯曼咖啡厅和孙博文见面的时候，一纸监听记录已经放在了矢村的办公桌上，矢村马上派人去伊斯曼咖啡厅查看江彬到底是和什么人见面，高恒书亲自到了伊斯曼咖啡厅，但他只看到了江彬，而且江彬一转眼的工夫也不见了。

高恒书回到特务机关，向矢村汇报了跟踪江彬的结果。高恒书认为江彬的表哥选择在伊斯曼咖啡厅见面，却又提前走了，而伊斯曼咖啡厅的后门四通八达，有许多小胡同，这说明江彬的表哥显然是精心挑选了这个地点，这种现象很不正常。

矢村听了高恒书的分析，满意地点点头，他忽然又想起一件事，对高恒书说："高课长，林雅茹是我们要抓的人。但在昨天，你们的情报说，林雅茹也去了索菲亚教堂广场，但我们在抓捕的时候，江彬和佐川少佐却把林雅茹带出了索菲亚教堂广场，高课长，你对这件事情又怎么看？"

高恒书说："江彬与林雅茹的关系不同寻常已经是事实，桥本少佐可以证明这一点。不过，林雅茹之所以能顺利走出索菲亚教堂广场，佐川少佐起了决定性作用。但佐川少佐为什么也这么重视林雅茹，我现在还搞不清楚。"

矢村笑了笑说："搞不清楚？如果我们大胆设想一下，江彬和林雅茹要都是地下党呢？"

高恒书说："都是地下党？这不可能吧？"

矢村说："怎么不可能？高课长，我是这么想的，在林雅茹和江彬之间如果有一个人已经叛变，而井田一郎又想放长线钓大鱼，所以就有了佐川少佐干预你逮捕林雅茹的事情。否则，无法解释林雅茹为什么能顺利走出索菲亚教堂广场！"

高恒书说："机关长是怀疑自称江彬表哥的人就是孙博文……"

矢村说："不错，我怀疑约江彬见面的人就是孙博文。"

高恒书说："机关长，你的大胆设想如果能成立，你看我们是否有必要找井田队长了解一下江彬到底是什么人，否则，我们各自为战，不利于零号行动。"

矢村说："不，不能这么做。这些年，我们和宪兵队矛盾重重，现在孙博文的事情又把纯子牵扯进来，井田队长怎么能向我们交底？高课长，自己的梦自己圆吧。"

高恒书说："这就是说，秘密调查江彬，然后顺藤摸瓜，查找林雅茹的下落，把孙博文缉捕到案完全靠我们自己？"

矢村说："防谍、防苏俄、防共产党本来就是我们的工作。你在秘密调查江彬时，也要对郎久亭展开秘密调查，他这个人和孙博文的关系不同寻常。"

江彬回到宪兵队，把和孙博文见面的事情汇报给了井田队长。江彬说他们见面的时候，孙博文还想见林雅茹。

江彬说："孙博文要求明天下午3点，在同发楼茶馆和林雅茹见面，我答应把他的话捎给林雅茹。不过，我对孙博文说，林雅茹能不能去同发楼茶馆，还需要组织上作出决定，林雅茹自己说了不算。"

井田一郎走到地图前，江彬跟上去，用手指了一下："同发楼茶馆在这儿！"

井田一郎认真地看地图。

江彬提醒他说："队长，抓孙博文这是个绝好的机会，可万一要是有半点闪失，我必定暴露无疑。"

井田一郎说："不错，孙博文鬼一样地出来，影子似的逃走，这个人是很难对付，他去同发楼和林雅茹见面，绝对不能不设防。江先生，你有什么好办法吗？"

江彬思索片刻说："我看还是让郎厅长手下的人出面，人不要多，有几个精明强干的就行。到时候，我在暗中指挥，这样能保险点儿。"

井田一郎说："你马上通知郎厅长，让他来开会。"

随即井田一郎又盯住江彬说："江先生，关于诱骗孙博文去同发楼茶馆这件事情，你不会先通知林雅茹吧？"

江彬说："队长，我、我怎么敢通知她？"

井田一郎忽然想到什么，说道："江先生，孙博文被捕时是在松浦洋行后门，他那天晚上为什么要回松浦洋行？"

江彬马上醒悟，说："也许和矢村被劫走的那笔巨款有关？"

井田一郎说："你和我想到一块儿去了。所以江先生，我这次要抓活的孙博文。"

江彬闻言微微一愣。

井田一郎微微一笑说："江先生，10万元巨款不是小数目，但我不是为了钱，我是相信纯子不会有问题，我要利用孙博文的嘴为纯子洗刷罪名。去，你把郎厅长也找来。"

郎久亭得到命令，很快就来到了宪兵队，井田一郎一看这个曾经在山里当过胡子的大老粗来了，立刻把脸拉了下来，他想对这种人必先震慑一下，于是说话的口气也变得严厉起来，他盘问郎久亭和孙博文是怎么交往的。这让郎久亭心里发慌，因为他最怕的事情就是，井田一郎掌握了他曾经无意中给孙博文提供一些消息的证据，私通地下党这可不是闹着玩的，要脑袋搬家的，为了这件事情，连日来郎久亭根本就睡不好觉，盼望着孙博文能早一天被整死。

最后井田一郎的口气缓和下来，对郎久亭说："郎厅长，你要将功赎罪。"

郎久亭说："队长，我、我听你的，你让我干什么，我就干什么。"

井田一郎说："你只干好一件事就行了。部署好在同发楼的埋伏，这一回要是再出一点问题，我让江先生当场毙了你。"

江彬在一旁说："队长，郎厅长对你的忠诚无人可比……"

井田一郎："好了，你们抓紧时间，好好准备准备。下去吧。"

郎久亭打了个立正，说道："是，队长。"

担心自己成为纯子替罪羊的郎久亭决定抓住孙博文，为井田纯子洗刷罪名，也为自己找条生路。郎久亭叹口气，询问江彬："老弟，井田队长要是翻脸不认人，我的脑袋准得搬家。刚才，井田队长又下了死命令，你说，我要是在同发楼抓不到孙博文，怎么向井田队长交这个差？"

江彬给郎久亭献计说，孙博文不是一般的犯人，他能从石井部队逃出来，就说明这小子能耐大着呢，江彬看了一眼郎久亭，然后接着说："我不是瞧不起你手下的那几个人，他们都不是抓孙博文的料，这次要想成功，你要找一个手法厉害的，而且最好是一个生面孔。"

郎久亭琢磨了半天，觉得江彬说的有道理，自己刚刚提拔上来的小老五和贺六，走道都打晃，怎么能和孙博文过招，但这个生面孔到什么地方找呢？郎久亭一时想不起谁能执行这个任务。

最后江彬建议道："从监狱里找。监狱的看守常年待在里面，从不和外人打交道，肯定个个都是生面孔。"

郎久亭一拍大腿说："妈拉个巴子，还是你脑袋够转。那就让铁门栓领几个人去，他们常年待在监狱里，个个都是生面孔。"

江彬笑了笑说："郎厅长，对付共产党，你得跟我学着点。"

郎久亭说："那就这么安排，事成之后，我可要好好感谢一下老弟你，够朋友。"

郎久亭根本不知道矢村已经把他纳入到了重点怀疑对象之内，矢村希望能从郎久亭这里获得孙博文的信息，得到井田纯子私通共产党的证据，进而逼迫井田一郎向自己谢罪。

矢村突然想起一件事情，昨天索菲亚教堂广场行动之后，特务机关逮捕了两名犯人，一个叫文虎，一个叫杨河山。

文虎在索菲亚教堂广场的时候，一直躲在井田纯子的车里，他发现井田纯子没有出卖自己的意思，一直到宪兵队的人开始抓人，井田纯子才开车离开广场，在外国十五道街的时候，文虎下车了。他顺着路往家走去，他一方面担心自己的弟弟文龙，这么长时间，一直没有得到他的消息，他想到的最坏的结果是很有可能被日本人抓住，也可能被冷枪打死了。更让他着急上火的是孙博文，他一直都称他为孙先生，他十分尊重孙博文，不仅因为他是共产党，更是因为在他眼里，孙博文是一条有情有义的汉子，尤其是自己的妹妹已经爱上了孙博文，他真的不希望孙博文出什么事情。

眼看就到家了，突然从两面包抄过来十几个便衣，看来便衣早就埋伏在这里了，文虎一看坏了，还没来得及拿出枪，就被人打晕了。

矢村抓的另一个，叫杨河山，实际身份的北满省委派来的一个交通员，矢村之所以能够秘密逮捕杨河山，是因为他的消息都来自狗眼。

那一天，高恒书在办公室刚刚泡了一杯平时喜欢喝的茉莉花茶，桥本少佐就在这个时候走进他的办公室。桥本少佐说现在有一个人说手里有重要情报，务必要见机关长。

高恒书说，机关长去津田部长那里开会了。

桥本少佐说他知道机关长不在家，所以才来找高课长，他希望高恒书和他一起去和那个人见上一面。高恒书一看桥本少佐的神情，认为事情一定很重要，就放下手中的工作，和桥本少佐到了南岗一家咖啡店，那个人自称是狗眼派他来的，有重要情报要向矢村机关长汇报。无论桥本和高恒书对他说什么，他都不肯说出那个秘密情报。

无奈，高恒书和桥本少佐只好带着那个人回到了特务机关，恰好矢村已经回来，和矢村一说情况，矢村立刻把那个人请了上来，那个人左右看看高恒书和桥本，矢村明白他的意思，就让桥本和高恒书先出去。在矢村面前，那个人自称瘦猴，是狗眼派他来的。

瘦猴带来了一个重要情报，这件秘密情报让矢村看到了一丝希望，津田部长给他的时间不多了，务必在有限的时间内，让零号行动有所突破。

瘦猴说杨河山是北满省委派过来的一名交通员，现在就住在恒祥旅社，他的任务是帮助哈尔滨地下党联系上苏联特工。

狗眼建议矢村立刻派人去秘密逮捕杨河山。

矢村迅速部署，当杨河山刚刚走出恒祥旅社，几个便衣动作迅猛地冲了上去。杨河山被塞进了一辆轿车里。

索菲亚教堂广场布控失败之后，矢村派高恒书立刻审讯已经抓到的杨河山和文虎。矢村的意思是，如果把这两个人放在一起审，先对杨河山用刑，就会对文虎产生强大的心理威慑，他既然和孙博文一起劫款，说不定在他那儿能打听到孙博文的下落。

他问高恒书："怎么样，你有什么困难吗？"

高恒书说："没困难，但能不能撬开他们的嘴，我不敢保证。"

审讯工作在当晚进行，日本特务机关有自己的临时牢房，就在他们办公楼的地下室内。杨河山被吊挂在梁上，他遍体鳞伤，重刑之下已体力不支。

文虎被绑在椅子上，微微地抬起头，看着高恒书命人鞭打杨河山，他不忍看到杨河山被抽打的惨状，紧紧地闭上眼睛，但耳朵里还是传来杨河山的惨叫，文虎感觉心脏都快停止跳动了。

杨河山虽然被打得几乎昏迷，但高恒书还是没有从他嘴里获得有关孙博文以及哈尔滨地下党的任何信息。于是，高恒书一挥手，让手下人停止了审讯。

高恒书轻轻地说："审讯是一门艺术，我有足够的耐心和时间摧垮你的英雄心理、抗拒心理，也有许多办法摧垮你的意志和所谓的信仰……"

杨河山挺立不语。微微地抬了一下头，看了一眼高恒书，又低了下去。

高恒书说："你何必硬挺着呢？你不说，我们也知道你的身份，你叫刘海，又叫李顺，也叫张亮，但真名是杨河山，是北满省委交通员，明天下午3点钟，你要在同发楼茶馆和哈尔滨地下党接头，使命是带来了与苏联特工新的联系方式和暗语，我说的对吗？"

杨河山不语。这一次头也没抬一下。

高恒书看了杨河山一眼，走到文虎面前。文虎好像很害怕，惶恐地低下头。

高恒书俯下身去，对文虎说："文虎，你都看见了吧？这个人很坚强，你想知道他为什么这么坚强吗？"

文虎摇摇头。

高恒书："他坚强是因为他有信仰，你有信仰吗？"

文虎犹豫一下说："我，我没有。"

高恒书说："不对吧？一个人活在世上怎么能说没信仰呢？信神、信鬼、信佛道两教、信东正、天主、基督教、伊斯兰教、日本神教、信三民主义和共产主义，你总得信一样吧？"

文虎说："我信命！"

高恒书说："信命？"

文虎说："我就信命。"

高恒书说："你不信三民主义和共产主义？"

文虎说："信它们就得掉脑袋，我不信，就信命！"

高恒书说："文虎，你很坦诚，你要是信三民主义，蒋介石的不成功便成仁会是你的心理防线，你要是信共产主义，共产党的为革命流尽最后一滴血能让你意志如铁。你信命，事情就好办多了……"

文虎说："人有钱是命，没钱也是命，有福是命，有祸还是命，有桃花运是命，没女人疼也是命，信别的不好使，就得信命，不信也不行！"

高恒书说："我们都信命，应该有共同语言。文虎，你说吧，松浦洋行的巨款被劫走，是不是你干的？"

文虎说："不是。"

高恒书说："不是？文虎，我就问你三个问题，一是孙博文和纯子到底是什么关系？二是孙博文现在又藏在哪儿？三是松浦洋行的巨款被劫走，是不是你和孙博文干的？你只要说出来，今天晚上你就能回家睡个好觉。"

文虎说："你说的孙博文是不是松浦洋行的孙博文？"

高恒书说："对，你认识他？"

文虎说："我当然认识他。纯子小姐雇用我就是为了找到孙博文，姓孙的骗了纯子小姐一大笔钱，不信你们去问纯子小姐，我身上的枪还是纯子小姐给的呢。"

高恒书说："文虎，孙博文是共产党，你包庇他就是私通共产党，是要被杀头的！"

文虎说："你别吓唬我，孙博文是不是共产党我并不清楚，我只知道他骗了纯子小姐的钱，纯子小姐让我把钱追回来。"

高恒书说："文虎，你不要跟我装傻，在松浦洋行巨款被人劫走的那天晚上，有人亲眼看见你开枪打死了押运巨款的人。"

文虎说："那你们是看花眼了，这些天，我天天晚上在妓院玩儿，根本就没去别的地方……"

高恒书说："你没去别的地方？那我再问你，昨天上午，你的兄弟文龙为了掩护孙博文逃走，被打死在市立医院又是怎么回事？"

文虎吃惊地问道："你说什么？我兄弟文龙被打死在市立医院？"

高恒书说："装糊涂？不知道？穷对付？想蒙混过去？"

文虎说："我兄弟让谁打死了？你告诉我，他让谁打死了？我，我跟他拼命！"

高恒书脸色一变，说道："文虎，我看你不像信命的！你像信共产主义的。不给你点儿颜色看看，你就不知道受刑是什么滋味！"

文虎向旁边一看，一个特务手里拿着一把电钻，正在一脸坏笑地看着文虎，然后，另一个特务把文虎的头死死固定在高背椅子上。高恒书说："文虎，今天我就用电钻，钻钻你的牙神经……"

文虎挣扎着，惊恐地喊着："我没撒谎啊，我说的都是实话，你千万别钻我……"

高恒书一挥手，刑讯人员走上前，用扩张钳子扩开了文虎的嘴。文虎吓坏了，想挣扎但无济于事。电钻开关被按住，钻头转动发出嗡嗡的响声。文虎疼得浑身乱抖，由于恐惧，脸都变形了。

电钻声音停下，文虎也停止了号叫，高恒书接着问："孙博文藏在什么地方？你说不说！"

文虎有气无力地说："我，我不知道……"

高恒书说："钻。"

电钻头伸进了文虎的口中。文虎发出惨叫声。

高恒书问："你说，还是不说？"

文虎挣扎着喊道："我操你姥姥，别钻了，我他妈的全说，钻死我了……"

高恒书说："文虎，你因祸得福，钻坏的牙，我负责给你镶上金的！"

高恒书从审讯室出来，与矢村走了个对面。高恒书向矢村汇报了审讯情况，把文虎说的孙博文的藏身之地说了一下，矢村命令高恒书，赶紧带着文虎去抓孙博文。高恒书又汇报了杨河山的情况，杨河山因为受刑过重，已经昏迷不醒。高恒书问矢村是不是要送医院。矢村觉得杨河山在没有招供之前，是不能让他死的，所以，他命人把杨河山送进了协和医院进行救治。

文虎带着高恒书来到了南岗的一幢民房前面，他们下了车，文虎说就在前面不远，走几步就到了。当拐过一个街角的时候，文虎的脚步放慢了，趁高恒书没有防备，文虎迅速扑上去，掐住高恒书的脖子，文虎一边用力，一边怒骂道："王八蛋，你是小日本操出来的？这么为他们卖命？我掐死你这个王八蛋！"

一名便衣急忙掏出枪左瞄右瞄就是不敢开枪。

文虎："老子怕痛不怕死，我让你钻，我让你钻……"

高恒书被掐得直翻白眼。一名便衣终于找到了机会，扣动了扳机。

文虎身子一震，疲软地松开了双手。

高恒书从地下爬起来，艰难地喘着气。

文虎有气无力地说："老子怕……痛，不怕死！"

便衣又扣动了扳机。

文虎头一歪，倒在血泊中。

第十一章

孙博文和江彬见过面之后，就回到了城里。虽然身处险境，但他越发感觉孤独，有一种有家难回、有国难投的尴尬，他突然想到一个人，这个人或许是他在哈尔滨的最后一个朋友了。

孙博文想到的这个人就是马迭尔旅馆的设计师罗斯柴尔德先生。几年的交往，让孙博文体会到，这个犹太老人是可以信任的。他不会因为孙博文是日本人重点缉拿的对象，或者图日本人的赏钱而出卖自己。但是，罗斯柴尔德先生的家住在市区，周围人员很杂，孙博文不得不化装一下，在自己的脸上抹黑灰，又找了一个狗皮帽子、一件羊皮袄，这身行头把孙博文打扮成了一个地道的东北农民，孙博文真的就骗过了日本人的哨卡，叩响了罗斯柴尔德先生的家门。

罗斯柴尔德先生打开门一看，先是吃了一惊，然后马上就认出了孙博文，赶忙把他拉到屋子里面，对孙博文说："孙先生，你的胆子也太大了。"

孙博文进屋子之后，就放松多了，他对罗斯柴尔德说："罗斯柴尔德先生，你如果认为我的到来会给你带来麻烦，你别为难，我可以走。"

罗斯柴尔德闷着头在修理一台钟表，好像身边没有孙博文这个人。听见孙博文说了这样一句话，他放下手中的工具说道："孙先生，咱们聊聊天吧！"

接下来的谈话渐渐地缓和了他们之间的气氛，他们谈到了犹太人，孙博文认为犹太人是一个值得尊敬的民族，他们相信《圣经》还相信钱口袋。这个民族出现过很多了不起的人物。

罗斯柴尔德纠正了一下孙博文，他说："我们也不光会做买卖，列宁，列宁知道吧，列宁从事革命活动的经费就是犹太商人哈默提供的，而马克思、毕加索也都是犹太人。"

孙博文以为自己说错了什么，就问道："罗斯柴尔德先生，难道我对犹太民族的评价有什么不妥的地方吗？"

罗斯柴尔德说："你什么也没说错。我的意思是，这么一个伟大的民族是赶不尽杀不绝的，就像你们中华民族一样，国破家亡只是暂时的，否则，上帝都不答应。你想喝点什么？"

这时候门外传来了敲门声，孙博文下意识地掏出手枪，罗斯柴尔德走到门口，往外看看，回头对孙博文说："是纯子。"

这让孙博文颇感意外，纯子怎么会来到这里呢？罗斯柴尔德打开了门，井田纯子慌张地一头闯了进来。

孙博文惊讶地问："你怎么了？"

井田纯子说："有人要暗算我，我是从医院里跑出来的。"

井田纯子说的没有错。是有人要暗算他，而且这个人就是他的亲哥哥。井田大佐曾经向城仓将军下过保证，说自己的妹妹一定是清白的，她不可能通共。但事情一点点地向不利于井田一郎的方向发展，而且城仓将军也顶了很大的压力，为此，城仓将军不惜顶撞东京派来的特派员。

在这种情况下，井田一郎不得不做出了一个艰难的决定，与其妹妹死于他人之手，不如自己先下手，这样就可以保全自己的地位和名声。他把这个想法对佐川说了，并且命令佐川执行自己的命令。

井田纯子从索菲亚教堂广场回到家中，刚一进门，就被人抓捕了。

抓捕井田纯子的人并不是佐川，而是矢村。

矢村觉得，津田部长和东京来的特派员杉山，似乎对井田纯子十分感兴趣，在得知井田纯子被捕之后，津田部长特意让人找来了协和医院的刘医生，为井田纯子测量体温，并且把她留院观察。

井田纯子看着刘医生给她抽血，在惨白的灯光之下，尖锐的针头扎进自己的血管，井田纯子感到一阵晕厥。不知过了多久，她醒了，发现自己穿着病号服躺在病床上，难道自己生病了，她问了自己一次。但是她觉得除去体温有点略高之外，没有其他的症状。他们为什么要强行让人住院，难道他们有什么不可告人的阴谋？

井田纯子就在胡思乱想之中，熬到了天亮。

上午津田玄甫曾亲自来到协和医院，向刘医生询问井田纯子的情况，刘医生说除了有点高烧，没有其他情况。

津田玄甫最怕出现的事情就是高烧，他怕纯子真的因为和孙博文接触传染了鼠疫，于是他详细询问了纯子高烧的原因，刘医生说可能是淋巴腺周围组织发炎而引起的，根本就不涉及什么传染病。

津田玄甫和杉山特派员这几天在一起就聊七三一的事情，他们也怕因为孙博文的逃跑，引起大面积的鼠疫，因此，津田下令，凡是有高烧超过38.5摄氏度的病人，一律秘密处决，防止鼠疫蔓延。

他们都知道在20年代初期，哈尔滨就曾发生过一场鼠疫，当时有一个叫伍连德的博士主持了那次防疫工作，但那次鼠疫来势很猛，死亡率几乎是百分之百，为了控制鼠疫流行，傅家甸一带的街道被纵火烧毁，并切断交通，厉行隔离，而那时的哈尔滨俄自治市议会还召开了紧急会议，呼吁世界防疫组织来哈尔滨参加防疫工作……

他们不希望哈尔滨再次发生这种事情，因为一旦发生，七三一部队难免会暴露在国际舆论之下，到时候，日本会相当被动。因此，杉山也在强调，七三一部队的秘密是帝国的甲级秘密，要不惜任何代价抓获孙博文。

有关七三一部队津田玄甫早就有所耳闻，他知道这支部队是根据天皇陛下的命令设立的细菌部队，对内称其为石井部队，对外称"关东军防疫给水部"，邮政信箱号是满洲第七三一部队，它是帝国研究细菌战的试验基地，保密程度就连飞机也要避开平房镇上空绕开飞行……

除此之外，杉山特派员还讲述了石井部队为什么要设立在哈尔滨的平房镇。

津田玄甫问道："石井部队设在了平房镇也是秘密？"

杉山说："当然是秘密，而且不是一般的秘密。"

津田玄甫感兴趣地说："不是一般的秘密？杉山君，能否说出来听听？"

杉山说："石井部队的前身是加茂部队。昭和八年，也就是满洲事变的头两年，加茂部队是设在五常县背阴河的拉林镇的，但不幸的是，有两名'原木'从那里逃走了，尽管逃走的人后来在满蒙边境被抓回来，但为了保密，我们一把火把那里烧了个精光后，细菌部队才从五常县背阴河的拉林镇迁移到哈尔滨的平房镇。"

杉山接着说："我们的钢铁资源十分缺乏，而细菌是一种廉价的武器，将来对帝国十分有价值。津田君，哈尔滨是帝国北进的根据地，我们要占领西伯利亚，洗刷日俄战争中帝国55000名官兵在西伯利亚被俘后无一生还的耻辱，离不开细菌武器的帮忙。我只想尽快抓住孙博文，保证石井部队的秘密不被泄露。"

津田玄甫说："杉山君，保住石井部队的秘密，我会尽力的。"

杉山的谈话，让津田部长更加认识到了保守住七三一部队秘密的重要性。因此，这一次，纯子被捕而且有发烧的迹象，让津田玄甫下了杀心，他要求刘医生必须按他的命令办，用一种人道主义的方式结束纯子的生命。

津田玄甫晃动两支药瓶对刘医生说："这是两支麻醉药，你如果不给那位小姐打进去，我就让人给你打进去。"

刘医生吓坏了，目光落在两支药瓶上。

津田玄甫说："你叫刘墨吧？"

医生有点惊讶地回答："我叫刘墨。"

津田玄甫说："刘墨，刘医生，你有一个新婚妻子是小学老师，她长得很漂亮，你们住在景阳街56号，你的父母也与你住在一起，你还有一个女儿，今年刚刚3岁，属于三世同堂，充满了天伦之乐的人家，我说的对吧？"

刘墨承认道："对。"

津田玄甫笑了笑："对就好。刘医生，你去吧，我在这里等你回来。"

刘墨颤抖地拿起桌子上的两支药瓶，默默地接受了津田玄甫的命令。

津田玄甫提醒道："刘医生，你要对这件事情永远保持沉默，就像你在外面有了女人，回到家里不能和老婆说一样……"

当刘墨拿着两支麻醉药，走进纯子病房的时候，吓了一跳，窗户开着，纯子已经不见踪影，他急忙找津田汇报情况。

纯子从医院跑出来，也到了罗斯柴尔德的家，她也觉得罗斯柴尔德的家会是一个避风的港湾，更有一种可能，孙博文也会是这样认为的。

果然，她见到了孙博文。

但他们的谈话让纯子十分不愉快，孙博文立场鲜明，无论自己怎么表白，甚至自己已经觉得和井田一郎划清兄妹关系，都不能让孙博文接受自己。孙博文说："纯子，说句心里话，你是日本人，我是中国人，现在你们日本人在我们中国犯下滔天罪行，把东三省变成了满洲国不说，又侵占了华北，现在又在狂轰滥炸重庆，围攻武汉……"

井田纯子说："可我和他们不一样！"

孙博文说："我承认你和那些干尽了坏事的日本人不一样，但你无法改变事实，在事实面前，还有哪一个中国人能爱上你们日本人？除非这个人死后不想入祖坟！"

井田纯子伤心地说："我明白了，民族的情感大于个人的私利，就像我一样，爱上一个中国人也是对大和民族的背叛！"

孙博文："明白就好！"

井田纯子沉默不语。过了一会儿，她说："孙博文，那我也告诉你我的态度。一辈子，我就死心塌地地爱上你了！如果你想让我用行动来证明，看到我的心，我明天就把我哥哥杀了！"

孙博文厉声说道："胡闹！"

罗斯柴尔德端着咖啡走过来。他在一旁听了好久，但他不愿意打扰他们的谈话，这会儿，他看到孙博文马上要发脾气了，而且纯子的眼泪已经把衣服弄湿，他不得不走过来对孙博文说："孙先生，你们的谈话我都听见了，纯子是位好姑娘，你为什么不能去爱她？战争能改变一切，爱情就不可以改变一切吗？在这个世界上，爱憎分明固然很重要，但爱也是没有国界的！"

孙博文说："罗斯柴尔德先生，或许你说的对……"

井田纯子说："罗斯柴尔德先生本来说的就对。"

孙博文一时语塞。

井田纯子："博文，我的爱没有任何条件，但你必须明白，你很危险，我哥哥在抓你，矢村也在抓你，你离不开我的帮助。"

说着，井田纯子从坤包里把特别通行证拿出来交给孙博文，井田纯子说："拿着它哈尔滨的宪兵队的哨卡就不会为难你了。"

孙博文拿着特别通行证翻了翻，说道："这东西也许会起作用，也许会帮倒忙。但不管怎么说，我都得谢谢你。"

井田纯子说："罗斯柴尔德先生说爱都不分国界了，你还谢什么？"

孙博文半晌没说话。

井田纯子说："你怎么不说话？"

孙博文犹豫一下，说："纯子，我还有一件事情，不知你能不能帮我做到？"

井田纯子问道："什么事情？"

孙博文说："你哥哥有记日记的习惯，而且秘不可宣。如果有可能，我想通过你哥哥的日记了解一个人。"

井田纯子说："了解谁？"

孙博文说："江彬。"

井田纯子说："我认识这个人。可你想了解他什么？"

孙博文说："每天的大事小情，你哥哥都会有记载。你能看到什么，就告诉我什么。"

井田纯子一下沉默起来。

"不过，你刚才说你的哥哥要暗算你，如果你认为有危险，可以拒绝我。"

"我哥哥虽然要暗算我，但我必须找他去问个明白，不能就这么算了。"

"纯子，这件事情对我虽然重要，但毕竟事关你的安全，你可要考虑好了。要是有危险千万别勉强。"

"这件事情，我心里有数。至少，他不敢公开把我怎么样。"

"好吧，你既然心里有数，我同意你去。纯子，这件事要是能办好，你就是功臣，中国人民眼中的功臣。"

"功臣能改变什么吗？"

"功臣就是一种改变。"

井田纯子受孙博文之托，只身来到宪兵队，看守一看是井田纯子，没敢阻拦，只是说队长不在办公室，让纯子到办公室等一下。纯子知道自己这么做是一种十分冒险的行为，但只有这样才能博得孙博文的爱，为了爱她什么都可以豁出去，甚至不惜和哥哥反目。

井田纯子在哥哥办公桌的抽屉里找到了那本日记，那一瞬间她拿日记的手有些颤抖，匆匆地翻了几页，就听见一阵急促的脚步声，她急忙把日记放回原处，这时候电话铃响了。她慌忙拿起电话："这是井田队长的办公室……"

这时候，井田一郎走了进来，纯子忙把电话交给了哥哥。井田一郎听完电话,冷冷地审视着自己的妹妹。纯子从他的眼神里感到亲情已经不再,她谎称妈妈来信,让自己回老家,所以连夜来跟哥哥商量一下。

井田一郎摆摆手说:"不用商量了,收拾东西,你明天就出发吧。"

井田纯子告辞了哥哥,准备回到自己的住所,她的汽车开到瓦街的时候,对面也来了一辆车,纯子减速慢行,但那辆车直接奔着自己的车头而来,大灯光芒雪亮,纯子睁不开眼睛,立即刹车。

对方的车上下来几个男人,打开纯子的车门,几把枪口指向了纯子。纯子挣扎着,但对方没有一个人开口说话,她被带到了一栋小楼里面,迎接她的是一张陌生的面孔。

那人自称叫杉山,是东京派来的特派员,监督这次零号行动的执行情况。杉山特派员解开了纯子身上的绳子,这让纯子感到很意外,杉山和纯子坦白了自己日本海军司令部参谋的身份,并向纯子转达了海军司令山本五十六的问候。

杉山说:"对不起,纯子小姐,让你受苦了。"

井田纯子恭敬地说:"杉山特派员,为了国家的利益,我受点苦不算什么。"

杉山忧心忡忡地说:"陆军现在权力熏天,不可一世,天皇陛下拿他们也没有办法。而山本将军由于极力反对国家与德国及意大利结成同盟,日子并不好过。"

井田纯子问道:"杉山君,为了一个孙博文,关东军制定了零号行动,这里面到底有什么内幕?"

杉山说:"零号行动没秘密,抓孙博文就是防止他和苏联特工接头。"

井田纯子说:"可我们是海军情报系统的人,派你来监督零号行动,不是插手陆军的事情,他们怎么会同意你来当零号行动的特派员?"

杉山笑了笑说:"我现在是受天皇陛下的直接派遣,东条英机陆相不得不给面子。但从这件事情可以看出,天皇陛下已经倾向南进计划了。"

井田纯子似乎明白了什么。

杉山问道:"纯子,你接近孙博文,真正的目的就是为了打入苏俄?"

井田纯子说:"是的。打入苏俄是我最大的梦想。杉山君,从明治时代开始，从事情报活动就被视为最大的爱国。而我个人认为，倘若能打入苏俄，获得几份高端的情报，也许在很短的时间内，就会提升我们国家的实力。"

杉山说："你说的不错。日清战争中，支那人的北洋水师被打沉海底，应归功于我们的情报先行；日俄战争中，大日本帝国之所以取得胜利，情报工作起到很大的作用。可惜，你的梦想不能实现了，我来哈尔滨的目的就是抓到孙博文。纯子，你要服从这个命令，服从国家的利益，帮助我们抓住孙博文。"

听说要抓孙博文，井田纯子沉默了。

杉山说："我在问你话，听见没有？"

井田纯子依然不语。

杉山问："你爱上了孙博文？"

井田纯子冷冷一笑说："我怎么会爱上一个支那人？杉山君，做情报工作，有的人或起卧于污秽之室，穿得鹑衣百结，有的人或扮苦力，所食不过粟粥而已。而我与孙博文周旋，所愿只是做川岛芳子第二，做满洲阿菊第二。"

杉山赞叹道："你的抱负很好，这是大和民族征服世界的根基！"

井田纯子低眉垂眼，说道："谢谢杉山君的夸奖。"

杉山压低声音，问道："孙博文现在躲在什么地方？"

井田纯子说："罗斯柴尔德家。"

杉山问："罗斯柴尔德是谁？"

井田纯子说："一个犹太人……"

孙博文杀死了一个日本士兵，换下了他的衣服，再次出现在罗斯柴尔德先生家里的时候，罗斯柴尔德吓了一大跳，他觉得孙博文是一个非常聪明的人，这身行头加上孙博文一口流利的日语，日本人根本分别不出他到底是日本人还是中国人。

孙博文要去同发楼，这又是一次冒险的行为，他只能相信一次江彬，他觉得江彬能够把自己的要求转告给林雅茹，林雅茹听说自己约她，肯定能到同发楼来。

实际上，江彬和林雅茹见面的时候，带来一个坏消息，他告诉林雅茹，梁万堂和老朴都被处死了。

林雅茹大吃一惊，她认为老梁和老朴都是有着丰富的对敌斗争经验的，怎么能在敌人面前轻易暴露自己的反满抗日目的呢，她把自己这个想法说给江彬，江彬也是这种看法，但江彬说出了自己的分析："正因为老梁和老朴不会轻易暴露自己，我们就更应该坚定对孙博文的怀疑。你别忘了，孙博文是认识老朴的，他只要指认了老朴，就会牵扯出老梁……"

林雅茹说："江彬，你又在胡说八道是不是？"

江彬严肃地说："都什么时候了，你还对孙博文抱有幻想？林雅茹，我问你，按照你的说法，孙博文如果没叛变，那么，老梁和老朴又是怎么牺牲的？"

林雅茹被问住了。

林雅茹回到家里，把江彬说的消息汇报给了母亲，母亲对这两个人的牺牲感到很惋惜。但对江彬说孙博文就是叛徒，林雅茹感到母亲还是有保留意见的。

但林雅茹反复咀嚼，总觉得江彬有点不太对劲。因为自始至终，说孙博文叛变的只有江彬一个人。

母亲说："单线联系往往就是一面之词，重要的是掌握证据，但现在你有什么证据能证明两个联络点被破坏和江彬有关，何况，没有江彬的及时报信，我们的组织很可能会又一次遭到灭顶之灾……"

林雅茹说："妈，如果换一个角度分析呢？"

母亲说："换什么角度？"

林雅茹说："孙博文被捕时，郎久亭在那里早有埋伏，而知道孙博文要去松浦洋行的人，除了刘桐就是江彬了。"

林母说："你心里的这些怀疑，跟老梁说过吗？"

林雅茹说："说过，可他听不进去我的意见。"

按照狗眼提供的情报，矢村决定在同发楼茶馆逮捕前来和北满省委交通员杨河山接头的哈尔滨地下党。他让高恒书执行这项任务。这是因为矢村还没有完全放弃对高恒书的考察，他一向觉得高恒书是满洲之狐最大的怀疑对象，因为高恒书做得太完美了，没有给他抓到那么一丝的把柄，矢村就是这样的一个怪人，他把谍报工作看成一门艺术，因此，很多时候他都没有按照人们的惯性思维做事，所以，在良子等人看来，矢村机关长怀疑高恒书显得那么不可思议。

临行前，矢村问高恒书："这次去同发楼接头，你认为把握有多大？"

高恒书说："这是赌博，机关长。"

矢村说："赌博？不错，这的确是一场赌博。但有你高课长在，我们会成为赢家的。去吧，我等着你的好消息……"

茶馆热闹异常。突然来的这些客人，让小二都有点忙不过来了。

铁门栓坐在角落里，孙博文的照片握在他手中。门口茶客有进有出。铁门栓认真地按照手里的照片对比着进来的人。

张依萍从门外走进来，看准一个位置走过去。早已经在同发楼等候的高恒书看见张依萍走进来，目光就跟随着她，直到张依萍落座，高恒书才端起茶碗轻轻地喝了一口。

高恒书刚放下茶碗，一个日本军官就走了进来，日本军官不慌不忙地走进茶楼，环顾一下四座，然后朝一个空位走过去。铁门栓也注意到了这个日本军官，他拿着照片比对一下，却没有发现眼前这个满脸麻子的日本军官就是孙博文。

孙博文挑了一个位置坐下去，越过一位茶客的肩膀，孙博文突然发现了高恒书，不由得一愣。他想，高恒书怎么也来凑热闹，难道他要见林雅茹这件事情走漏了风声？矢村的人已经在周围做了埋伏，看来是非之地不可久留。他刚要起身离开，林雅茹就走进茶馆。高恒书的目光投向林雅茹。孙博文不敢妄动，他不动声色地观察着林雅茹和高恒书。

张依萍无意中看了孙博文一眼。头一眼，她没有在意，但目光挪走后似乎又意识到什么，再次看向孙博文，她想起了井田大佐在马迭尔西餐厅曾经拿着孙博文的照片给维塔什先生看过，虽然那张脸上长出了日本小胡子，皮肤也成了麻子，这些都逃不过张依萍的眼睛，她一看就知道这个人是化过装的。而且张依萍已经能够断定他就是孙博文。

　　忽然一个陌生人突然坐在了林雅茹的对面，林雅茹警惕地打量着陌生人。陌生人还没有开口，铁门栓率人一拥而上。陌生人一个"哎"没来得及出口一团布已塞入他嘴中。铁门栓得意洋洋地说："带走……"

　　看见有人抓人，茶馆里的茶客一片大乱，林雅茹见情况有异，果断地起身走了。孙博文趁乱也跟了出去。

　　林雅茹走在大街上，她觉得后面有个便衣在跟踪自己，于是，她加快脚步想甩掉那个家伙，跟踪林雅茹的便衣走到墙角处收住脚步，他想探头看一下，刚把脑袋探出去，就觉得后脑被人重重地打了一下，然后意识就中断了。

　　孙博文收拾了便衣，再去找林雅茹，她已经踪迹不见，孙博文只好顺着马路往前走，恰巧前面来了两个警察，孙博文认识，他们就是郎久亭手下的贺六和小老五。贺六和小老五一看日本人打扮的孙博文，赶紧上去打溜须，孙博文怕他们认出自己，就用日语和他们交谈，这两个小子哪里懂得日语，孙博文就拍着他们的肩膀，然后竖了一下大拇指，那意思是表扬他们。贺六和小老五一看太君都表扬自己了，乐得屁颠屁颠的，在孙博文面前点头哈腰，露出了无耻的奴才相。

　　这些都被林雅茹看见了，她不仅看见了贺六、小老五的奴才相，也认出了化了装的孙博文，林雅茹在同发楼茶馆的时候就已经看出孙博文了，这个世界上恐怕没有人能比林雅茹更了解孙博文，无论他什么样子，他举手投足的每一个动作，都逃不过林雅茹的双眼。

　　林雅茹想到在同发楼宪兵队来抓人，而孙博文和两个警察之间又打得火热，不由得让她想起了江彬的话，江彬一直在说孙博文已经叛变，林雅茹根本就不相信孙博文会当叛徒，可是今天同发楼的情景，多多少少动摇了她对孙博文原有的看法。

　　林雅茹刚要拿出枪去找"叛徒"孙博文，身后有一个人拍了她的肩膀一下，回头一看竟是魏辉，魏辉说林雅茹走了之后，老家贼就收到了满洲之狐的情报，说北满省委派来的杨河山已经被捕，日本人已经在同发楼设下了埋伏，老家贼出于对林雅茹安全的着想，特意派魏辉来照顾她的。

林雅茹和魏辉挽着手，扮作一对情侣，躲开日本人的视线，悄悄地离开了危险地带。孙博文打发走贺六和小老五，想再找林雅茹的时候，大街上连一个人影都没有了。

　　他怔了一下，心想，人怎么瞬间都没有了呢？这时候，他听到一个陌生女人的声音，那个声音让他不要说话，默默地跟着她走。然后孙博文看见一个女人挎着时尚的法国坤包，穿着一身黑色的旗袍，走到了自己前面。

　　孙博文警觉地向四周看看，心想她怎么知道自己的名字，管她呢，先跟上去再说。那个女人说自己叫张依萍，是共产国际派来的，为了让孙博文相信她的话，她说党的六大在莫斯科召开时，她是上海代表团的工作人员。张依萍说："当时，我们从哈尔滨下车后，是你一路上把我们护送到了满洲里。"

　　孙博文面无表情地说："我对你一点儿印象也没有。而且事隔多年，你怎么还能认出我？"

　　张依萍淡淡一笑，说道："我在化装术方面是专家，而你的照片贴满了哈尔滨的大街小巷，你逃不过我的眼睛。"

　　为了弄清楚眼前这个女人是不是在欺骗自己，孙博文就问了几个和六大相关的问题，第一个就是六大代表在哈尔滨转车时，每个人的接头物件是什么。

　　张依萍丝毫都没有犹豫，立刻回答："一根折断的火柴。"

　　孙博文又问："党中央当时分配给满洲临时省委几个名额？"

　　张依萍回答得更干脆："五个名额。"

　　孙博文接着问："都是谁？"

　　张依萍笑了笑："唐韵超、王福全、于冶勋、朱秀春和张任光。"

　　看张依萍对答如流，孙博文似乎放下心来。

　　张依萍说自己之所以来到哈尔滨，是奉别尔津的命令，因为野狼来之前便已暴露行踪，别尔津为了保险起见，执行了他的第二套方案。张依萍说："我的任务和野狼一样，如果说有什么不同，我联系你们的渠道是通过共产国际在哈尔滨的情报站……"

　　但是，张依萍并没有和孙博文说自己已经和哈尔滨情报站的负责人苏梓元取得了联系，张依萍讲完这些，就心切地想知道野狼的情况。

孙博文说野狼已经和自己联系上了，并且把密电码交到了自己的手上，可是，自己却在这个时候和哈尔滨地下党的党组织断了联系。

孙博文说："不瞒你说，我被捕后，我们的两个联络站相继被破坏，可能是这个原因，组织切断了我的关系。"

张依萍提出要帮助孙博文寻找组织，但被孙博文拒绝了，他觉得自己都找不到，这个张依萍人生地不熟的更加难以办到，张依萍也看出了孙博文的意思，但她觉得孙博文对组织上切断和他的联系颇有情绪。

孙博文变得冷峻起来，说道："我不是有情绪，我是着急，说实话，张依萍同志，我怀疑组织内部有叛徒，是这个叛徒把水搅浑了……"

孙博文说他必须查出叛徒是谁，这样才能证明他的清白。孙博文说，"而且还不仅仅是证明我的清白。张依萍同志，为了掩护野狼，我们整整牺牲了一个抗联小分队和那么多的好同志好战友。我要是不完成任务，我对不起他们！"

两个人临分手的时候，孙博文说晚上他要配合野狼除掉柳什科夫，现在他要去弄一辆汽车。张依萍认为野狼的做法过于冒险，日本人给柳什科夫做庆功会，肯定不会大张旗鼓还上报纸，这里面一定有诈。孙博文说，"你说的没错，但野狼需要做点有动静的事情。"

张依萍开始埋怨野狼，孙博文觉得张依萍话语里关切的成分要大于对野狼的埋怨。最后，张依萍嘱咐孙博文，见到野狼千万不能提她已经来到哈尔滨的事情，这是别尔津将军的命令。

如果不是半路上遇到张依萍，孙博文可能早就回到了罗斯柴尔德的家。如果他早一步走进罗斯柴尔德的家，等待他的将是几个黑洞洞的枪口和一张已经变得疯狂和凶残的脸。

这张脸不是别人的脸，而是井田纯子的脸。

井田纯子再次回到罗斯柴尔德家里，目的就是要逮捕孙博文，她完全改变了过去那一副小鸟依人、柔柔弱弱的样子，转身一变，杀气腾腾。

但这些，孙博文都无缘看到了。

孙博文和张依萍分手以后，给罗斯柴尔德家里打了一个电话，是井田纯子接的，井田纯子谎称自己已经从哥哥的日记中发现了江彬的动向，让孙博文快点儿回来。孙博文说马上就到。

　　但就在他走到罗斯柴尔德家前面的时候，一声巨大的响声，孙博文看到罗斯柴尔德家的窗户玻璃都被震得粉碎，很快，那栋小楼起火了。

　　孙博文不知道发生了什么事情，但屋子里的人、罗斯柴尔德和井田纯子在这次爆炸中多半已经遇难，这让孙博文感到十分痛苦。很快，警察厅的人来了，孙博文不敢靠近，只好离开这里。

　　警察们发现了纯子的尸体，面部已经炸得模糊，他们把纯子带到了宪兵队，井田一郎一看妹妹的惨死，很悲痛地要人们给纯子的死一个合理的解释。矢村当然不能放过这个刺激井田一郎的机会，他主张要给纯子安排一个通共的罪行。

　　但这个建议马上就受到杉山特派员的否定，杉山说："纯子是为了圣战死的，她是大和民族的骄傲，你们应该为她感到自豪才对。"

　　杉山的结论，让矢村和井田一郎都难以理解。但杉山并没有过多地和他们解释纯子为什么是英雄，为什么值得骄傲，而是进一步催逼着井田一郎和矢村，尽快完成零号行动，要在剩下的四天时间内，抓获孙博文。杉山说："四天的时间转眼就到，四天过后，要是还抓不住孙博文和苏联特工，你们俩恐怕就要躺在这里了。到了那个时候，你们和纯子没法比，纯子是要进靖国神社的，而你们俩埋在满洲国更合适一些。"

第十二章

铁门栓把抓到的那个人从同发楼带到郎久亭面前，郎久亭一看这哪里是什么孙博文，上去就抽了铁门栓两个嘴巴。这两个大嘴巴，把铁门栓打得眼冒金星，在原地转了两圈，郎久亭大喊骂道："妈拉个巴子，真是废物，这根本不是孙博文！"

铁门栓知道自己抓错了人，害怕地往后缩。

郎久亭看着江彬，有些不满地说："江老弟，井田队长马上就到了，但人抓错了，妈拉个巴子，你说该怎么收场吧……"

江彬刚要说什么，井田一郎闯了进来，郎久亭和江彬急忙立正，井田一郎恶狠狠地看向江彬。

江彬紧张地说："队长，我们在同发楼茶馆并没有发现孙博文……"

井田一郎说："是孙博文没去，还是他去了你没有发现？"

江彬肯定地说道："他没去。"

井田一郎寻思一下说："孙博文不是急于见林茹雅吗？他怎么会不去同发楼茶馆？"

江彬说："我估计是大街上搜查很严，孙博文不可能顺顺当当赶到同发楼茶馆。"

井田一郎说："高恒书为什么也去了同发楼茶馆？"

江彬困惑地摇摇头，说道："不知道。"

井田一郎说："高恒书平时常去同发楼茶馆喝茶吗？"

江彬说："不清楚。不过，林雅茹突然提前离开了同发楼后，高恒书紧接着也追出了茶馆，看他的表情，他好像发现了林雅茹，想动手又晚了一步。"

井田一郎说："江先生，你既然肯定孙博文没去同发楼，为什么又命令铁门栓逮捕坐在林雅茹对面的人？"

江彬说："队长，当我发现林雅茹后，我担心孙博文已经混进了同发楼，我是害怕林雅茹和孙博文接触上，那样我就会暴露……"

井田一郎沉下脸，声音低沉地说道："江先生，你太沉不住气了……"

江彬擦了下汗，说道："队长，你要是不放心，我是不是约见林雅茹试探她一下，摸摸底，看看她是什么反应？"

井田一郎说："你可以去试一试。"

林雅茹回到家里，见到母亲，脸上已经挂满了失望的神情，母亲关切地问他发生了什么事情，林雅茹就把在同发楼看到的情况说了一遍，然后，她对母亲说："孙博文叛变了。"

母亲听完林雅茹的汇报，对林雅茹说孙博文如果真的叛变，党组织会对他作出惩罚的，但最好还是能找到确凿的证据，我们党要做到绝不冤枉一个好人，也绝不放过一个坏人。

然后，老家贼又布置了一项新的任务，老家贼获得情报，杨河山被送到了协和医院，老家贼决定要救出杨河山。她已经和哈东游击队取得联系，他们按照命令正在进城，现在林雅茹的任务就是要通知江彬弄到一辆汽车，然后找到协和医院的徐宪勋大夫，这个人原是地下党外围组织口琴社的成员，口琴社被敌人破坏后就一直隐蔽在协和医院，至今身份没有暴露。

林雅茹按照母亲的安排，和江彬在马尔斯咖啡厅见面，江彬也想利用这个机会打探一下林雅茹同发楼之后的情况，尤其是他们对自己是什么态度，但结果却大大超出自己预料，林雅茹已经相信孙博文叛党了，而且，江彬感到，林雅茹对自己越来越信任了。

林雅茹提出让江彬弄一辆汽车，江彬满口答应，他们约定明天下午3点半，在外国三道街见面，然后两人就分头离开了咖啡厅。

郎久亭被井田一郎臭损一顿，心情十分低落，看什么都不顺眼，他气呼呼地离开了宪兵队，想回家小睡一会儿。郎久亭边走边寻思，这个孙博文也真他妈的鬼道，简直比耗子还精。怎么就抓不住他呢，难道自己手下的人，个个都是废物，想当年在山上，自己一声号令，那么大地方尽管戒备森严，不都让自己给端过窝吗？

郎久亭垂头丧气地回到家，一抬头，却发现孙博文微笑着坐在太师椅上正望着自己。郎久亭以为自己眼花了，还是大白天做噩梦，吓得差点儿没坐在地上。

孙博文说："郎厅长，久违了。"

郎久亭刚想掏枪，但一眼看见孙博文正摆弄一支枪，不得不改变了主意，说道："行，妈拉个巴子，你孙博文有种，你把哈尔滨折腾得天翻地覆，现在竟跑到我家里来做客了。行，你小子不是一般的有种。"

孙博文无动于衷。

郎久亭接着说："孙博文，不是我吓唬你，我这个家门不是好进的，只要我使个眼色，飞进我家的蚊子都会扑上来咬死你……"

孙博文指了指一个小板凳，说道，"郎厅长，你抓我忙了一天了，坐下说话。"

郎久亭冷笑道："孙博文，你也别故作镇静。我问你，你小子是走投无路了，跑到我这里来躲躲，还是来投降的？"

孙博文说："郎厅长，我今天来，既不是走投无路，也不是来投降的，我是来找你借一辆车用用。"

郎久亭摸不着头脑，问道："借车？借什么车？"

"你的专车，雪佛兰轿车。"

"你想离开哈尔滨？"

"你们这么抓我，我总得找个活路吧？"

郎久亭想了想，说道："好，我把雪佛兰轿车借给你，从今往后，你愿上哪儿上哪儿，我对你的去向绝对守口如瓶。"

孙博文说："同意了？"

郎久亭说："我不同意你也不会答应。"

"郎厅长，我再向你打听一件事儿。"

"你又想套情报？"

"就算是吧。"

郎久亭气恼地说道："孙博文，你还有完没完了？今天你问到底，我这张嘴也不会对你说出一个字的情报。"

孙博文说："郎厅长，你在松浦洋行抓我时，看得出来，你是早有准备，说吧，是谁向你提供了我要去松浦洋行的情报？"

郎久亭说："我不知道是谁提供的情报，当时我只负责在松浦洋行设伏。"

孙博文琢磨一下说："郎厅长，田家烧锅的岗是你的部下？"

"是我的部下，怎么了？"

"明天你把田家烧锅的岗给我撤了。"

"撤了？为什么？"

"让你撤你就撤。"

"好，好。我撤！"

孙博文警告地说："郎厅长，我把丑话说在前面，你要是敢跟我玩儿心眼儿，耍滑头，或者我要有个三长两短，这么说吧，我出门要是摔个跟头都和你有关。你以往为我们提供的情报，就会有人随时摆在井田一郎和矢村的办公桌上！"

郎久亭说："孙博文，你对我仗义点好不好？你的事儿我办，我的事儿你也得替我考虑吧？跟你玩儿心眼儿，耍滑头，我敢吗？"

孙博文笑了笑说："雪佛兰轿车的汽油是满的吗？"

郎久亭说："够你跑到牡丹江了。"

柳什科夫自从来到哈尔滨之后，就没有睡过一天安稳觉。虽然矢村在他的住所安排士兵每天站岗巡逻，柳什科夫仿佛中魔一般的缺乏安全感。这让他难以集中精力和敢死队进行交流，为此矢村派良子好好照顾柳什科夫的生活，柳什科夫只有每天都疯狂折磨良子之后，才能稍微安静下来，睡上一会儿。他常常做一些被人追杀的噩梦，常在午夜醒来，恍惚地看着窗外，仿佛有人在监视他，好几次他拿起枪，对着窗子射击，枪声响后，他并没有看到目标。

柳什科夫在德国领事馆看到野狼之后，就更加深居简出，不敢到公共场合抛头露面了。但狡猾的野狼还是嗅到了柳什科夫特殊的气味。

野狼通过华梅西餐厅送餐的服务生，打听到了一个俄国人住在日本街16号的一栋小楼里，这个俄国人身边经常出现一个日本女人，服务生看不准他们是情侣还是什么别的关系，但这个俄国人十分喜欢吃华梅西餐厅做的正宗的俄罗斯灌羊。

一个月黑风高的夜晚，野狼悄悄地溜到了日本街16号。负责保卫柳什科夫的桥本少佐和野狼有过正面的接触，但十分遗憾，桥本少佐还没有看清楚野狼的模样，就被打晕了。但野狼也感觉到遭到了埋伏，于是，没有急于寻找柳什科夫就离开了。

为了不暴露自己的身份，野狼偷偷地给华梅西餐厅的服务生一笔钱，打发他离开了哈尔滨。从那以后，柳什科夫隔三差五就要求更换居住地点，来躲避野狼的追踪。

矢村后来感到十分厌烦，曾扬言要把柳什科夫送到斯大林的克里姆林宫，因为对柳什科夫来说，那里最安全。柳什科夫听见这个话之后，就不敢轻易暴露出自己对矢村的不满情绪。因此，他对良子身体的需求就更加变本加厉。

直到矢村为了完成零号行动亲手设计为柳什科夫摆庆功宴，柳什科夫对矢村的不满情绪终于完全爆发。他要求矢村立刻送他去东京，否则他将不参与刺杀斯大林的猎熊行动。柳什科夫威胁矢村说："没有我，你们刺杀斯大林的计划根本就无法成功。"

矢村要为柳什科夫摆一个庆功宴会，一方面是要利用柳什科夫引出野狼，另一方面也是要给柳什科夫一个教训，让他以后乖乖地听从自己的安排。当柳什科夫出现了敌对情绪的时候，矢村表现出了强硬的态度。

良子一看矢村的态度，立刻拿出枪对着柳什科夫的脑袋，对柳什科夫恐吓道："你最好听从机关长的命令，如果你想活下去的话。"

矢村暂时还不想除掉柳什科夫，因为他觉得柳什科夫还有那么一点点利用价值。矢村对良子说："不要这么野蛮地对待柳什科夫先生。"然后又对柳什科夫说："柳什科夫先生，如果你不想让我把你交给别尔津将军，你就听我的安排，我和你保证，我对你的安全负责。"

柳什科夫寄人篱下，期待人家的保护，只好迁就顺从下去，他内心非常矛盾，一方面他希望猎熊行动能够成功，证明他的价值；另一方面，他又希望猎熊行动拖延下去一点，高恒书活埋白俄敢死队的惨烈情景让他记忆犹新，如果自己失去了利用价值，下场会不会和那个白俄一样呢？一想到这些，柳什科夫那张本来就很白的脸，立刻变得更加惨白。

矢村料定野狼一定会来参加为柳什科夫准备的庆功会。因此，他信心十足地做着会前的准备工作，没有发现什么破绽之后，矢村端起一杯咖啡，静静地等待着野狼的光临。

庆功会的举办地点是中东铁路俱乐部，在日本人没有占领哈尔滨时期，这个地点曾经一度被俄国人控制，前来参加活动的大多数是中东铁路的高级职员，每天灯红酒绿，是哈尔滨当时最高档的娱乐场所。

矢村带着特务机关的所有人都在中东铁路俱乐部的门口，恭候柳什科夫的到来，这时候，一辆轿车驶了过来，稳稳地停在俱乐部门口，车门打来，柳什科夫压低帽檐儿从小轿车里钻了出来。矢村带着人给柳什科夫鼓掌欢迎，在掌声中，矢村听见一声枪响，然后他看见柳什科夫一头栽倒在地上。

见有人死了，围观人群一阵大乱，矢村手下的便衣一拥而上，查找可疑人员。这时候一辆雪佛兰轿车从中东铁路俱乐部的门前驶过，车里的伊万诺维奇瞄了一眼倒在地上的柳什科夫，对开车的孙博文说："是那个该死的家伙。"随即，轿车开走了。

矢村没有抓到开枪的凶手，十分生气。他吩咐特务机关的所有人员都要到宴会厅开会。人员到齐之后，分成两排坐在一张大会议桌周围，桌子上没有菜，每个人面前只有一杯酒。

矢村阴着脸站在长桌前端，鹰隼一般的目光依次扫过高恒书、良子、桥本等人："今天晚上，我设计引诱野狼上钩，本以为野狼能上这个当，但野狼这个家伙很狡猾地逃跑了。不过，我对此也早有防范，柳什科夫当然安然无恙。就算打了个平手。"

特务们屏声静气，目不斜视地在听着。

矢村接着说道："不过，我得承认，我们在苏联特工和孙博文的面前还是没占到便宜，可以说是屡屡失败，不承认这一点不行……"

桥本乜斜一眼矢村。

矢村继续说道："作为机关长，我还得承认我无能，至今没查出谁是满洲之狐，谁是内鬼……"

矢村一提到内鬼和满洲之狐，屋子里的气氛立刻变得紧张起来，大多数特务都低着头，不敢乱看。

矢村接着说："为了在七天之内完成零号行动，城仓司令对井田队长说在任务面前有四条出路：一是马上抓到孙博文和苏联特工，二是日本式的切腹，三是中国式的悬梁，四是欧洲风格的饮弹自毙。除了这四条路，没有其他路可走！"

有人开始小声议论。

矢村说："但是，在我这里还有第五条路，诸位，请端起酒杯。"

酒杯被纷纷端起。

矢村说："我这第五条路，是为满洲之狐和内鬼准备的。说得再明白一点，就是……我已经在我所怀疑的对象的酒里下了毒药……"

特务中间有人闻言惊慌失措，脸色大变。

矢村挨个儿扫视特务们，说道："既然是怀疑对象，当然不是几个人的问题，其中难免有冤死的。这么做尽管有些残忍，连累无辜，但为了猎熊行动的成功，为了大日本帝国的利益，今天必须死几个人！"

矢村边说边观察在场人员的脸色，果然，有人端起酒杯的手开始颤抖，房间里静极了，矢村走到高恒书面前，摸住他左手的脉搏。

矢村说："高课长，酒里的毒药是剧毒，喝下去七秒钟之内必死无疑。据说，酒里毒药的配方来自宫廷。许多忠于朝廷的大臣都死于这种毒酒。"

高恒书面不改色地站立着。

矢村走到良子面前，说道："世界上有多种死法，跳楼、投河、上吊、撞墙、被枪毙，但七秒钟之内就丧失意志，我认为是最幸福的一种死法。良子，你说呢？"

良子说："还有一种死法也很幸福。"

矢村说："什么死法？"

良子说："心肌梗死。"

矢村来到桥本面前，说道："桥本少佐，你认为世界上还有哪一种死法更好呢？"

桥本端酒杯的手在抖。

矢村看在眼里："桥本少佐，我听说你在鹿儿岛的家人出事了？"

桥本沉不住气了，端酒杯的手抖得更厉害了。

矢村突然喝道："全体都有了，把酒喝下去！"

高恒书一饮而尽。良子略一犹豫，也一饮而尽。桥本迟疑着，端酒杯的手在猛抖。另有几个人，或迟疑或发抖或酒杯端到嘴边不敢喝下去。

矢村淡淡一笑，命令说："来人！"门打开，冲进一拨儿特务。矢村手指桥本等几个人："把他们押下去！"

矢村微微笑了一下："其实，酒里都没有下毒药，我不过是通过这种手段查谁是内鬼谁是满洲之狐。现在看来，押出去的这几个人活不到天亮了。"

矢村把审讯桥本的任务交给了高恒书，面对高恒书的审讯，桥本只是惨淡的一笑。他丝毫没有把矢村所说的当一回事，在他心中，老家鹿儿岛的亲人，既然已经被井田一郎释放了，他便再也没有牵挂了。

于是，他和高恒书坦白了自己为宪兵队提供过情报的事情，也说明了自己是在井田一郎的要挟之下，不得已而为之的。高恒书看桥本说得很真诚，相信他并没有撒谎，但高恒书受矢村之命，还想从桥本身上查出满洲之狐的身份。

高恒书说："桥本少佐，矢村机关长让我转告你，你要是能提供有用的线索，查出满洲之狐，可以将功抵罪。"

桥本终于开口了，他说出了一个人的名字，这让高恒书感到很意外，不仅高恒书感觉如此，矢村和正在监听高恒书审讯的良子，都感到矢村实在是不可思议，尤其是良子，当她听见桥本说自己就是满洲之狐的时候，立刻摘下了耳机，匆匆地走出监听室，顺着走廊跑过去，闯进了审讯室。

良子二话没说，眼睛直勾勾地看着桥本，牙齿咬得很紧，桥本一看是良子，并没有惊慌，而是对高恒书说："我要见机关长，我有良子是满洲之狐的证据。"

说完这句话，良子手里就多出了一把手枪，高恒书刚要上前阻拦，良子已经扣响了扳机，桥本少佐中枪之后，还用右手指了指良子，然后慢慢地倒地死亡。

矢村紧跟着走进审讯室，良子打死桥本，他十分恼怒，命令手下人把良子的手枪下了，并且关良子禁闭一周，以示惩罚。

矢村又命令高恒书，对桥本举报良子的话也不可不信，赶紧搜查桥本和良子的宿舍，看能否查到一些线索。

高恒书领命下去了。矢村回到办公室，看到桌子上那张孙博文的照片，心里在想，他是否找到野狼了呢？这个人如果不早日抓住，实在是太危险了。

而此时的孙博文，已经开着郎久亭的小轿车，把野狼送回了意大利使馆区的住处，然后他想起了文闻，于是开车到文闻家门口，刚好赶上她下班回家，文闻说昨天夜里，一个叫杨河山的人被日本人送进医院，看样子好像是受刑过重，需要抢救，医院里就让徐宪勋大夫和自己给他进行抢救，一忙活就是小半夜，这是刚从医院回家。

孙博文一听徐宪勋抢救的是杨河山，心里暗自高兴，因为他听江彬说过，北满省委派来的特派员就叫杨河山，于是，他和文闻说自己要把杨河山救出来，文闻不理解孙博文为什么要这么做，孙博文说，他只有找到杨河山，才能通过杨河山寻找到组织上的人，才能证明自己的清白。

文闻理解孙博文被冤枉的情况，她觉得孙博文是一个可以信任的男人，他说什么话自己都愿意听，他让做什么事情，自己都愿意去做。文闻答应孙博文，明天再给杨河山换药的时候，帮助孙博文救出杨河山。

孙博文交代完明天的事情，就准备离开。文闻却把他拦下，问孙博文自己的两个哥哥到底干什么去了，已经好几天没有回家了。孙博文本想隐瞒不说，但一看文闻那可怜的样子，心想长痛不如短痛，就把文龙文虎被日本人打死的事情告诉了她。文闻一听这个消息，当时就昏厥过去。

当文闻再次睁开眼睛的时候，孙博文坐在她的身边："你醒了，可把我吓死了。"文闻的手紧紧地攥住孙博文的手，眼泪在眼窝里逛悠几圈，终于淌了出来，边哭边说："孙先生，我的两个哥哥都已经死了，以后我就剩下你一个亲人了。"

孙博文感到对文闻十分歉疚，可以说文龙文虎都是因为自己才死的，如果没有自己对他们讲了共产党的事情，他们也不会对共产党的事业那么向往，如果，如果，孙博文想了很多个如果，随便一个如果，文龙文虎都不会死。可是，过去的事情，根本就不承认这个"如果"二字。孙博文和文闻都要承认这个残酷的现实。

孙博文抚摸着文闻的头发说："文闻，从今以后我就是你亲哥哥。"

文闻一听这话，哭得更加厉害。第二天一早，文闻起床洗脸，一看镜子里的自己就像变了一个人似的，眼睛肿得像熊猫一般。她略微地擦了点粉，就匆匆忙忙上班去了。

文闻快到协和医院门口的时候，看见林雅茹从医院走了出来，林雅茹是她在医专的同学，毕业后她俩一个分配到市立医院当医生，一个在协和医院做护士，几年来虽然在一个城市，但并不常来往，这一次，文闻如果不是有任务在身，一定要追上去和林雅茹来个拥抱，然后交流一下毕业后这些年的情况。文闻躲到一棵树后面，看林雅茹走远，才走进医院。

老家贼得知杨河山被送进协和医院治疗的消息之后，就想把杨河山解救出来，林雅茹说协和医院的徐宪勋大夫曾经是哈尔滨地下党外围组织口琴社的成员，口琴社被破坏掉之后，他因为有着医生职业的掩护，并没有暴露自己。于是林雅茹受命于老家贼来找徐宪勋，设法营救杨河山。

下午3点半，杨河山被徐宪勋和文闻抬进一辆奥斯汀小轿车的时候，徐宪勋看到司机就愣了，他不明白开车的人怎么变成了孙博文，而孙博文是全城都在缉拿的要犯。更重要的是，孙博文从来都没有和自己说明要救走杨河山。

那么，林雅茹干吗去了呢？她和孙博文是一伙的吗？徐宪勋一路上心里面就在犯嘀咕。孙博文把汽车停在一座豪宅门口，让文闻和徐宪勋把杨河山抬下车之后，徐宪勋更加摸不清是怎么回事了，孙博文对他们并没有隐瞒，告诉他们这是警察厅厅长郎久亭的家。

杨河山一听是郎久亭的家，立刻提高了警惕，他也分析不透孙博文为什么要把他们安排在这么危险的地方，孙博文没有过多解释他和郎久亭之间的关系，只是说："最危险的地方，就是最安全的地方。"

他让徐医生和文闻好好看护杨河山，这里毕竟是郎久亭的家，无论如何是要打个招呼的。郎久亭的家原本是满清时期哈尔滨道台的府邸，满清灭亡后，这栋偌大的宅子几经转手，后来落到了郎久亭的手里，在郎久亭心目中，哈尔滨最大的官就是道台，如今自己住进了道台府，说明自己是一个有身份的人。孙博文来到客厅，不见一个人，他就自己沏了一壶茶，然后坐在郎久亭的太师椅上，等郎久亭回家。

郎久亭因为没有抓到孙博文，被井田一郎一顿臭损之后，心里别提多憋屈了。他两头受气，一方面自己为日本人干活，就要听人家的；另一方面，孙博文这小子手里还握着自己的把柄，万一他和井田一郎说出自己曾经提供的情报，可能这身警察厅厅长的皮就要被剥掉，井田一郎才不管你给孙博文的情报是不是有意提供的，他这个人看重的就是结果。

郎久亭一看孙博文悠然自得地坐在自己家里，心里就别提多生气了，但又不好太发作，他问孙博文，汽车已经给你了，你怎么不跑，还要来到我家？

孙博文也没有客气，就把自己带来三个人要在他家躲一躲风头的事情说了，郎久亭刚要往外撵孙博文，他家的电话铃响了，孙博文给郎久亭使了个眼色，郎久亭拿起电话，不由自主地打了个立正，因为他听到的是井田一郎的声音。

井田一郎告诉郎久亭，零号行动指挥部刚下达一个命令，全城搜捕协和医院的医生徐宪勋和一个叫文闻的女护士，这两个人把北满省委的交通员从协和医院救走了。指挥部怀疑这是孙博文所为，警察厅负责果戈理大街一带的搜捕。

郎久亭一边接电话一边看孙博文，孙博文坐在椅子上，手里面把玩着一把精致的小手枪，枪口有意无意地对着郎久亭，郎久亭没敢多说话，对井田一郎的命令表面上答应坚决执行，但实际上他心里有自己的小九九。

孙博文看了一眼郎久亭，说道："你怎么没说我就在你家？"

郎久亭又气又恼，无可奈何地说："孙猴子见了你都得磕头叫大爷，我敢吗？"

孙博文笑了笑，说："郎厅长，你既然不想立功，就去执行任务吧，我待在这里不动。"

"你就不怕我杀个回马枪，把你们一锅端了？"

孙博文说："不怕，要是怕，我就不来了。另外，我那几个朋友要在你家住几天，你不仅要管吃管住，还要保证他们的安全。否则，你的这个家有可能会变成一个战场，成为埋葬你的坟地。"

郎久亭说："姓孙的，他们躲在我家里，你不怕夜长梦多吗？"

孙博文说："不怕。郎厅长，咱们细算一下，从前，你为我提供情报是属于不知情，而在昨天，我朝你借车，你是属于明知故犯，说重了就是通共。今天，你再次借车给我，并帮我藏了几个人，这性质可就又变了，应该说你已经在梁山上了。"

郎久亭差点儿没被气疯了。孙博文乐呵呵地看着郎久亭，最后说道："郎厅长，只要你按照我说的去办，我们朋友一场，我是不会难为你的。"

孙博文说完，走出郎久亭的客厅，他急于想和杨河山谈谈自己的情况，争取杨河山能够向组织上证明一下自己的清白。但是，杨河山因为知道了自己住进了郎久亭的家，并且这一路上日本人对孙博文毫不为难，这些疑点都让杨河山对孙博文充满了戒备，当孙博文说自己正在寻找组织的时候，杨河山睁开眼睛，缓慢地说道："老哥儿，你误会了。我的意思是说我不是北满交通员，我只是个普通老百姓，日本人把我抓进去是因为看见我吃了一个馒头，说我是经济犯。"

孙博文再问什么，杨河山都如此回答，孙博文感到很急躁，也很无奈，他希望徐宪勋和文闻能够证明自己，但徐宪勋也摸不透孙博文的底细，因为曾经和徐宪勋联系救助杨河山的是林雅茹，如今换成了孙博文，他几乎无法猜测出个中缘由，只有文闻站在孙博文这一边，可是她说的话几乎没有人相信。

孙博文说："杨河山同志，不瞒你说，我现在是急于找到组织，才想尽办法把你救出来，否则，说心里话，我就是有救你的心都顾不上你！"

杨河山说："老孙，做人得懂得感恩，你是我的救命恩人，我要是能活下去，我会好好报答你的。但你刚才说的那些话，我真是一句也没听懂。不过，有一句我听懂了，你好像在找什么组织。可老孙啊，你大概是认错人了吧？你再好好看看我，我是你要找的人吗？"

杨河山说话有气无力，勉强把这些话说完就昏过去了，孙博文立刻喊徐医生和文闻，徐宪勋看了一眼杨河山的脸色，让文闻赶紧拿强心剂，但强心剂却被文闻落在了医院的手术室里。

没有强心剂，不知道杨河山还能维持多久，孙博文看在眼里，急在心中。他说自己能弄到这些药品，就让徐医生和文闻在郎久亭家里等候，他刚出门，郎久亭的三姨太恰好端着果盘出现在他们房间的门口。孙博文嘱咐了几句，郎久亭的三姨太都一一答应下来。

孙博文刚出了道台府，郎久亭就接到了三姨太的电话，三姨太让郎久亭赶紧回家逮捕孙博文，因为她刚刚听到孙博文亲口说他并没有和他们的组织取得联系，这是一个干掉孙博文的大好时机。如果不马上行动，可就来不及了。郎久亭一听三姨太说的有道理，赶紧选了几个弟兄，赶往家中，设下埋伏，等待捉拿孙博文和逮捕杨河山等人。

这一次，郎久亭找到他们曾经一起在山里当胡子的二当家的林三，这个林三以心狠手辣著称，杀人的时候常常用一把斧子，除此之外，林三枪打得也准，出手还快，人称快枪林三。郎久亭许下重金给林三，说孙博文如果这次能够钻进口袋，一定要活口，因为孙博文曾经在松浦洋行抢走了10万块，这次抓到孙博文，一定要问出这10万块的下落。如果事成，郎久亭答应给林三四成，林三欣然同意。他们在研究抓捕孙博文的计划，郎久亭突然想起一件事情，应该先把那三个人做掉才对，于是他让林三去解决这三个人。

林三去的快回来的也快，回来后跟郎久亭汇报，说房间里一个人也没有，他们三个跑了。

郎久亭一拍秃亮的大脑门，这个后悔，为什么自己不早点儿下手呢？孙博文有什么值得畏惧的呢？自己怎么就被他给要挟住了呢？哎呀，他这个后悔啊，差一点儿肠子都悔青了。

郎久亭正在懊恼之中，电话又响了起来。

郎久亭抓起电话，问了一句："谁？"

孙博文说："我，你让我的朋友过来接电话。"

郎久亭一时没反应过来，说道："我说兄弟，你还让什么你的朋友接电话，他们连个招呼都不打就走了，没教养，太没教养了……"

话筒里一时没了声音。孙博文把电话挂断了。郎久亭还在冲着电话喊

"喂"，但已经没有任何回音了。

郎久亭后悔地骂道："妈拉个巴子，让我说露了……"

三姨太一撇嘴，讽刺地说："林三，外面成百上千的小狐狸精把你大哥整得直迷糊，他回家也不会说露。可你说，他对孙博文，嘴上就是没个把门的……"

郎久亭说："妈拉个巴子，这不是让孙博文给我整习惯了吗……"

三姨太话里有话，说道："人的习惯可太可怕了，特别是在外面疯够了，养成了回家不愿上炕的习惯更可怕。"

郎久亭说："当着林三的面，你胡咧咧什么？"

三姨太说："我可没胡咧咧，你说，哪一天晚上，我不是像拔河似的往炕上拽你？"

郎久亭瞅了一眼林三。

林三依旧只顾摆弄斧头。

三姨太自圆其说地说："林三，你大哥当胡子时，风里来雨里去的，胳膊腿受寒不会打弯了，每天要不是我拽他上炕，他根本上不了炕……"

孙博文临走的时候，徐宪勋说他需要的盘尼西林和强心剂还有外用消炎药都是被日本人严格控制的药品，一般药店都没有，只有住院才能用上这种药。既然这样，就不能去普通的药店，他想起了住在意大利大使馆的伊万诺维奇，这个家伙有一个意大利大使馆官员的身份，弄一点药品应该不会费什么事情。果然，伊万诺维奇很快就弄到了徐医生需要的药品，孙博文在伊万诺维奇住处给郎久亭打了个电话，知道了杨河山的不辞而别。

因此他已经没有必要回郎久亭那里了，他站在屋子里，心情十分低落，好不容易找到了组织，一瞬间就像断了线的风筝，又失去了联系。伊万诺维奇对孙博文的遭遇十分同情，他安慰道："孙博文同志，你虽然遇到了信任危机，但没关系……"

孙博文说："没关系？伊万诺维奇同志，作为一名共产党员，名誉和清白比生命还重要，怎么能说没关系？"

伊万诺维奇笑了笑，说道："孙博文同志，你误会了。我的意思是，我们并肩战斗,用实际行动证明你的名誉和清白。"

"对。伊万诺维奇同志,你刚才说,你找到了柳什科夫的住处,他现在躲在了什么地方?"

"司令街七号,是沙俄护路军总司令高尔察克上将住过的地方。"

"司令街七号?"

"怎么,你想单独干掉他?"

"你要是不想得到一枚勋章,单独除掉柳什科夫,这对我来说并不是问题。"

"不,在勋章面前,我从来不讲风格。"

"咱俩恰恰相反,对勋章我不感兴趣,但对任务,我从来不讲风格。伊万诺维奇同志,除掉柳什科夫用不着兴师动众,我自己完全可以除掉他。"

伊万诺维奇说:"你想自己完成?孙博文同志,你想过没有?藏密电码的地方只有你自己知道,如果你单独去干掉柳什科夫,万一发生了意外怎么办?"

孙博文闻言脸又阴了下来,说道:"别跟我提密电码,我找回来就是了!"

第十三章

林雅茹在老家贼的安排下，本来已经在协和医院附近埋伏好了哈东游击队的成员，当她走进医院寻找徐宪勋的时候，发现医院里气氛很异常，有人小声地议论说，徐医生和文护士在学救走赵一曼的韩勇义，把共产党员杨河山救走了。

　　这让林雅茹心中很纳闷，自己明明和徐宪勋联系好了，怎么他会提前行动，把杨河山救走呢？

　　林雅茹回到家里，把自己见到的情况和一些猜测都汇报给了母亲。林母也在考虑为什么徐医生会提前行动，看来，为了解答这个疑问，只要找到文闻就行了。他们认为文闻参与了救走杨河山的行动，就说明文闻是一个可靠的人，而林雅茹和文闻是同学，况且她们还在一起住过，林雅茹知道文闻的家，林母让林雅茹去文闻家里看看，有没有什么变化？

　　矢村得知杨河山被救走的消息，气得觉得自己的脑袋上都在冒烟，但矢村还是把这火愣是给压住了。他吩咐高恒书立刻带着人去文闻家进行搜捕。

　　高恒书到文闻家里一看，没有人，高恒书和手下人就没有走，熄了灯，守着门口等待。

　　林雅茹受命来到文闻家，她走到门口的时候，突然听见屋子里面有一个男人咳嗽了一声，林雅茹觉得不对，赶紧离开，高恒书在屋子里，回头小声问了一句，谁他妈咳嗽的？

　　一个便衣说："对不起，高课长，我这几天有点小感冒，嗓子眼儿刺挠。"

　　高恒书说："妈的，关键时刻，你净事儿！"

　　高恒书蹲了一夜，没有任何收获，第二天一早，他回到了特务机关宿舍大睡了一觉，醒来的时候已是下午，看着西斜的太阳，他有一种恍惚的感觉，觉得似乎是在一个早晨，阳光刚刚从东方的云层中探出来，他揉揉眼睛，伸展了一下双臂，觉得这段时间实在是太累了，一个孙博文把整个特务机关闹得鸡犬不宁，况且自己的顶头上司还是一个多疑的人，为了查出满洲之狐，这个人想出了别人都想不出来的办法，如今，人人压力都很大，精神高度紧张，说不上哪天自己就会有变成内鬼或者通共的可能。

高恒书简单吃了一口饭，刚一到办公室就听到了两个消息：一个是福丰号汽车修配厂的苏梓元家里人都被杀死了，另一个是特务们抓到了一个叫秋兰的女孩子。

高恒书微微一皱眉头，他在分析苏梓元的家人怎么会被杀害，什么人和苏梓元有仇恨呢？苏梓元是做汽车修理的，难道这个仇家所作所为和汽车有关系？这时候，矢村机关长打来了电话，让高恒书去他办公室。矢村也在分析苏梓元的事情，线索和高恒书想的差不多。

矢村问高恒书最近对警察厅厅长郎久亭的监视情况，高恒书说郎久亭曾经接到一个意大利使馆打来的电话，但不知道具体事情。矢村又问有没有其他动态，高恒书说郎久亭最近好像换了一辆新车。矢村问他原来的那辆雪佛兰轿车呢？

高恒书刚想说什么，就听到了敲门声。

走进来的是一名年轻的军人，是矢村新选拔上来的秘书中原二郎。中原负责调查苏梓元家人被杀的案件，刚从现场回来，他走到矢村面前，说在福丰号汽车修配厂发现了一辆雪佛兰轿车，经调查已经可以证明是警察厅厅长郎久亭的。

矢村和高恒书不约而同地说了一句："郎久亭？"

难道这件事情和他郎久亭有关系？矢村命令中原二郎赶紧组织人马暗中调查郎久亭。

此时的郎久亭正在井田一郎的办公室，井田一郎也知道了福丰号的惨案，为了怕舆论上有什么不利的影响，他已经让人通知自己能够控制的媒体，不要对此事进行渲染，然后命令郎久亭要尽快破案。

郎久亭对这个案子了如指掌，正像矢村和高恒书怀疑的那样，这件事情和郎久亭有着直接的关系，可以说，他就是那只幕后的黑手。而前面杀人的那柄板斧自然就是他的拜把子兄弟林三了。

郎久亭害怕一件事情，他认为孙博文把汽车送进福丰号修配厂，人们肯定会看见孙博文，也会看见汽车，那么就等于暴露了自己和孙博文的关系。为了少出事端，郎久亭一咬牙，心一横，心想做事情就要干脆，不能手软。

林三准备好了一切，唯独没有料到当天晚上，苏梓元没有在家住，林三一看苏梓元一家人并排躺在炕上，手起斧落，切瓜剁菜一般就把人给杀了，杀完挨个儿一看，没有苏梓元，林三有点犯傻。拎着斧子回到道台府向郎久亭复命。郎久亭听见这个结果，一抖落手，再拍了一下大腿说，这事情可麻烦了，这不是打草惊蛇吗？

　　当井田队长找他的时候，他的头皮都有点发麻，井田一郎说什么，实际上他都没有听清，只是哼哈答应，心里一直在琢磨如何圆这个场。郎久亭离开宪兵队，恰好碰见江彬，郎久亭觉得他是一个可以说说心里话的人。自己曾经把许多秘密都告诉过江彬，其中，包括自己和孙博文之间的一些交往。

　　郎久亭上去和江彬打招呼，江彬也知道了苏梓元家里的惨案，江彬一猜，就想到了郎久亭，除了郎久亭，谁还能做出这种灭口的事情？郎久亭笑呵呵地走上前，江彬却一脸冷峻，这让郎久亭感到很没趣，郎久亭问："兄弟，你这是咋了？不认识哥哥了吗？"

　　江彬说："还是不认识的好，否则说不定什么时候，脑袋就要搬家。"

　　这话分明就是说给郎久亭听的，郎久亭也听出一点滋味，对江彬说："改天喝酒。"说完他就上车走了。一路上郎久亭就在琢磨江彬这个人，最后，他做出了一个决定，除掉江彬。理由就是：他知道的秘密太多了！

　　矢村和高恒书对郎久亭的分析，几乎完全正确，至于杀人动机，也都是合理推测，但他们还没有确凿的证据，在没有得到证据之前，眼下要紧的事情就是审讯秋兰。

　　秋兰哪儿见过受刑的阵势，一被押到特务机关的审讯室，两条腿就不停哆嗦，几乎是站立不住，高恒书几次的威胁，差点儿让她昏厥。最后一次，她感到一股热水顺着大腿向下流淌，她意识到自己尿裤子的时候，害怕得甚至忘记了脸红。但秋兰还真有一股子刚强的劲头，尽管高恒书换着花招地恐吓，仍然没有把秋兰的嘴巴撬开。

　　秋兰就是徐宪勋的表妹，徐宪勋决定动手救走杨河山之前，已经和表妹打好招呼，说他来了几个朋友，让她和她母亲到呼兰的表姐家住几天。

秋兰答应后就陪着母亲去呼兰了。

在孙博文去取药的时候，杨河山反复思考，觉得还是要离开郎久亭家，文闻和徐宪勋起初不干，要等孙博文。但杨河山以党员的名义，命令他们必须撤离。从后来郎久亭要杀掉他们的行动来看，杨河山撤走是一个明智的选择。他们从郎久亭家里出来，雇了一辆人力车，把杨河山放到车上，偷偷地来到了秋兰家。

进了屋子，文闻压不住心里的火气，讲述了自己认识的孙博文。把自己从认识孙博文到最近他做的所有事情都说了一遍。最后她质问杨河山，这么一个对党的事业坚定不移的好人，你们凭什么怀疑他是叛徒？

这个问题，把杨河山和徐宪勋都问住了。

杨河山也意识到自己过于谨慎，但是，既然已经走了出来，就不能再纠结于过去。杨河山让他们好好睡一觉，有什么事情明天再说。

第二天，杨河山的精神头儿好些了。文闻给他做了小米粥，吃下去之后，杨河山感到浑身热乎乎的，手脚也开始有了力气。

杨河山说自己这次来哈尔滨的任务，就是要和哈尔滨的地下党取得联系，他说自己的联系人就在北市场，自己现在不能走了，如果有人能去告诉联系人一声，自己就可以和他们接头了。

文闻自告奋勇地说要去，但被杨河山否定了。杨河山说："目前哈尔滨都已经知道了是你们两个人救走了我，肯定在全城通报缉拿我们。我不会让你们任何一个人去冒这个险。"

就在这时候，秋兰走了进来。

秋兰见到两个陌生人，不禁怔怔地站在原地。徐宪勋也一怔。他用眼神示意秋兰跟他出去。徐宪勋并没有对表妹秋兰隐瞒，就把家里这两个人的身份说了，然后问秋兰："怕了？"

秋兰说："我，我没怕。"实际上，秋兰心中非常紧张，自己从来没有接触过共产党，这些都是犯法的事情，万一让人知道，自己就不能在这里住了。

徐宪勋忽然盯住秋兰。秋兰奇怪地问："咋了？"

徐宪勋说："秋兰，我们正在为出不了门发愁，你能不能帮我们去办件事？"

徐宪勋把秋兰领进屋子，介绍给了杨河山，并推荐秋兰可以替老杨进行接头。杨河山一看秋兰是一个很淳朴的女孩子，从外边看不出什么，就把自己要接头的人、说什么暗语之类的都交代一遍。杨河山交代完毕，问："秋兰，我刚才说的，你都记住了？"

秋兰有点紧张地回答："都记住了。"

徐宪勋又嘱咐两句，秋兰就出门了。

秋兰没想到自己碰见了不要脸的黄财，秋兰很讨厌这家伙，快走几步想甩开他，黄财却紧追不舍，还调戏秋兰，黄财坏笑一下："你娘要是没回来，我晚上过去给你做伴儿？"

秋兰说："滚犊子。"

秋兰因为心里有事，想尽快摆脱黄财的纠缠，就很强硬的绕开黄财走了过去。

黄财不舍地回头，暗想："这丫头，越长越出息，谁要是把她娶到手，可是祖坟上冒青烟了……"

突然，黄财怔了一下。想起追捕协和医院的徐宪勋和文闻的悬赏令，那可是悬赏 1 万块。黄财忽然意识到发财的机会来了。悬赏令上的那个男的不是秋兰她表哥吗？黄财高兴得一蹦老高："我的娘哎，这 1 万块总算没砸到别人的脑袋上。老天就是有眼，抓不住文闻又给我送来了一个秋兰的表哥……"

黄财小心翼翼地跟踪秋兰，发现秋兰走到北市场烟摊处。

烟摊老板打招呼："姑娘，买烟卷儿？"

秋兰："我不买烟，我来捎个口信。"

烟摊老板："捎个口信？你给谁捎口信？"

秋兰："亚布力种烟的老王头让我给这里卖亚布力烟的肖掌柜捎个口信。"

烟摊老板打量秋兰："我就是肖掌柜。不过，亚布力有两个老王头。你说的老王头是小短腿的老王头吗？"

秋兰："不是。是走道踮脚，还往前一蹿一蹿的老王头。"

烟摊老板："姑娘，你说的跐脚老王头，他有什么口信捎给我，是不是亚布力种烟今年成色好，他让我去山里收烟去？"

秋兰："不是。他说上秋时下场雨，烟没晒好都捂了。他让你别去收烟了。"

烟摊老板："姑娘，幸亏你来了，要不，过几天我还真去了。谢谢你跑腿……"

秋兰愣愣地："我走了？"

烟摊老板连忙说："哎，姑娘，你别走，你住在哪里你得告诉我。回头我还要捎点东西给跐脚老王头呢……"

秋兰正欲说什么，忽然她看见了黄财，秋兰实在是没有经验，看见黄财就以为自己的身份暴露了，脸色不禁一变，也不和烟摊老板打招呼，撒腿就跑。

黄财一看秋兰跑了，心想，这里面一定有事，不然她跑什么，我又不能吃了她。因此黄财不顾一切地追秋兰，一边追还一边喊："哎，小丫头片子，你往哪里跑……"

秋兰哪能跑得过黄财，跑不动的秋兰被黄财一把拽住。秋兰气喘吁吁地说："你松开我，松开我！"

黄财虽然是一个大老爷们儿，可他成天花天酒地，身体造害得也不轻，跑几步就上气不接下气。

"秋兰，从家门口我就跟你，现在已经跟你一道儿了。说，你大老远地跑到北市场来干啥来了？"

"我，我给我妈买旱烟末来了。"

黄财亮出悬赏令，指着上面的男人说："买旱烟末？可你看看这是啥？"

秋兰看了一眼悬赏令顿时吓呆了。

"秋兰，我不是吓唬你。你表哥捅了这么大的娄子，你这个表妹是不是也得跟着吃挂落？"

"他，他是他，我是我……"

"秋兰，这话你跟我说行，可日本人正满大街抓你表哥呢，他们要是知道你是徐宪勋的表妹，我就不信日本人能放过你。"

"那你，你想干啥？"

黄财脸上挤出一丝坏笑，说道："秋兰，我算了一笔账，这悬赏令上出的价钱可是1万块钱。这1万块钱，我要是从夜里数，得数到天放大亮才能数完。"

"黄，黄财，你到底想干啥？"秋兰十分紧张，她知道黄财和日本人走得很近，老百姓都背后骂他汉奸。

"秋兰，你也别害怕。咱俩商量商量，你要是同意呢，我就不往这1万块钱上使劲了……"

"商量啥？"

"当我老婆呀，你只要答应做我的老婆，我就不去告发，为了你，我能舍财……"

"你舍命谁管？想啥呢！"说完，秋兰转身就走。

几个便衣迎面走来。黄财叫起来："哎，快抓住那个小丫头，她是徐宪勋的表妹……"便衣们听见黄财说是徐宪勋的表妹，一呼啦都奔向秋兰。黄财也想冲上去，但一块砖头狠狠地砸在黄财头上。黄财眼前一黑，一头倒在地上。

便衣们冲上来，抓住秋兰，回头再找黄财，发现他已经躺在血泊之中，于是，他们押着秋兰、抬着黄财回去复命。

矢村把黄财送到医院进行抢救，他想从黄财嘴里知道更多的情况，但医生却宣判了黄财的死刑，黄财因颅内出血导致死亡。

秋兰走后，文闻想起一件事情，她说那天在协和医院看到了林雅茹，徐宪勋一听林雅茹的名字，立刻站了起来，他问文闻怎么认识林雅茹的，文闻说她们是卫校的同学。徐宪勋说找他要救杨河山的人就是林雅茹。这个消息让杨河山和文闻都感到很吃惊。文闻想到林雅茹竟然是地下党，可以肯定她和孙博文一定认识，如果找到林雅茹，孙博文也就和组织上取得了联系。

在趁着徐宪勋照顾杨河山的时候，文闻偷偷地溜出了秋兰的家。文闻低着头向滨江铁路桥的方向走去，孙博文曾经和她约定，如果有什么重要的事情可以到滨江铁路桥的桥头，那里有一棵大树，他们可以在那儿见面。

文闻正想着心事，突然看见前面出现了一个男人的脚，文闻立刻停下，眼光慢慢向上，一张满脸横肉的脸出现在她的视野里面。文闻故作镇静地看着那个人，那人从口袋中拿出一张悬赏令，对照文闻看了看，笑了。

文闻说："看什么看，没见过女人？"

那人说："妈的，我大老远就看你不对劲。照片上的人是你吧？"

文闻说："你认错人了。"

那人说："不管认对还是认错，你跟我走一趟吧。"

说着，他向后一挥手，又上来两个年轻人，他们不容分说，就把文闻逮捕了。

文闻被带进了日本特务机关的审讯室，第一眼她就看见了秋兰，秋兰被吊了起来，衣服已经被皮鞭抽出了口子，嘴角还有血丝，眼睛仿佛睁着又仿佛闭着，文闻心里十分难过，随着文闻一起走进来的还有矢村和高恒书，他们进来之后，审讯室的大铁门就咣当一声关上了。

关门的声音让秋兰暂时抬起头来，她看见了文闻，语气十分微弱地说："姐，你来了，他们打我。"

矢村来到文闻面前，说道："文护士，秋兰很不配合我们，我希望你不要学她。我的要求并不高，只要你说出孙博文藏在什么地方，秋兰家又住在什么地方，杨河山是否就藏在了秋兰家，我对你过去所做过的一切，包括秋兰的执迷不悟，都一概不予追究。我说到做到，怎么样？"

文闻沉默。

"我知道你有两个哥哥，一个叫文龙，一个叫文虎，文龙和文虎中毒太深，先后为了掩护孙博文丢了性命。而你和你的两个哥哥不一样，你尽管平时受到了反满抗日分子的影响，但属于一时糊涂……"

"我一点都不糊涂。"文闻说。

"不糊涂就好。告诉我，孙博文和杨河山藏在了什么地方？"矢村的话，仿佛很有耐心。

"不知道。"文闻斩钉截铁地说。

"文闻，在这间审讯室，我听到最多的话就是不知道。可你知不知道？为了不知道这三个字，有多少人在受尽折磨，生不如死后又付出了生命的代价？"

　　"不知道！"

　　"不知道？文闻，说心里话，我最佩服的是你们中国的女人，而我最不愿打交道的还是你们中国的女人。不瞒你说，就在这间屋子里，我们审过赵一曼，扒光过她的衣服，甚至为了对付赵一曼，我们专门从日本运来了电椅，但我还是输了，输得我心服口服。但今天，我在你面前多少有点自信，知道为什么吗？因为你只是个女人，而赵一曼是共产党。"

　　文闻大喊道："我也是共产党。"

　　"你也是共产党？"矢村问道。

　　"对，我也是共产党。每一个真正的中国人都是共产党。"

　　矢村回头看了一眼高恒书，然后又对文闻说："文闻，对付共产党，我们的高课长非常有一套，我倒是要看看，你这个共产党是不是我佩服的赵一曼……"说完看向高恒书。

　　高恒书说："文护士，刚才我们机关长夸奖我说，对付共产党有一套。但我看得出来，你根本不是共产党，你只是一个普通老百姓。文护士，你既然不是共产党，又何必承认自己是共产党呢？不过，我也知道，你尽管不是共产党，你也在恨我，不光是你恨我，就连我走在大街上，我也能感觉得到，用好眼光瞅我的人并不多……"

　　文闻猛抬脚，踢在高恒书的裆上。高恒书痛苦地捂住下身，蹲了下去。

　　矢村微笑着说："文护士，都说手下留情，你的脚却不留情。这样很不好，高课长还没结婚，你要是把他踢伤了怎么办？"

　　"像他这种人踢死一个少一个，踢死拉倒。"

　　矢村还在微笑，"文护士，高课长是我最欣赏的人，怎么能踢死拉倒呢？"

　　文闻欲抬脚，被人死死抓住。

　　矢村还在笑，但笑得令人恐惧。

　　"王八蛋，你过来，我踢死你！"文闻咆哮着说。

审讯进行了两个多小时，文闻和秋兰都没有说一个字，矢村渐渐地失去了耐性，他命人给文闻上电椅，文闻被他们折磨得几乎失去了知觉，当电椅通电之后，文闻嘶吼的声音在幽暗的地下室里传开，让人不寒而栗。

矢村无奈，心生一计。

他命人发出勒令书，勒令书上说，目前文闻、秋兰已经被捕，明天下午4点之前，孙博文、杨河山等共党分子，务必前来自首，否则在索菲亚教堂广场当众绞死二人。

伊万诺维奇把勒令书放在孙博文面前，问孙博文怎么办，孙博文仔细看过勒令书之后，把它撕了个粉碎，然后看着伊万诺维奇，仿佛期待伊万诺维奇给他一个答案。伊万诺维奇拍了拍孙博文的肩膀说，你还有自己的任务，你要清楚。

孙博文一听伊万诺维奇的意思，让自己不要管文闻和秋兰，这样矢村就不能把孙博文怎么着。孙博文盯着伊万诺维奇说："为了我，文闻的两个亲哥哥无怨无悔地献出了生命，文闻为了我又被捕了，现在，矢村拿她做砝码，勒令我去投案自守，你说，我能眼睁睁地看着她被绞死而无动于衷吗？"

伊万诺维奇觉得自己可能说的有些不妥，就和孙博文解释说他也不是不想救出文闻，但现在有什么办法呢？

孙博文赌气离开了伊万诺维奇的意大利使馆的住所。

孙博文在大街上发现了良子的轿车，这让他眼前一亮，他躲到暗处，恰好一个便衣骑着自行车经过，孙博文眼疾手快，把便衣从自行车上薅了下来，然后下了便衣的手枪，卸下弹匣。用自己的枪顶在便衣的腰间，便衣一看孙博文，吓得手都在抖，孙博文告诉他不要害怕，今天给你一条生路，便衣点头，孙博文给便衣一张纸条，告诉他把纸条送到矢村的手里。便衣满口答应，拿着纸条飞跑出去。

便衣走后，良子从一家商店里走出来，开着车往日本街的方向驶去，孙博文捡起便衣留下的自行车，紧紧地跟着良子，他猜测良子十分有可能还和柳什科夫住在一起，果然被他猜对了，良子的车开进了一栋别墅的小院子，孙博文在别墅外面仔细观察。

孙博文绕到别墅的后墙，使劲一纵身，跃上墙头，翻身轻轻地进了别墅，这时候，门口的一名警卫要上厕所，就奔孙博文进来的方向走来，孙博文一看旁边是个厕所，就躲了进去。日本兵走进厕所，孙博文果断地出手，结果了这个日本兵的小命，然后顺利地进了别墅。

孙博文很轻松地就上了二楼，在走廊里他就听见了柳什科夫和良子的吵架声，柳什科夫对良子擅自出门感到十分不满，良子也没有对柳什科夫客气，转身就要出门。良子打开房间门，怒气冲冲地要往外走，可是，一支枪对着她的头部，她不得不退了回去。

柳什科夫看见良子回来，还想再骂良子两句，但他看到了孙博文，一瞬间他惊呆了，他怀疑既然孙博文来了，那么野狼是不是也在附近呢？

在孙博文手枪的威胁下，柳什科夫按照孙博文的命令，找来一根绳子把良子捆了起来，而后，孙博文又亲自动手把柳什科夫捆得结结实实。

孙博文干得干净漂亮，他从良子嘴里知道，这个别墅的大门口还有一个岗哨，就让良子把那个岗哨叫上楼，当他敲响柳什科夫房间门的时候，孙博文开门一枪打死了警卫。然后孙博文把柳什科夫搬进了良子的小轿车的后备箱。

良子眼看着孙博文开走了自己的车子，眼睛望着桌子上的电话，挣扎着要起来，但她的手和脚都被捆着。

汽车来到道外一个偏僻的地方停了下来，这里是孙博文的一个秘密藏身地，他把柳什科夫关进房子，然后给伊万诺维奇打电话，伊万诺维奇听说柳什科夫被捕，十分兴奋，很快他就开着车赶到了孙博文的安身处，但他听说孙博文要用柳什科夫换回秋兰和文闻的时候，伊万诺维奇十分不解地看着孙博文。

"你把这个家伙弄回来，是为了换回那个女护士和一位普通老百姓？"

"不行吗？"

"不行。这个家伙是叛徒，我来哈尔滨的任务之一，就是除掉这个叛徒，我不同意你用他换人。"

"我知道你要除掉叛徒，但现在情况特殊，我要借用这个家伙。"

"借用？"

"是借用，等我用他换回人后，我保证还把他交到你的手中。"

伊万诺维奇气坏了，他说："孙博文同志，你这是在胡闹……"

孙博文说："伊万诺维奇同志，文护士和秋兰只是普通老百姓，但她们不顾自己的生死，也在为粉碎日本人的阴谋出力。现在，她们被矢村当成砝码逼迫我自首，否则就绞死她们，我能眼睁睁地看着不管吗？"

"我们不是不管，我也想救下她们，但照你的办法去做，根本行不通。"

"行不通也要试一试！"孙博文固执地说。

伊万诺维奇拿起一根绳子，"我们应该试一试怎样用绳子勒死柳什科夫。"

柳什科夫闻言在挣扎。

伊万诺维奇走向柳什科夫。

孙博文猛的一拳把伊万诺维奇击昏，然后用绳子把伊万诺维奇也捆上了。

这一切，让柳什科夫看得目瞪口呆。孙博文看了一眼柳什科夫，心想这个家伙最好自己也先给他打晕，否则，万一他跑掉怎么办？

于是，他转到柳什科夫身后，趁其不备，对着柳什科夫的头就是狠狠一拳，柳什科夫瞬间就失去了知觉。

孙博文看着他们二人都已经安静了，这才离开房间。他走出房间的时候，哈尔滨的天空开始下起了小雪。

他知道矢村这时候一定是在去郊外的路上，这么长时间的斗争，他已经摸清了矢村的性格，这是一个十分孤傲的日本人，他为了自己的人格，不会不来。

果然，矢村来了，而且还是一个人。他一身日本军呢子大衣，带着皮手套，雪花已经厚厚地落在了矢村的头顶，矢村也没有划掉它们，任凭雪花在他的头顶上越积越厚。

孙博文一件皮大衣，戴着一个瓜皮帽子，耳朵冻得通红。

矢村微笑着向孙博文挥了挥手，"孙先生，咱们又见面了。不过，这次见面很出乎我的意料，在我的想象中，我们的见面应该是另一个场面……"

"什么场面？是你逮捕我的场面？"

"不错，是逮捕你的场面，逮捕你时，四面八方到处都是黑洞洞的枪口，在枪口下，你束手就范。"

"可惜，你的想象力并不丰富。比如今天这个场面，你就没想到吧？"

"我是没想到。孙先生，你很了不起，我佩服你。"

"我不需要你佩服。要说佩服，你佩服的中国人大有人在。就说赵一曼吧，你佩服不佩服？"

"佩服。"

"文护士和秋兰，你佩服不佩服？"

矢村笑了笑说："孙先生，我们还是直奔主题吧。作为反满抗日分子，我们正在抓捕的对象，你今天把我约到荒郊野外的目的是什么？"

孙博文说："谈谈。"

矢村说："谈什么？是不是走投无路了想投降？然后达成某种条件，再送你去日本？"

孙博文说："你想错了。作为一名中国人，我的信念是要和四万万同胞一起推翻伪满洲国，把你们这帮侵略者赶出中国。"

矢村上下打量孙博文说："有的人在被追捕中，往往会在高度紧张下产生精神错乱，孙先生，我很同情你。"

"放了文护士和秋兰。"孙博文冷冷地说。

"你说什么？"

"我说放了文护士和秋兰。"

"用你交换？"

"这不是交换，我也不会交换。但你必须放了文护士和秋兰。"

矢村笑了笑，"孙先生，我不明白，你的这种大胆的想法是怎么产生的？又是哪本书上教会了你敢有这种异想天开的想法？"

"少废话，让你放人你就放人。"

"为什么？"

"柳什科夫在我的手上。"

"柳什科夫在你的手上？"

孙博文拿出一支笔，在矢村眼前晃了晃，矢村十分熟悉这支笔，这支18K金的钢笔，是他第一次见到柳什科夫时送给对方的礼物。"这是柳什科夫的钢笔，你应该不陌生吧？"孙博文说。

矢村很镇定地说："孙先生，你用柳什科夫胁迫我，根本不起作用，这个人现在对我毫无利用价值，而你却不一样，你，还有野狼必须归案。"

"归案？矢村先生，柳什科夫对你没有用了，这没关系，但我们可以把他交给苏联方面。柳什科夫如果回到苏联后，我想苏联方面会对他产生兴趣。"

这句话直接击中了矢村的软肋，他利用柳什科夫的目的就是要完成猎熊行动，如果柳什科夫回到苏联，所谓的猎熊行动还会有什么意义？

他的眼睛狠狠地盯着孙博文，心想自己这一次难道又要被这个小子给要挟了吗？

孙博文的眼睛也是死死地盯着矢村，那是一种别无他物的自信。

矢村终于妥协下来，他说："放人可以。但柳什科夫什么时候能交给我？"

孙博文说："等我见到了文护士和秋兰，我会让你见到柳什科夫的。"

"好，我同意放人。"矢村说，"孙先生，我今天同意了你的要求，完全是出于一种自信，这种自信让我相信，我们还会见面的，在黑洞洞的枪口下见面。"

孙博文冷笑一声，"矢村先生，你别忘了，这是在中国的土地上。而你作为侵略者，我相信总有一天，你会在黑洞洞的枪口下灰溜溜地滚出中国。"

矢村狠狠地瞪了一眼孙博文，无奈地转身走了。

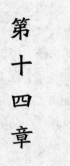

第十四章

江彬的情绪越来越糟糕。他每天服用镇静剂的次数和剂量都在增多。他内心承受着火与冰一般的煎熬，他希望这一切能够早一点结束。

　　从内心来讲，他希望再次回到共产党这一边，但井田一郎掌握自己的把柄，就算有一天能够回去，井田一郎也不会放过自己。而如果一直在宪兵队，自己的叛变，早晚有一天会因为孙博文的存在而暴露。一旦暴露身份，井田一郎这里自己也得不到便宜，共产党也会派人来除掉自己。

　　江彬最后给自己找了一个很好的理由：爱情。

　　他认为自己所做的一切都是因为对林雅茹的爱。江彬一心挂念着林雅茹，他觉得林雅茹就仿佛是一个女神一样，在他心目中没有比林雅茹更美丽的女人。江彬认为自己是一个爱情至上的男人，可是林雅茹一直没有给他这个机会。江彬把这一切都看成是因为这个世界上有一个叫孙博文的男人的存在。因此，他不惜一切代价，说服林雅茹孙博文叛变了，已经成为日本人的走狗了。后来，林雅茹看到孙博文和日本特务十分亲近的样子，她的内心动摇了，江彬仿佛看到了一丝希望。

　　当老家贼决定要见江彬的时候，井田一郎认为这是个很好的机会，他希望江彬能利用这次见面，获得老家贼的信任，便于以后窃取共产党哈尔滨地下组织的机密情报。

　　马迭尔西餐厅内，老家贼接见了江彬。

　　实际上，老家贼没有真正出面，出于安全考虑，魏辉临时扮演了老家贼。

　　"江彬，组织上经过慎重考虑，决定除掉叛徒孙博文，但由于我们早已经切断了与他的联系，林雅茹也在敌人的追捕中，不宜重返市立医院，所以组织上认为你来执行这项任务最合适，你看有什么困难没有？"

　　老家贼的这个决定让江彬喜出望外。但江彬把这份喜悦偷偷地藏在了内心深处，而是面露难色地说："孙博文叛变后，行踪难以查寻，而且被井田一郎秘密保护起来，想找到他并不容易。不过，组织上的决定，我坚决执行。"

　　"那依你的判断，孙博文可能被井田一郎藏在什么地方？"

　　"不好说。我打听打听吧。"

　　"抓紧时间打听出他的住处，有消息后，你告诉林雅茹就行。到时候由林雅茹指挥除掉孙博文的行动。"

就是在这次谈话中，江彬透露了另外两个情报，一个是杨河山被捕的消息，另一个就是井田纯子的死，而且江彬把井田纯子的死和孙博文叛变的事情联系在一起，他认为孙博文早已叛变，因为井田纯子本身就是一名想打入苏联的间谍。孙博文和井田纯子的密切来往，都证明了孙博文早就叛变的事实。

老家贼对江彬提供的情报很重视，再次重申了除掉孙博文的重要性，然后又布置了解救杨河山的计划。但是因为孙博文提前一步，林雅茹到协和医院的时候，杨河山已经被救走。

一直到魏辉在大街上看到勒令书，他们才知道杨河山尚且安全，但文闻和秋兰已经被捕。老家贼当即修书一封，派人送到矢村办公室，要挟矢村尽快放人，否则炸毁王岗的军用机场。

和江彬见面之后，魏辉觉得江彬沉着冷静，并没有发现什么可疑之处。但林雅茹却在伊斯曼咖啡厅的服务员身上获取了重要的一条线索，这个服务生证明孙博文曾经约见过江彬，而江彬却给服务生好处，让他说谎。

这让林雅茹开始怀疑江彬的问题。林雅茹一直不相信孙博文会叛变，她一开始觉得所有关于孙博文叛变的言说都是江彬的一面之词，就觉得蹊跷，但自己没有抓到什么证据，后来在同发楼看到孙博文的日本人打扮，并且和警察很熟络的样子，她一度以为孙博文真的成了叛徒。她的脑海里反复出现孙博文被捕的画面，她目睹了那一个场景，她觉得孙博文被捕是敌人早有安排，当时只有刘桐和自己知道情况，是自己给江彬打电话让他拦住孙博文，难道是自己这个电话，差点儿断送了孙博文的性命？如果江彬是叛徒，自己岂不是帮助了他？

"孙博文约见过江彬，而江彬却从来没汇报过，你们说这是什么性质的问题？"老家贼听完林雅茹的汇报之后，也陷入了沉思。

但是，当务之急是要找到杨河山或者孙博文。因为老家贼最近又得到了满洲之狐的消息，猎熊行动随时可能启动。老家贼说："我们要是不尽快找到孙博文或者是杨河山，就会陷入极大的被动。"

为了寻找孙博文，林雅茹建议去找郎久亭问问，因为这个人和孙博文曾经来往密切，尤其是这几天福丰号汽车修配厂的案件，让她想到了汽车，而孙博文会不会利用掌握郎久亭的短处，找过郎久亭？"

老家贼觉得林雅茹的这个想法很大胆，不妨一试。于是把这个任务交给了魏辉，并安排林雅茹去见江彬，进一步打探情况。

马迭尔西餐厅里，人不多，音乐悠扬，林雅茹和江彬坐在角落里，仿佛一对情侣。江彬说自己还在查找孙博文的下落，并承诺一旦找到，就会把孙博文除掉。

林雅茹催促江彬说："你要尽快打听。等解决掉孙博文后，组织上还有其他任务交给你。"

"什么任务？"

林雅茹说："组织上想把你调到哈东游击队去，老家贼让我征求一下你的意见。对组织上的这个决定，你有什么想法？"

江彬颇感意外地说："我干得好好的，为什么要把我调走？"

林雅茹说："为了加强哈东游击队的力量。"

江彬说："我服从组织的决定。不过这样一来，我们往后就很难有机会见面了。"

林雅茹盯住江彬。

江彬有些伤感地说："不能更改了吗？"

林雅茹说："不能。"

江彬欲言又止。

老家贼抛出了让江彬到哈东游击队的消息，实际上是试验一下江彬。

"当一个人心里有鬼时，不论他走到哪儿都不会睡安稳觉。特别是手里有短处被别人握着时，你说这个人是不是希望知道他秘密的这个人早一点死掉？"

这是老家贼对林雅茹说的一句话，林雅茹听后觉得母亲说的有道理，不得不佩服母亲的经验丰富，而自己往往容易一时冲动，差点儿做出傻事。

林雅茹说："我明白了。满洲之狐没打听出叛徒是谁，说明这件事情十分秘密。而你根据这一点做出了一个判断，江彬要是叛变了，也只是少数几个人知道。"

老家贼说："我估计弄不好，或许只有井田一郎自己知道。"

回到办公室，江彬在心里反复衡量，林雅茹让江彬到哈东游击队的命令。这或许对自己来说是一件好事，借此机会可以和日本人脱离干系，做一名堂堂正正的中国人，到时候，也能打几个小鬼子，让自己内心舒服一点。

转瞬间，他又想到了井田一郎。井田一郎那张阴冷的脸，让他的心颤抖起来，他的手哆哆嗦嗦地拧开钢笔，从里面倒出一粒黑色药片。而另一片白色的药片，却被他不小心弄到了地上，他开始烦躁地趴在地上寻找白色药片，那是他的镇静剂，长期以来，他都是靠服用这种小药片才能睡觉。他在办公桌底下找到药片，而且还是两片，说不定是以前不小心掉下来的。江彬急忙捡起药片，把两片都放进嘴里，水都没有喝一口，嚼了两下，咽了下去。

稍顷，江彬的情绪开始稳定。江彬感觉到什么，猛一回头，吓了一跳。井田一郎不知什么时候出现在江彬身后。江彬慌忙站起来和井田一郎打招呼。

井田一郎发现江彬有点不对劲儿："我吓着你了？"

江彬挤出一丝苦笑："是。队长，你坐。"

井田一郎发现黑色药片，顺手拿起来，看了一眼，"江先生，胃又痛了？"

江彬："是，老毛病又犯了。"

井田一郎关心地拿起桌子上的半杯水，连黑色药片一起递给江彬，"来，先把药吃了。"

江彬说："队长，我刚吃过，这是掉在桌子上的。"

井田一郎轻轻哦了一声。

江彬暗松一口气。

井田一郎突然冷冷地说道："江先生，矢村认为是孙博文劫走了杨河山，并勒令孙博文出来自首。不过，我倒认为这是老家贼干的，你说是不是？"

"队长，从孙博文的处境看，他寻找组织心切，我认为应该是孙博文劫走了杨河山，而不是老家贼。换句话说，我把杨河山住院的情报告诉老家贼后，他根本没有时间去做准备。"

"没时间做准备？江先生，据调查，在昨天晚上，林雅茹曾出现在协和医院，但她并不像你说的那样是为一个朋友借车。就这个问题，我想听到你的解释，如果是老家贼干了这件事情，他们为什么要背着你？"

江彬闻言一怔。

井田一郎提醒道："江先生，现在也许有两种可能，一是老家贼对你起了疑心，二是你身份特殊，老家贼出于保护你，没有通知你参加营救杨河山的行动。如果是后者还好办，要是前者，你就危险了。"

江彬听得毛骨悚然。

井田一郎说："江先生，你别紧张。我只不过是一种猜测，一种提醒，希望你多加小心。"

江彬的手在颤抖。

井田一郎："江先生，你认为郎厅长这个人怎么样？"

江彬在努力控制："在我的印象中，郎厅长对队长还算忠心耿耿。"

井田一郎冷笑一声："对我忠心耿耿的人未必没有其他问题。江先生，你对我也忠心耿耿，但不是也有自己的隐私吗？"

江彬听得心惊肉跳。

郎久亭从井田一郎的办公室回到警察厅，一个门房进来，送上一封信，"厅长，有一个人想见你。"郎久亭拿过信一看，是一个要约他吃饭的事情，信中说事成之后，重金相谢。但这封信没有署名，落款写的是"你的朋友"。平日来，郎久亭对这种事情见得多了，也没有多怀疑，在家小睡了一会儿，下午2点左右，他走进了马迭尔西餐厅。

马迭尔西餐厅的舞台上，张依萍在弹琴。张依萍还是那么优雅，郎久亭不禁多看了一眼。服务生走过来，把郎久亭让进了一个包厢，魏辉正一脸微笑看着他。

郎久亭看魏辉面生，魏辉想把他让到主座上，这时候，郎久亭从门帘处看见了矢村和高恒书。郎久亭不愿意和他们正面接触，没有去主座，就在背对着门口的方向坐下。

　　两个人坐下之后，魏辉压低声音："郎厅长，你信不信，我只要说一句话，矢村就能马上逮捕你。"

　　"你到底是谁？"

　　"我不会告诉你我是谁，但我却知道，你为孙博文提供了方便。告诉我，孙博文和杨河山现在在哪儿？"

　　郎久亭吓坏了，难道他是孙博文一伙儿的，或者他是矢村的人，他怎么知道我和孙博文的关系呢？郎久亭一时不知道该如何应付眼前这个陌生人，只是对魏辉皮笑肉不笑地说："兄弟，有些话不能乱说。"

　　魏辉说："我只问你一件事情，孙博文在什么地方？"

　　郎久亭说："他走了。去什么地方我不知道。"

　　这时候，服务生端着两杯酒走了过来，"先生，这两杯红酒是一位客人送的，他让我告诉你们，你们的账他已经结了。"

　　魏辉问道："谁结的？"

　　说完，他回头看了一眼，发现一个熟悉的身影一闪就不见了。魏辉回过头来，郎久亭已经把酒杯端了起来。

　　"郎厅长，矢村机关长就在那边，你怎么不过去敬杯酒？"

　　郎久亭冷笑一声，"我是井田队长的人，我和矢村是井水不犯河水。你让我敬他？我还不如自己干了呢。"说完，把杯中酒一饮而尽。

　　魏辉看到郎久亭喝完酒之后，瞬间面孔开始扭曲，整个人抽搐起来，郎久亭挣扎着站起来，但毒酒已经发作，他再也支撑不住自己，头一歪，往桌子上倒去。魏辉眼疾手快，扶住郎久亭，并把他安放在椅子上，远远看去，郎久亭就好像喝多了，趴在桌子上一样。

　　等高恒书闯进屋子，想要逮捕郎久亭的时候，魏辉已经从马迭尔西餐厅的后门悄悄地溜走。高恒书发现不对劲儿，急忙扳过郎久亭的头。郎久亭已经七窍流血，气绝身亡。

　　高恒书把这个情况和矢村进行了汇报，矢村看了看手表，他说："郎久亭的死因，我另外派人调查，你现在到索菲亚教堂广场看看孙博文、杨河山能否投案自首。"

杨河山躺在秋兰家的炕上，内心的焦灼让他几乎忘却了身体的痛楚。协和医院的医生刘墨给他们带来一个好消息。他说孙博文来找过他，打探徐医生和文闻的下落。刘墨和徐宪勋私交甚好，平日里两个人在一起，谈论些共产党的事情，从道义上两个人都对日本人恨之入骨，徐宪勋知道，刘墨师从哈尔滨著名的医生伍连德，在伍连德的言传身教之下，刘墨不仅医术一流，更有一颗爱国之心。因此，徐宪勋在打算救走杨河山的时候，就告诉刘墨以后有事，请到表妹秋兰家找他。如此，刘墨才找到了秋兰家。

刘墨对孙博文心里也不托底，他询问徐医生和杨河山，能否和孙博文见面。杨河山说，孙博文如果再找你，你就把他领到这里。我们已经证实，孙博文是自己的同志。

刘墨说，我还带来一个坏消息。

刘墨拿出了那张勒令书。

刘墨说自己不能在外面待得太久，怕引起医院里的便衣特务的怀疑，他匆匆告别了徐宪勋。

刘墨走后，杨河山一看勒令书，差点儿晕过去。他不断责怪自己，不该让两个女孩子出门，徐宪勋也自责，两个男人互相看了一眼，杨河山说，自责有什么用，我们要想办法。从现在开始，徐医生，你要听我的命令。

杨河山让徐宪勋去北市场寻找组织的人，并把该说的一套说辞，都教给了徐医生，徐医生不放心自己一个人走，他担心杨河山没有人照顾。

但杨河山的口气很坚定。

实际上，杨河山早就做好了打算，他要用自己换回秋兰和文闻，于是，在徐宪勋走了之后，他艰难地从炕上爬到地上，一路爬行，爬到了门口，短短 20 米的距离，他爬了将近一个小时，杨河山每向前爬一步都是钻心的疼痛。当他爬到门口的时候，浑身已经被汗水浸透，北风呼啸着吹过，杨河山立刻清醒不少。

好在，一个车夫拉着一辆人力车跑了过来。在人力车夫的帮助下，杨河山艰难地坐进了人力车。车夫同情地问："先生，你这是让谁打的？是不是要去医院？"

杨河山喘口气，说道："我不去医院，我要去索菲亚教堂广场……"

车夫奇怪地看了一眼杨河山。

杨河山催促道："快，晚了就来不及了……"

车夫拉起车就跑，鲜血一滴滴地洒落在路上……

与此同时，刘桐、文闻、秋兰分别从监舍里被押出来。秋兰惊恐地问："姐，他们这是要把咱们往哪儿带？"

"你管他们往哪儿带干什么？大不了就是个死。"

"我怕……"

"怕什么怕？"文闻的临危不惧感染了秋兰，她觉得自己应该坚强一点。

文闻又看了一眼站在身旁的高恒书。文闻打心眼里觉得高恒书这个汉奸十分可恶，上次文虎要打死他，可是那一枪打偏了，高恒书被送进了她所在的协和医院，恰好是文闻负责照顾，文闻那时候就想给高恒书打一针素利针，这是日本人最新研究出来的医学成果，只要一针就可以让病人安静地死亡。只是这种药物十分难弄，文闻在医院找了好久都没有找到。

文闻知道自己是要死的人了。想趁机大骂几句，也或许文闻是想用这种办法消除对死亡的恐惧，"姓高的，你不得好死……"高恒书默不做声。看高恒书不吱声，文闻使足力气，朝高恒书脸上唾了一口。

同行的刘桐看文闻如此铿锵，暗中竖起大拇指，佩服她是一个女中豪杰。当高恒书问他有没有临终遗言的时候，他问高恒书："高课长，你是中国人吗？"

高恒书显然听出了话外之音，笑了笑说："中国的历朝历代不乏汉奸走狗、卖国求荣之辈，多我一个，中国还是中国。"

刘桐缓缓地说："你说的不错，在中国多一个汉奸走狗、卖国求荣的人，中国还是中国，但你不配叫中国人！"

高恒书皱着眉头，不愿意再听他们说话，命人把他们三个送上了绞刑台。刘桐、文闻、秋兰被绑在绞刑架上，刽子手把绳索套进他们的脖子。

高恒书站在绞刑架下看表，还有五分钟4点，索菲亚教堂广场上已经人山人海，人们都要看看共产党是什么样子，传说中的共产党是不是那么值得尊敬。

作为监斩官的高恒书，目光在众人的脸上巡视了一番，手下人上来报告，还有两分钟时间，但还是没有人自首。高恒书下了第一个命令："既然没有人自首，就按矢村机关长的命令，先绞死洋铁匠。"

手下跑回到绞刑架，大喊道："送这小子上西天……"

刘桐大喊一声："中国共产党万……"口号没喊完，人已被吊在半空中。

刘桐的尸体在绞刑架上晃悠。

老百姓一片歆歔。

教堂塔顶传来钟声。

钟声响了四下。

文闻瞅向秋兰，说道："秋兰，你像个人样好不好？给我站直了。"

秋兰说："姐，我跟你学，像个人样……"

钟声过后，手下再次请示高恒书，说："高课长，是不是该她俩了？"

高恒书看了一眼文闻和秋兰，说："开始吧。"

手下又跑到绞刑架前大喊道："听我的口令，送她们上西天……"

就在这千钧一发之际，一辆人力车突然出现，停在一旁。杨河山大喊一声："慢！"

杨河山在人力车夫的帮助下，艰难地走下车，他手指文闻和秋兰说道："放了她们！"高恒书回头望了一眼文闻和秋兰。

杨河山重复一遍，"放了她们。"

高恒书下令说："放人。"

高恒书把杨河山自首的信息告知矢村之后，矢村很得意。他马上带着高恒书去审讯室，但眼前的事实，让他十分恼火，杨河山被绑在十字架上，头耷拉着已经气绝身亡。

天黑了下来，矢村让高恒书退下，自己一个人在审讯室内，琢磨着下一步的行动，他手里还有最后一张王牌，他曾经把这个计划汇报给了津田部长，津田部长的意思，只要能够完成猎熊行动，矢村就是大日本帝国的英雄，那么即使没有完成零号行动也不会有太大的关系。可是为了让零号行动顺利实施，必须抓住满洲之狐。而满洲之狐已经排除了桥本和良子，那么高恒书的嫌疑最大，到底是不是高恒书呢？矢村露出了一丝不易察觉的微笑，他觉得自己的下一步计划一定能够查出高恒书是不是满洲之狐。

在矢村想下一步计划的时候，良子狼狈地闯了进来，矢村看着良子，他说柳什科夫被孙博文抓走了，这件事情他已经知道了，而且他还告诉良子，他已经解除了对良子的禁闭，从现在开始良子可以重返机关。

矢村现在就像一个进入状态的斗鸡一般，他已经完全不顾一切，他觉得自己的对手，孙博文也是一个很好的斗鸡，两个人相斗的水平差不多，但是，一向自信的矢村，觉得最后的胜利一定是属于自己的。

傍晚，孙博文回到了道外藏身的地方，推门进去一看，屋子里一片狼藉，好像刚才有人在这里打砸了一番，再看屋子里多出一个陌生人，而且更让他感到意外的是柳什科夫不见了。他看着伊万诺维奇，问道："这个人是谁？"

"他叫苏梓元，是共产国际哈尔滨联络站的负责人。"伊万诺维奇介绍说，"要不是他救了我，我早就被柳什科夫打死了。"

孙博文走后，柳什科夫很快就苏醒了，他用脚踢翻了桌子，倒下来的桌子砸碎了衣柜上的镜子，柳什科夫滚过去，用玻璃一点一点地锯断了捆绑自己的绳子，这时候，他发现伊万诺维奇也醒了过来。

柳什科夫觉得自己报仇的机会终于来了，他把伊万诺维奇骑在身下，不容分说就是一顿老拳。打得野狼伊万诺维奇眼冒金星，五脏六腑仿佛翻个儿一般。柳什科夫或许是打累了，停了下来，他刚要站起来，伊万诺维奇趁机给他一个扫堂腿，柳什科夫被扫倒在地，他就地翻滚，拿起桌腿，向伊万诺维奇狠狠地砸去。

伊万诺维奇一看不好，后悔自己听了孙博文的话，如果早点儿解决了这个叛徒，也不至于今天栽在这个小人手中。但是，伊万诺维奇看到的是，柳什科夫踉跄地向前扑去，手中的桌腿一下子打碎了玻璃窗，一股寒风瞬间吹了进来，柳什科夫也没料到后面会有人趁他不备给他一脚。

柳什科夫回头一看，是一个中国人，他不敢恋战，就顺势越窗逃跑。进来的这个人把伊万诺维奇的绑绳解开之后，伊万诺维奇站起来，活动活动手脚，对那个人说了句谢谢。

那人也没有客气，问他："你就是野狼？"

"我是伊万诺维奇，代号野狼，"伊万诺维奇说，"你是什么人？"

来人自我介绍说叫苏梓元，是共产国际哈尔滨情报站的负责人。自己家里刚刚被警察厅的郎久亭给血洗过，因此有家难归，只好在亲属家借住，亲属家就在这个后院，晚上来的时候，听见了这里有人打斗的声音，就好奇地过来看看，听见了柳什科夫喊"打死你这个野狼"，就这样苏梓元就闯了进来，打走了柳什科夫。

苏梓元把对伊万诺维奇说的一番话，又说给了孙博文，孙博文猜测的目光已经告诉了苏梓元，自己在怀疑他的身份。

"孙博文同志，毕竟我们分属两个情报系统，又从来没见过面，你可以不相信我。"苏梓元说，"但有人能证明我的身份。"

孙博文说："我问你，共产国际在哈尔滨的情报站已经被全部破坏，怎么偏偏就你没出事儿？"

苏梓元说："九·一八事变后，日本关东军不断在与中国和苏联接壤的边境地区进行挑衅。出事的那几天，我正在珲春附近的张鼓峰地区执行侦察任务……"

"你在执行什么任务？"

"侦察日本人在珲春一带的军事部署。"

伊万诺维奇听到这句话，突然发问："部署在张鼓峰地区的关东军是哪支部队？"

"不，不是关东军，是驻朝鲜驻屯军第十九师团。"苏梓元对答如流。

伊万诺维奇问："师团长是谁？"

苏梓元回答说："师团长是尾高龟藏中将。"

伊万诺维奇再问："敌人的兵力部署如何？"

苏梓元再答："张鼓峰战役打响之前，尾高龟藏中将派出了四个步兵大队、山炮工兵两个大队和野战重炮高射炮联队一部。"

伊万诺维奇转向孙博文说："他说的很对。"

孙博文问："后来呢？"

苏梓元说："后来？后来完成任务后，我就回到了哈尔滨。但没想到的是，共产国际在哈尔滨的情报站这时已被全部破坏了，我是因为在外执行任务才逃过了一劫。"

孙博文说："你说有人可以证明你的身份，你是指野狼还是另外指的什么人？"

苏梓元说："是另外有人。"

孙博文问："谁？"

苏梓元说："这我不能说。"

看孙博文和伊万诺维奇都很不解的样子，苏梓元又补充说："也不是不能说，但在说出来之前，我必须要事先征得她的同意才行。"

孙博文冷冷地问："我能见到能证明你身份的人吗？"

苏梓元说："见她当然可以，但我要汇报。"

孙博文说："你满口托词，你到底是什么人？"

苏梓元突然激动起来，说道："孙博文同志，我虽然属于共产国际情报系统，但我和你一样也在执行同一任务。现在我倒要问问你，你凭什么怀疑我，你又有什么资格怀疑我？你知不知道我正在寻找哈尔滨的地下党？"

孙博文闻言一怔。

苏梓元放缓口气说："孙博文同志，我不管你是否信任我，但你必须告诉我，我通过你能不能见到哈尔滨的地下党负责人？"

"不能。"孙博文说。

"为什么？"

伊万诺维奇看孙博文眉头紧皱，说道："他和你一样，都和组织失去了联系。"

孙博文看了看伊万诺维奇说："你们两个人先在这里待着，我出去一下。"伊万诺维奇和苏梓元都认为孙博文这个时候出去，实在是太危险了。

孙博文站了一下，然后回过头，对伊万诺维奇说："我要干的事情还很多，查出叛徒、还我清白、找到杨河山、找回密电码、找到组织、救下文闻和秋兰，哪一样不需要我出门？"

伊万诺维奇刚要说什么，孙博文已走出房门。

伊万诺维奇想到什么："苏梓元同志，你说你属于共产国际情报系统，而且和我们一样在执行同一任务。告诉我，你说的同一任务指的是什么？"

苏梓元说："粉碎日本人的猎熊行动。"

伊万诺维奇："别尔津将军又派人来了？"

苏梓元沉默。

伊万诺维奇突然意识到什么，说道："别尔津将军派来了谁？是男的还是女的？"

苏梓元冷冷地说："你们对我如此不信任，我不想告诉你她是谁了。"

伊万诺维奇说："但我相信你。"

苏梓元说："你相信我？"

伊万诺维奇说："不错。有关张鼓峰的情况你说的很对，时间也对。我是凭这一点才相信你的。"

苏梓元注视着伊万诺维奇，叹了口气，说道："伊万诺维奇同志，我们遇上了相同的问题，我在找哈尔滨地下党，而你们也在找哈尔滨地下党，在这种情况下，我得不到信任，我告诉你谁能证明我的身份，还有什么意义？"

这一回轮到伊万诺维奇不吱声了。

苏梓元冷眼看着伊万诺维奇。

伊万诺维奇说："该死的孙博文，他把事情搞得一团糟。"

第十五章

哈尔滨的冬天黑得早，下午 5 点钟，天已经全黑下来，马迭尔西餐厅内灯火通明，加之餐厅本身装修得富丽堂皇，凸显出这个地方的消费档次。餐厅老板维塔什对此十分自豪，特别是张依萍来了之后，让这个善于经营的犹太人更是春风得意，他的生意越来越火，明显超过了对面的华梅西餐厅，维塔什下一步的愿望就是，收购华梅西餐厅，让它改名叫做马迭尔西餐厅。

　　井田一郎少有如此休闲的时候，他带着几名宪兵，走进了西餐厅。他几乎没有看其他任何人，直接来到张依萍的钢琴旁边，向正在弹钢琴的张依萍发出了诚挚的邀请。

　　"张小姐，我可以请你共进晚餐吗？"

　　"井田大佐，我很乐意接受你的邀请。"张依萍说，"但这里有规定，不能在我工作的时间接受客人邀请吃饭的要求。"

　　井田一郎傲慢地说："马迭尔西餐厅的规定并不能约束我，包括我的客人。"

　　张依萍沉思片刻："好吧，我接受队长阁下的邀请。"

　　井田一郎和张依萍走向包房。途中，井田一郎吩咐服务生在门口守候，从现在开始，不允许任何人进入包房，同时，让他的几个宪兵随从也在门口守候。

　　两个人落座之后，井田一郎问张依萍说，"张小姐，你来哈尔滨几天了？"

　　"九天。"张依萍回答说。

　　"在这九天中，哈尔滨发生了许多让游客感到不愉快的事情，我作为宪兵队队长，在你的眼中是不是很无能？"

　　"队长阁下，我记得我说过一句话，我慕名来到哈尔滨，本想领略哈尔滨的独特神韵，不料却有幸参观了阁下的宪兵队，在这九天中，我确实有许多意外收获。但这不应算在你的头上。"

　　"张小姐，你知道，我这几天正在忙着抓一名间谍和一名地下党，我真羡慕你能自由自在地安排自己的时间……"

　　张依萍刚要接话，不由微微一怔。包房洗手间的门开了，走出一个人，这个人动作非常灵敏，井田一郎背对着洗手间的门，因此并不知道后面有什么情况，但他看见了张依萍脸上的肌肉略微动了一下。他刚要回头，一只手伸了过来，那只手里有一个医用的手帕，那人用手帕捂住了井田一郎的嘴巴。

来的人正是孙博文。

孙博文离开了自己的藏身之所，正像他自己所说，那么多事情都要等着他去做，他不出门，怎么能够证明自己的清白。于是，外面的风险再大，他也要出去。第一站，他就去了协和医院，他要再去问问刘墨医生有没有徐医生的下落。但是刚到医院门口，远远地他就看见刘墨走出协和医院的大门，他刚要摆手示意自己在这里，这时候，一个人从刘墨身边经过，刘墨不再往前走了，他的身体突然倒地，那个和他擦肩而过的人头也没回，走进医院就消失了。

刘墨被送进医院，发现是被人用刀子割断了动脉，医院都无法抢救，刘墨早已经因为失血过多而死亡。

孙博文心里一痛，这样一个线索又断了。孙博文刚要转身离开，身后有人轻轻地拍了他一下，他回头，是张依萍。

他们一同离开协和医院，到了一个僻静的地方，孙博文向张依萍求证了苏梓元的情况，张依萍把自己了解的说给了孙博文，说的和苏梓元自己讲述的差不多，孙博文对苏梓元的怀疑才略有释怀。接下来，张依萍问他如何行动？

孙博文说自己想把事情搞得大一点，这样就可以引起组织上的注意，毕竟组织要是找一个人相对还是容易一点。

但具体怎么做，孙博文说自己还没有想好。

他和张依萍分手，找了个电话亭，给江彬打了一个电话。孙博文一直琢磨不透江彬这个人，他想通过江彬和组织接上头，无论结果怎么样，在孙博文看来都是一条必经之路。

江彬接了电话，先是一愣，然后又质问孙博文为什么没有去同发楼，孙博文说自己去了，但那里有敌人，就先撤了。江彬说，这是给你最后一次机会，稍晚一点到马迭尔西餐厅见面。

说完江彬就把电话挂了。

这让孙博文很是纳闷，心想江彬怎能选择那样一个地方见面呢？马迭尔西餐厅孙博文再熟悉不过，但那里的人对他也一样熟悉，这种熟悉会给他带来致命的伤害。

孙博文走出电话亭，心想到底要不要去马迭尔西餐厅和江彬见面？这时候，他发现几个便衣在盘问一个年轻人，他定睛一看，那不是协和医院的徐宪勋吗？

孙博文看看四周没有人，上去把那几个便衣给解决掉，拉着徐宪勋的手就跑，他们拐进了一个小胡同，徐宪勋才看清楚拉着他的是孙博文。来不及仔细解释，孙博文就让徐宪勋带着他去见杨河山，可是，他们赶回秋兰家里的时候，杨河山已经去了索菲亚教堂广场。

孙博文一看杨河山已经不在，自己等下去也没有意义，于是决定去见江彬，临走的时候孙博文问："徐医生，你能不能搞到麻醉药？"

徐宪勋重复了一句："麻醉药？"

孙博文点点头。

徐宪勋说："救杨河山前，我为了给他做手术，顺手拿了几支麻醉药，但其他药品被文护士落在了手术室……"

孙博文："我只要麻醉药……"

孙博文赶到马迭尔西餐厅的时候，他发现门口停放着井田一郎的汽车，这辆汽车让他做出了一个大胆的决定，他要劫持井田一郎，一方面井田一郎如果失踪，这个动静肯定很大，全哈尔滨的人都会知道。另一方面，他希望从井田一郎嘴里知道谁是地下党的叛徒。

井田一郎被孙博文用麻醉药迷倒之后，张依萍问他怎么处理井田一郎，孙博文说要把井田带走。在大庭广众之下如何带走井田一郎，在张依萍看来简直就是一个不可能完成的任务。

孙博文说这个洗手间里面有一扇窗户，可以从窗户出去，后面就是一条小街，他已经把井田一郎的司机弄死，车就停在后面的小街上。

张依萍说，"那我怎么办？"

孙博文把手帕扔给张依萍，指点说："上面有麻醉药！"

张依萍皱紧眉头，无奈地坐好，把手帕捂向嘴部……

孙博文背起井田一郎走进洗手间，把井田一郎从窗户运出去，放进了汽车的后备箱，然后他开着车到了一个秘密的藏身地点。

井田一郎的麻药劲很快就过去了，他觉得自己在一个十分局促的环境中，被捆绑着双手。而且道路颠簸得很，脑袋几次撞击车厢铁皮，浑身无比疼痛，过了一会儿，汽车停了下来，后备箱被打开，井田一郎看见了一张熟悉的面孔。

孙博文把井田一郎弄到了地下室内。"井田君，没想到吧，咱们会以这种方式见面？"

井田一郎冷笑一声，"孙博文，我作为大日本帝国的宪兵队队长，过去一直被你蒙骗，今天，我又落在了你的手里，这是我一生的耻辱，是大日本帝国的耻辱，请你动手杀了我吧。"

孙博文望着井田一郎。井田一郎气愤地说："孙博文，请你杀了我……"

"我为什么要杀你？"

井田一郎怔住说："你不想杀我？"

孙博文嘲讽地："你们动用上万人在抓我，但我也想抓住你。井田君，我想和你比试比试，谁能抓住谁？"

井田一郎气坏了。

"请你杀了我……"

"井田君，杀你可以，但必须答应我一个条件。"

"什么条件？"

"宪兵队的江彬是不是叛徒？"孙博文问道。

井田一郎似乎明白了一切，故作吃惊，"怎么，江彬，江先生他也是地下党？"

"你少装糊涂。说，江彬是不是叛徒？"

"真没想到，江先生竟然也是地下党……"

孙博文十分了解井田一郎的性格，他不仅刚愎自用，而且十分倔强。他觉得自己这样无法让井田一郎说出实话，孙博文决定去找伊万诺维奇。

他刚出门，一个人就走进了地下室，这个人就是江彬，江彬很早就去了马迭尔西餐厅，他没有急于和孙博文接头，而是暗中观察孙博文，孙博文劫持井田一郎的上车过程，江彬躲在外面看得一清二楚。于是，江彬开着车，跟踪到了孙博文的藏身之地。

江彬撬开地下室的门锁，看见井田一郎的嘴被一团破抹布堵着，井田一郎也看见江彬，嘴里呜呜地喊着，江彬会意，井田一郎是在向自己求救。

他没有急于给井田一郎松绑，而是蹲下来，先拿掉井田一郎嘴里的抹布。井田一郎终于能够顺畅地说话，"江先生，赶紧给我松绑。"

"孙博文呢？"江彬警觉地问。

"他出去了……"

江彬问："井田队长，你把我们之间的秘密告诉了孙博文？"

井田一郎说："没有。我怎么能说出我们之间的秘密。快放了我……"

江彬一下子站了起来，他拍了拍自己的皮手套，面露狰狞地说："井田队长，你说我能放了你吗？"

井田一郎吃惊地望着江彬，"江先生，你要干什么？"江彬把破布团塞向井田一郎的嘴……

然后，他把井田一郎放进了自己汽车的后备箱，开着汽车往城南驶去。城南江彬有一所房子，这是哈尔滨的一个商人求他办事送给他的礼物，他从来没有去住过，他想把井田一郎先囚禁到这里。明天一早，他要带着井田一郎去见林雅茹。

第二天一早，江彬把井田一郎带到郊外，捆在树上。井田一郎仍然不敢相信这一切，态度非常强硬地问："江先生，你敢背叛我？"

江彬此时变成了另外一个人，"我背叛你？你他妈的就没背叛我吗？"

井田一郎说："什么意思？"

"你说我是什么意思？井田队长，当初我背叛共产党时，你对我一再下过保证，这件事情要做到天知地知你知我知。可你为什么还要把我叛变的事情写在日记里？"

井田一郎："江先生，你是共产党的叛徒，你背叛了共产党，你没有资格和我谈什么背信弃义……"

江彬冷冷一笑，说道："井田队长，自从我背叛共产党后，我是没有资格和你谈什么背信弃义！可从今天起，我有资格了……"

"江先生，你还想回到共产党那边去？"

"我当然要回到共产党那边去！井田队长，我当初之所以参加中国共产党，是为了追求真理，是为了我信仰的共产主义，也是为了中国不再受外国列强的欺辱，特别是不受你们日本人的欺辱才参加了共产党。可惜，一失足成千古恨，我做了一个背叛了组织、背叛了祖国的人。井田队长，你以为叛徒是那么好当的吗？当了叛徒，我每天不仅担惊受怕，而且我还要靠这种药片熬过一天又一天，但今天不同了……"

江彬猛地抓住井田一郎的衣领，说道："放了你，我还能遂我心愿爱我所爱的女人吗？放了你，我还能重新做人吗？"

江彬心里已经计划好了如何处置井田一郎，当他把自己该说的一切都讲完后，他拿出了一把刀子，割掉了井田一郎的舌头，井田一郎几乎昏倒过去，嘴里呜呜地说话，谁也听不清楚。江彬对井田一郎说，"你先不要着急死，一会儿林雅茹来，她会见到你是怎么一点点地死去的。"

林雅茹到了之后，看到井田一郎满嘴是血，江彬说，他不肯说出孙博文的下落，自己咬断了舌头。

林雅茹的态度并没有像江彬预料的那样欣喜，而是对江彬的做法提出批评，她觉得江彬绑架井田一郎这样做太过于冒险，万一被人发现，岂不是暴露自己的身份。

江彬以为组织上已经决定让他去哈东游击队工作，林雅茹再次告诉他，这个命令还没有真正下达，只是一个意向。她命令江彬，在没有得到正式通知以前，还必须回到宪兵队。林雅茹说："既然你出来的时候，没有人看见你和井田在一起，你现在立刻回到宪兵队，组织上决定今天晚上袭击矢村猎熊行动的培训基地，让你回宪兵队的任务是搞到几条好枪。"

林雅茹扭头看向井田一郎，井田一郎表现出强烈的说话愿望，但还是说不清楚。林雅茹迟疑地说："他好像有话要说……"

林雅茹拿出笔和纸，对江彬说："解开他的一只手，有什么话让他留下来……"

江彬犹豫了一下。

林雅茹催促着说："动作快点儿……"

话音未落，一支大棒子砸在了井田一郎的头上。井田一郎一声狂吼，然后头侧歪到了一边。从井田一郎身后闪出一个小伙子，小伙子说自己是这个村里的，这个日本人到他们村子里来过，把他家四口人杀了，今天打死这个家伙是为了给家人报仇。

林雅茹十分气愤，井田一郎的死，缓解了江彬的紧张，但江彬还是狠狠地批评了那个小伙子。林雅茹也没有别的办法，只好让那个小伙子帮忙掩埋了井田的尸体，然后坐着江彬的车回到了城里。

柳什科夫从伊万诺维奇的眼皮底下逃走以后，一路慌慌张张地回到了日本街。死里逃生的柳什科夫精神已经接近崩溃的边缘，看到良子之后，就开始破口大骂。柳什科夫认为孙博文之所以能够轻易地进入他的住所，完全是矢村对他保护的不利。良子早已习惯了柳什科夫的发神经，但是这一次，因为良子也被绑了，所以她强忍柳什科夫的作闹，最后，良子说，我带你去见机关长吧。

柳什科夫闯进矢村的办公室，把矢村弄愣了，柳什科夫衣冠不整十分狼狈，但脾气却非常大。"这个鬼地方我已经待够了，我的安全一点保障也没有，矢村机关长，我要去东京……"

矢村摆摆手，让柳什科夫坐下，亲自给柳什科夫倒茶，让他压压惊。柳什科夫坐在沙发上喘着粗气，矢村告诉柳什科夫他的计划，这个计划让柳什科夫感到就是把自己往火坑里推一般。

矢村决定让柳什科夫带队去执行猎熊行动，"我们已经做出决定，由你带队前往马采斯塔温泉。"

柳什科夫差点儿没气疯了，"你让我带队去马采斯塔温泉，这和枪毙我有什么两样？"

"柳什科夫先生，你既然对去马采斯塔温泉这么没有信心，猎熊行动是否可以取消？"矢村的声音，柳什科夫听来仿佛一阵冷风，他听出了弦外之音，柳什科夫的态度缓和了下来，他知道，自己如果不去，矢村一定会把自己交给别尔津。柳什科夫被逼无奈地说："我只管带路，不管别的……"

矢村说："你也干不了别的。柳什科夫先生，一会儿让良子陪你去培训基地，见一见你的敢死队员……"

柳什科夫也没有想到，自己胆战心惊度过了两个月时间，如今终于走到了尽头。他再也不用过担惊受怕的日子了，从此他可以安安稳稳地睡个好觉。当良子把黑洞洞的枪口指向他的时候，他竟然丝毫没有感到恐惧，多日的接触，这个女人曾经给过他最好的安慰，可是，她完全不能阻挡自己心中的恶魔在不可思议地疯长，柳什科夫看着良子的眼睛，那是一双即将告别的眼睛，"良子，或许，我已经爱上你了。"

良子笑了笑，说道："你不觉得说什么都已经晚了吗？你觉得我会爱你吗？"

良子扣动了扳机。

柳什科夫的尸体栽倒在郊外的一片雪地里。

孙博文走后，伊万诺维奇怕柳什科夫逃走后泄露他们的地点，于是把苏梓元领到了意大利使馆区自己的住所，两个人在聊共产国际的情况，苏梓元说自己曾和他们的人接触过，在伊万诺维奇的追问之下，苏梓元说出了能证明自己是共产国际在哈尔滨联络站负责人的人，就是张依萍。

伊万诺维奇惊愕地问道："你说什么？共产国际派来的人叫张依萍？"

苏梓元说："不错，她叫张依萍，代号百灵鸟。怎么，你认识她？"

伊万诺维奇马上反问："她现在在哪儿？"

"这我不能说。"

"告诉我，百灵鸟来哈尔滨的任务是什么？"

"她说你是在已经暴露的情况下来到哈尔滨的，你的身上并没有带密电码，你的目的是引开敌人的注意力，而她的任务是执行别尔津的第二套方案，就是通过我找到哈尔滨的地下党，然后她再通知完达山派人来送密电码。"

伊万诺维奇得知张依萍已经来到哈尔滨，满脑子都是张依萍的影子，如果不是这次到哈尔滨执行任务，那么薇拉已经躺在自己的怀抱中，他们约定一起去地中海度蜜月，可是该死的柳什科夫，如果不是他做了对不起苏联人民的事情，他和自己的薇拉，该是何等地幸福啊。

伊万诺维奇十分迫切地想把柳什科夫干掉，然后回到苏联。苏梓元看出了他的意图，就建议伊万诺维奇，在找不到柳什科夫的情况下，可以先破坏掉矢村的刺客培训基地。苏梓元说自己已经打探清楚了这个基地的具体位置。

伊万诺维奇接受了这个建议，他觉得自己不能再这样干等下去，应该弄出点动静，这样能帮助哈尔滨地下党寻找孙博文，也未尝不是一件好事。

这时候孙博文也到了伊万诺维奇的住所，孙博文这一次回来感到很失落，他连续两个行动都以失败告终，这让他心里感到十分憋屈，但得知苏梓元建议要破坏矢村的刺客培训基地的时候，他也同意了。但他还是警觉地问苏梓元是怎么知道那个地点的。

苏梓元说："他们培训基地的车曾坏过，他们找我修过车。但在当时我没太在意。"

孙博文对苏梓元的建议没有什么异议，他说了自己唯一的意见，就是伊万诺维奇不能参加这次行动。

孙博文有自己的考虑，一是别尔津派伊万诺维奇来哈尔滨，有两项任务，密电码已经给了自己，那么剩下的一个任务就是除掉柳什科夫。而破坏敌人的培训基地并不是他的职责所在。另一方面，他想到了张依萍，通过伊万诺维奇和苏梓元的交谈，他知道了伊万诺维奇和张依萍之间的关系。他不希望自己的朋友有个闪失，那样的话，对张依萍不好交代。

可是，伊万诺维奇是一匹倔强的野狼，"孙博文同志，我告诉你，你无权干涉我的选择……"

苏梓元说："孙博文同志，你应该认识到目前的形势，在找不到哈尔滨地下党的情况下，我们毁掉猎熊行动的培训基地是唯一的选择，而这种选择正和伊万诺维奇说的那样，靠你单枪匹马是不行的！"

孙博文看着苏梓元。伊万诺维奇觉得苏梓元说的很有道理，单靠孙博文自己去行动，一定是以卵击石。伊万诺维奇把苏梓元和孙博文都摁在沙发上，他首先让苏梓元详细讲述培训基地的具体地点和那里的兵力部署，而后他们三个人又制定了一个行动计划，商量好之后就离开了伊万诺维奇的住所。苏梓元说他还有几个帮手，可以一起叫上。然后他们分头到太阳岛集合。

太阳岛位于松花江北面，和哈尔滨有一江之隔，这个小岛见证了哈尔滨这个城市的发展历程，哈尔滨最初是一个小渔村，突然有一天，这里来了许多蓝眼睛的外国人，他们把哈尔滨变成了现代化的都市。同时太阳岛也见证了一群穿着黄军装的日本人，他们打着太阳旗，把哈尔滨变成了一座白色恐怖的城市。

冬日里的太阳岛，一片肃杀，白雪覆盖了大部分土地，岛上的荒草在朔风中摇摆，一辆汽车从远处的小路驶来，停在了江边，因为进岛的路都被大雪封死了，接下来的路程都要步行过去。孙博文和伊万诺维奇两个人踩着齐膝深的雪，艰难地向前行走。夜色降临之后，他们发现了前面一栋建筑里的灯光。按照苏梓元的说法，这里应该就是矢村的刺客培训基地了。

按照孙博文的意思，他们应该等待苏梓元来了以后再一起行动，苏梓元总也不出现，孙博文心里就起了疑心，伊万诺维奇的意思就是不用等了，人已经到了，培训基地就在眼前，不干一票，太说不过去了。

伊万诺维奇猫着腰，迅速靠近了基地。孙博文绝对不是贪生怕死的人，再说，临走的时候，他还给张依萍打了个电话，把这次行动告诉了她，孙博文说自己已经尽力了，但劝阻不了伊万诺维奇，张依萍说，既然劝阻不了，就保护好他。孙博文在这种情况下，宁可自己有什么危险，也不能让伊万诺维奇出现意外。

他们悄悄地上了二楼，解决掉了几个守卫，来到一个房间，几个刺客打扮的人正在喝酒，孙博文和伊万诺维奇互相使了个眼色，孙博文出手极快，枪响之后，几个刺客就倒在地上。随即，孙博文听到了刺耳的警报声，一定是有人发现了他们。孙博文忽然感到楼道两侧都是敌人，看这意思，敌人仿佛早有准备，张开口子，就等鱼儿落网呢。

"这里好像有埋伏，我们是不是上当了？得想办法冲出去……"孙博文对伊万诺维奇说。

眼前形势对孙博文和依万诺维奇明显不利。敌人的人多，火力很猛，孙博文和伊万诺维奇根本坚持不了太长的时间，伊万诺维奇的子弹很快就打光了。在一阵猛烈的枪声之后，孙博文发现伊万诺维奇不见了。他转过一个门槛，发现伊万诺维奇用手捂着大腿，很显然大腿中了弹，血流了一地。

又一阵猛烈的枪声过后，孙博文再看伊万诺维奇，已经被敌人擒住了。孙博文一皱眉，牙一咬，心想无论付出什么代价，一定要把伊万诺维奇救下来。

枪声过后，小楼里一下子静了下来，孙博文仿佛能听见自己心脏跳动的声音，他走路很轻，闪过走廊，奔向敌人带走伊万诺维奇的方向闪去。

当他再次看见伊万诺维奇的时候，他听见了一声枪响。枪响过后，伊万诺维奇倒了下去。孙博文往枪响的方向看去，发现开枪的人竟然是张依萍。

孙博文被眼前的状况震惊了。他呆呆地看着张依萍，张依萍的眼里流出两行泪水。他回过头去，不忍再看张依萍。当他转身后，发现身后站着一个男人，用枪指向自己，这个人竟然是江彬。

孙博文说："竟然是你。"

江彬说："没想到吧，我的表哥。"

孙博文苦笑一下，没有言语。江彬接着说："郎久亭、井田一郎死后，只有你知道我们的秘密了。"

孙博文说："你杀了井田大佐？"

江彬说："孙博文，如果你找到组织，我的叛徒身份就会暴露，所以你要死。如果你活着，林雅茹永远不会属于我，所以你还要死……"

江彬眼中闪过一道寒光，他举起手枪，对准孙博文。

枪响了。

江彬应声倒下。他的身后出现了一个女人。

　　孙博文惊呼："林雅茹。"

　　林雅茹跑到孙博文面前，猛地抱住孙博文，说："博文，你受委屈了。"说着，林雅茹抽泣起来。

　　孙博文想起了伊万诺维奇的尸体还在外面，他松开林雅茹说："我出去看一下。"

　　孙博文跑出门外，林雅茹向江彬看去，江彬惨淡地一笑。

　　"雅茹，没有人愿意当叛徒，我所做的一切，都是因为爱你⋯⋯"

　　江彬死了，林雅茹越来越佩服自己的母亲。相比之下，自己在看待问题的时候是多么地稚嫩。如果不是母亲的坚持，孙博文就很有可能被自己害死。母亲的谋略更让她佩服，就拿袭击矢村培训基地来说，如果不是哈东游击队的及时赶到，孙博文他们的损失可能更大，如今能看到自己的爱人终于洗清了冤屈，林雅茹内心虽然五味杂陈，但仍然有一种拨云见日的感觉。

　　一切都恢复了平静。

　　门外只有张依萍抱住了伊万诺维奇，默默地流泪。张依萍觉得战争实在是太残酷了。

　　"目前我们不想和日本有外交纷争，如果野狼落在日本人手里，你应该知道怎么办吧？"如果没有别尔津的命令，怎么能忍心朝自己的爱人开枪呢，这一切都应该归罪于残酷的战争。她抱着伊万诺维奇的身体，眼泪一滴一滴地流在了伊万诺维奇的脸上。

　　伊万诺维奇呼吸很微弱，他勉强张口说话。

　　"薇拉，我不知道你也来到哈尔滨⋯⋯"

　　"伊万，你答应过我，你答应过我们一起去度假，我也答应过等你回来，可我⋯⋯"

　　"薇拉，还记得吗？离开莫斯科的最后一天，我弹琴，你唱歌⋯⋯"

　　张依萍泪流满面，"我记得，我记得你弹琴，我唱歌⋯⋯"

　　"薇拉，这次中国之行，需要记住的人太多了，为了我，为了苏维埃，一支三十六人的小分队全部牺牲了……"

"伊万，你不要再说了……"

伊万诺维奇望着赶来的林雅茹说："她是谁？"

孙博文说："她是我的同志，我找到组织了。"

伊万诺维奇说："孙博文是好样的，我证明他不是叛徒。"然后他又艰难地对张依萍说："薇拉，我答应要带你去度假的，看来去不成了，不要难过，我爱你，我真的很爱你。"

伊万诺维奇闭上了眼睛。

张依萍说："我也很爱你。"

伊万诺维奇死后，张依萍改变了要回苏联的想法，她决定留下来，和自己祖国的人民、和祖国的同志们共同战斗，孙博文猜测，张依萍之所以做出这个决定，是因为她想把美好留在记忆中。"只有在中国的大地上，才能更真切地感受到祖国需要自己。"张依萍说。

一切仿佛暴风雨过后的宁静一般，矢村带着高恒书来到了培训基地，基地的人横躺竖卧，地上都是血，面对这种惨况，矢村十分悲愤地对高恒书说："高课长，我们的猎熊行动前功尽弃了。"

矢村把高恒书留下来打扫培训基地，说自己去找津田部长解释。

留下来的高恒书在打扫战场的时候，发现了一个异常现象。矢村当初选择的白俄敢死队员，自己也是见过一些的，在太阳岛的培训过程中，自己还亲手活埋了一个受伤的队员。但是在死去的人中，高恒书没有发现一个是白俄，难道这里有诈？高恒书心里产生了一种不祥的预感。

果然被高恒书猜对了，这又是狡猾的矢村上演的一出好戏，在和津田部长汇报情况的时候，矢村说自己已经派出了敢死队，他们正在赶往马采斯塔温泉，他们到达的时间，应该恰好能赶上斯大林从格鲁吉亚给他父亲上坟回来。而自己先前所做的一切，都是他绞尽脑汁抛出的烟雾弹，用来迷惑敌人，为自己的行动争取更多的时间。

津田部长对矢村启动猎熊行动感到很满意。在他的观念中，日本帝国的北进计划无疑已经是最正确、最完美的突围方向。而海军主张的南进计划，因为战线过长，结果必然会失败。

但杉山特派员最近一次开会，却和自己的意见相左，杉山竟然支持海军提出的南进计划，这让津田感到很意外，作为一个陆军参谋本部的人，怎么会对北上进军苏联有不同意见呢？

在这种情况下，津田玄甫还是顶着压力让矢村启动了猎熊行动。

"零号行动关系到帝国的秘密，抓不到孙博文和苏联特工，我们都会受到军法制裁。但为了猎熊行动，我是冒险批准了你的计划，矢村君，你不会让我失望吧？"

矢村说："请部长放心好了，我有把握完成计划。"

津田玄甫嗯了一声："满洲之狐查得怎么样了？还是没有查出来是谁吗？"

矢村："还没有查出来。不过，桥本死后，机关内部尽管没再发生泄密事件，但我不相信桥本就是满洲之狐，充其量，他就是个内鬼，迫于无奈才为井田队长提供了苏联特工的情报……"

津田玄甫说："排除了桥本，你的怀疑对象是不是只剩下高恒书了？"

矢村说："除了高恒书还有几个怀疑对象。但在怀疑对象中，高恒书到底是不是满洲之狐，我还没有掌握一点证据。"

津田玄甫说："我要的不是证据，我要的是结果。矢村君，猎熊行动虽然对大日本帝国十分重要，但你要清醒地认识到一个问题，零号行动已经只剩下一天的时间，明天下午4点之前，你要是拿不出一个结果来，军法是无情的。"

矢村说："我明白，部长。"

和林雅茹重逢，让孙博文连日来的抑郁心情几乎在一刻间全部散尽，他终于找到一个可以信赖的同志说说话了，他几乎是一口气把自己如何从石井部队逃出来、如何假扮日本军官去同发楼、如何抓住井田队长、如何对付柳什科夫等事件都说了一遍。林雅茹眼里闪着泪花，头静静地依偎在孙博文的肩膀上，她说："博文，你受苦了。"

在林雅茹的安排下，第二天上午，老家贼接见了孙博文。

孙博文有一肚子话要讲，但看到这位组织上的领导之后，却久久没有说话。

老家贼先打破了这种沉寂的氛围，她把手伸向孙博文说："你受苦了，我们对不起你。"

孙博文并没有伸出自己的手，林雅茹从孙博文的脸上看出了某种不满情绪。孙博文不客气地说："请问，我被捕后，组织上切断与我的联系，这很正常，我可以理解组织的做法，但我不明白，你们为什么把我当成了叛徒？而真正的叛徒江彬你们为什么没查出来？"

老家贼说："江彬叛变后，组织上受到江彬的欺骗，导致刘桐、杨河山、梁万堂和老朴等同志先后牺牲，这是一个十分惨痛的教训，对此我负有责任，我可以向你检讨。但在认定你是不是叛徒的问题上，组织上还是很慎重的，也是认真对待的，我希望你也能理解……"

孙博文冷笑一声，说道："你说的可真轻松。为了完成接头任务，为了掩护我，不仅仅是你说过的这些同志牺牲了，还有赵世荣和文龙文虎兄弟，他们为了我也已经牺牲了。你几句检讨就能换回他们的生命吗？"

魏辉看了老家贼一眼，忍不住地说："孙博文同志，有一件事情你还不知道吧，其实赵世荣同志就是老家贼的丈夫……"

孙博文吃惊地望着老家贼，"你是林雅茹的母亲，赵世荣同志的夫人？"

老家贼没说话，而是看着孙博文，她希望得到孙博文的理解和原谅。孙博文一下子明白了，赵世荣为啥那么坚持要去马迭尔西餐厅和野狼接头，那是赵世荣已经做好了牺牲的准备，而这一切的幕后推手就是眼前这个女人。一个人如果不是为了正义和真理，怎么能让自己的亲人赴汤蹈火？

孙博文沉默片刻，然后对老家贼说："为了完成任务，我找组织心切，但被怀疑有问题，我心里确实不好受。特别是在找不到组织的情况下，你们想我能是什么心情？可现在和老赵相比，和伊万诺维奇相比，和死去的那么多的同志相比，我心里的这点委屈又算什么？至少我还活着……"

老家贼说："孙博文同志，你能理解就好。组织上急需密电码，但我听林雅茹说，你把密电码藏在了田家烧锅？你能不能把它取回来？"

孙博文说："我答应过赵世荣同志，承诺大于命，诚信大于天，我会把密电码取回来的。"

林雅茹说："可田家烧锅驻有敌人，那里很危险……"

孙博文拿出怀表，说道："田家烧锅的确有危险。但这块表是赵世荣同志留给我的，每次看到这块表，我就想起了我的诺言，我曾经答应过赵世荣同志，一定要找到伊万诺维奇，把密电码交给组织，我就一定完成任务……"

老家贼说："孙博文同志，我看这样吧，我让魏辉同志配合你，你们去田家烧锅试一试，但千万要小心，我和林雅茹等你回来……"

孙博文在魏辉的掩护下拿到了密电码，但因为矢村事先在田家烧锅设下了埋伏，魏辉在这次行动中为了掩护孙博文牺牲了。日本特务机关负责指挥本次行动的中野良子也在战斗中死亡，高恒书带人前来支援，但孙博文已经逃跑。

津田玄甫不得不接受这样一个事实：零号行动失败了。

矢村在接受制裁的时候，对杉山特派员冷笑着说："我没有遗憾，我今天虽然死去，但大和民族会记住我的贡献的。"说完矢村哈哈大笑地拿起他自己珍爱了十几年的战刀，走进了专门为他准备切腹的房间。

矢村死后，日本关东军情报部从新京派来一个特务机关长小岛到哈尔滨上任，负责迎接小岛的就是高恒书，因为几乎要重新组建哈尔滨的特务机关，高恒书在小岛的手下得到了重用。至于查找满洲之狐，因为一直没有找到线索，但也没有再发生什么泄密的事件，就暂时搁浅了。

孙博文把密电码交给了老家贼，让哈尔滨特委和苏联情报机关取得了联系，粉碎了日本的猎熊行动。

孙博文后来接替了赵世荣哈尔滨地下党负责人的职务，1945 年 8 月 15 日以后，日本人撤出了哈尔滨，孙博文被组织上任命为中共哈尔滨市委组织部副部长。孙博文看到了祖国解放的那一天，也终于和林雅茹走进了婚姻的殿堂。

"文革"中，孙博文被打成汉奸，红卫兵小将把他家围了起来，让他低头认错，六十多岁的孙博文手拿大板锹，威风凛凛地站在自己门口，傲视着红卫兵，一声断喝，让这些没有经历过革命年代的孩子们不寒而栗。

在自己生命快要走到尽头的时候，孙博文在一个红卫兵收缴上来的文件中看到了一个关于满洲之狐的记载。

1945年，日本投降，苏联红军进驻哈尔滨。在军队中，一个叫弗拉基米尔的中卫，自称受斯大林的秘密指派，寻找一个叫满洲之狐的人，在人们的传说中，满洲之狐是一个隐蔽战线上的英雄，他曾经两次粉碎过日本人刺杀斯大林的计划，而最著名的就是猎熊行动。关于这个特工的身世，说法也不尽相同，有人说满洲之狐是一个中国人，也有人说满洲之狐是一个日本人，还有人说满洲之狐是一个中日混血。

弗拉基米尔中卫没有找到满洲之狐，但有关满洲之狐的传说越来越神秘，苏联方面和日本方面都没有找到这个人。1945年以后，满洲之狐永远消失了，消失的原因也是一个谜。